德国文化学与德语文学研究丛书
王炳钧　冯亚琳　主编

# 当下性与叙事行为

## ——汉德克诗学研究

林晓萍◆著

ZEIT UND ERZÄHLEN

UNTERSUCHUNG ZUR PETER HANDKES POETOLOGIE

同济大学出版社
TONGJI UNIVERSITY PRESS
·上海·

**图书在版编目(CIP)数据**

当下性与叙事行为：汉德克诗学研究 / 林晓萍著
. —上海：同济大学出版社，2024.7
ISBN 978 - 7 - 5765 - 1033 - 1

Ⅰ. ①当… Ⅱ. ①林… Ⅲ. ①诗学—研究 Ⅳ.
①I052

中国国家版本馆 CIP 数据核字(2024)第 021348 号

**当下性与叙事行为**——汉德克诗学研究
林晓萍　著
出 品 人　金英伟
责任编辑　戴如月　夏涵容
助理编辑　陈惠兰
责任校对　徐春莲
封面设计　潘向蓁

---

出版发行　同济大学出版社　　www.tongjipress.com.cn
（地址：上海市四平路 1239 号　邮编：200092　电话：021 - 65985622）
经　　销　全国各地新华书店、网络书店
排版制作　南京展望文化发展有限公司
印　　刷　江苏凤凰数码印务有限公司
开　　本　890 mm×1240 mm　1/32
印　　张　10.375
字　　数　189 000
版　　次　2024 年 7 月第 1 版
印　　次　2024 年 7 月第 1 次印刷
书　　号　ISBN 978 - 7 - 5765 - 1033 - 1
定　　价　68.00 元

# 总　序

如果我们按照德国社会学家马克斯·韦伯的定义，把文化理解为人为自己编织的一张“意义网”，那么，文化学的意义正是在于探究这张网的不同节点乃至整个体系，探究它的历史生成、运作机制及其对人的塑造功能，探究它如何影响了历史中的人对自身以及世界的理解。

诚然，探究这样一个网络的整个体系，或者用德国文化学倡导者的话说，人的“所有劳动与生活形式”这样一个宏大工程，对于一个个体来说，是无法完成的事情。因此，从文化学所统领的跨学科的视角出发，探究这张网在不同历史阶段的具体节点，或者说一个文化体系的具体侧面，则可揭示其运作方式并为观察整个文化体系提供有益的启发。

如果我们尝试用一两个关键词笼统概括20世纪后半叶以来德语文学研究范式的转换，那么在20世纪50年代占据主导地位的是“文本”“形式”，60年代是“社会”“批判”，70年代是“结构”“接受”，80年代是“话语”“解构”,90年代至今便是“文化”。

而任何笼统的概括,都有掩盖发展本身所具有的复杂性的嫌疑。因为涌动在这些关键词之下的是历史进程中的一系列对话、碰撞、转换机制。正是这一发展促成了所谓“文化学转向”。经过三十多年的发展,对文化的研究已经成为研究领域的一种基本范式。尽管对文化问题的关注与探讨,在它被称为“文化研究”的英美国家与被叫作“文化学”的德语国家有着不同的历史语境与出发点——在社会等级与种族问题较为突出的英美国家主要针对的是所谓高雅与大众文化的差异和种族文化差异问题,而在殖民主义历史负担相对较轻、中产阶级占主导地位的德国主要侧重学科的革新,其核心标志是对中心主义视角秩序的颠覆与学科的开放。

以瓦解主体中心主义为目标的后结构主义赋予了他者重要的建构意义,这种“外部视角”将研究的目光引向了以异质文化为研究对象的人类学或民族学。美国文化人类学重要代表人物克利福德·格尔茨(Clifford Geertz)提出的“深描”文化阐释学,尝试像解读文本一样探索文化的结构,突出强调了对文化理解过程具有重要意义的语境化。将“文化作为文本”①来解读也就构成了文化研究的关键词。这一做法同时为以文本阐释见长的

① Doris Bachmann-Medick (Hg.): *Kultur als Text. Die anthropologische Wende in der Literaturwissenschaft*. Frankfurt am Main: Fischer Taschenbuch Verlag 1996.

文学研究向文化领域的拓展提供了新的路径，成为福柯影响下关注“文本的历史性与历史的文本性”[1]的新历史主义的文化诗学纲领。

那么，对于文学研究而言，文学的虚构性与文化的建构性之间是怎样的关系？将文学文本与文化文本等同起来，是否恰恰忽略了文学的虚构性？作为文化体系组成部分的文学，一方面选材于现实世界，另一方面又摆脱了现实意义体系的制约，通过生成新的想象世界而参与文化的建构。相对于现实世界，文学揭示出另一种可能性、一种或然性，通过文学形象使得尚无以言表的体验变得可见，从而提供新的经验可能。正是基于现实筛选机制，文学作品提供了丰富的历史材料来源。有别于注重“宏大叙事”的政治历史考察的传统史学，文学作品以形象的方式承载了更多被传统历史撰写遮蔽或边缘化的日常生活史料，成为丰富的历史与文化记忆载体。

在历史观上，法国编年史派以及后来的心态史派，对于德国文化学的发展起了重要的推动作用。20 世纪 30 年代，编年史派摆脱了大一统的以政治历史为导向的史学研究，转向了对相对长时间段中的心态（观念、思想、情

---

① Louis Montrose: “Die Renaissance behaupten. Poetik und Politik der Kultur”. In: *New Historicism. Literaturgeschichte als Poetik der Kultur*. Hg. von Moritz Baßler. Frankfurt am Main: Fischer Taschenbuch Verlag 1995, S. 67f.

感)变化的考察。[①] 对法国新史学的接受强化了德国的社会史与日常史的研究。20 世纪 80 年代中期,历史人类学在德国逐渐形成。相较于传统的哲学人类学,它所关心的不再是作为物种的抽象的人,而是历史之中的人及其文化与生存实践。研究的着眼点不是恒定的文化体系,而是在历史进程中对人及其自身理解起到塑造作用的变化因素。

文化学发展的一个重要动因,是关于人文科学在社会中的合理性问题的讨论。由于学科分化的加剧,人文科学的存在合理性遭到质疑,讨论尝试对此做出回应。争论的焦点是人文科学的作用问题:它究竟是仅仅起到对自然科学与技术的发展所造成的损失进行弥补的作用,还是对社会发展具有导向功能。代表弥补论一方的是德国哲学家乌多·马克瓦德(Udo Marquard)。他发表于 1986 年的报告《论人文科学的不可避免性》认为:"由实验科学所推进的现代化造成了生存世界的损失,人文

---

① 如马克·布洛赫从比较视角出发对欧洲封建社会的研究:Marc Bloch: *Die Feudalgesellschaft*. Frankfurt am Main/Wien: Propyläen 1982 (zuerst 1939/40);吕西安·费弗尔从多学科视角出发对信仰问题的研究:Lucien Febvre: *Das Problem des Unglaubens im 16. Jahrhundert: die Religion des Rabelais*. Mit einem Nachwort von Kurt Flasch. Aus dem Franz. von Grete Osterwald. Stuttgart: Klett-Cotta 2002 (zuerst 1942);菲力浦·阿利埃斯对童年、死亡与私人生活的研究:Philippe Ariès: *Geschichte der Kindheit*. Übers. von Caroline Neubaur und Karin Kersten. München: Hanser 1975 (zuerst 1960);Philipe Ariès: *Studien zur Geschichte des Todes im Abendland*. München/Wien: Hanser 1976; Philippe Ariès/Georges Duby (Hg.): *Geschichte des privaten Lebens*. Frankfurt am Main: S. Fischer 1991.

科学的任务则在于对这种损失进行弥补。”[①]所谓弥补就是通过讲述而保存历史。[②] 另一方则要求对人文科学进行革新，通过对跨学科问题进行研究来统领传统的人文科学。针对马克瓦德为人文科学所做的被动辩解，在20世纪80年代末期，联邦德国科学委员会和校长联席会议委托康斯坦茨大学和比勒费尔德大学成立人文科学项目组，对人文科学的合理化与其未来角色的问题进行了调研。德语文学教授、慕尼黑大学校长弗吕瓦尔德，接受理论主要代表人物姚斯，著名历史学家科泽勒克等五名重要学者于1991年发表了上述项目的结项报告《当今的人文科学》。报告认为：“人文科学通过研究、分析、描述所关涉的不仅仅是部分文化体系，也不仅仅是迎合地、‘弥补性地’介绍自己陌生的现代化进程，它的着眼点更多地是文化整体，是作为人类劳动与生存方式总和的文化，也包括自然科学的和其他的发展，是世界的文化形式。”[③]因此，他们建议放弃传统的“人文科学”概念，以“文化科学”取而代之。在某种程度上，可以把该书看成是要求整个人文科学进行文化学转向的宣言。

---

① Odo Marquard: “Über die Unvermeidlichkeit der Geisteswissenschaften”. Vortrag vor der Westdeutschen Rektorenkonferenz. In: ders.: *Apologie des Zufälligen. Philosophische Studien*. Stuttgart: Reclam 1986, S. 102f.

② 参见 ebd., S. 105f.

③ *Geisteswissenschaften heute*. Eine Denkschrift von Wolfgang Frühwald, Hans Robert Jauß, Reinhart Koselleck, Jürgen Mittelstraß, Burkhart Steinwachs. 2. Aufl. Frankfurt am Main: Suhr-kamp 1996 (1991), S. 40f.

研究视角与对象的变化，也要求打破传统的专业界限，进行多学科、跨学科的研究。这种势态催生了人文研究的所谓“文化学转向”。此中，文学研究摆脱了传统的对文学作家、作品与文学体系的研究范式，转向对文学与文化体系关系的探讨。文化学研究的领域主要涉及：知识的生产传播与文化语境的关联，文化史进程中所生成的自然构想，历史中的人所建构的对身体、性别、感知、情感的阐释模式，记忆的历史传承作用与运作机制，技术发展对文化产生的影响，媒介的文化意义及其对社会产生的影响，等等。①

研究领域的扩大无疑对研究者的能力与知识结构提出了挑战。比如，探讨文学作品中身体、疾病、疼痛的问题，必然要采用相关的医学或人类学等文献；探讨媒介、技术、机器等问题，需要相关的理工科专业的知识；涉及感知、情感等问题时又必须对心理学、哲学等相关专业了解。尽管这些问题可以通过跨学科的合作加以解决，但这种合作要求相同的视角与方法基础。鉴于人文科学基于经验积累的特点，研究者遭受着“半吊子”的质疑。

---

① 参见 Hartmut Böhme/Peter Matussek/Lothar Müller(Hg.)：*Orientierung Kulturwissenschaft. Was sie kann, was sie will*. Hamburg：Rowohlt 2000. Kap. III；Claudia Benthien/Hans Rudolf Velten（Hg.）：*Germanistik als Kulturwissenschaft. Eine Einführung in neue Theoriekonzepte*. Hamburg：Rowohlt 2002, S. 24 – 29；Christoph Wulf（Hg.）：*Vom Menschen. Handbuch Historische Anthropologie*. Weinheim/Basel：Belz 1997.

而对作为文化学的文学学的关键质疑仍是方法上的。这一点特别反映在具有代表性的"豪克—格雷弗尼茨论战"中。论战的关键问题是坚持文学研究的"自治"还是向文化体系开放。1999 年,图宾根大学教授瓦尔特·豪克(Walter Haug)发表了题为《文学学作为文化学?》的论文。他认为,文学研究应当坚守文学所具有的自我反思的特点:文学之所以存在是因为有解决不了的问题,文学存在的意义不是要解决问题,而是要生成并坚守问题意识。因此,文学研究向文化学开放,并不是要转变成为文化学的一部分,而是要强化文学的内在问题、文学"特殊地位"的意识。[①] 而格哈德·冯·格雷弗尼茨(Gerhart von Graevenitz)在其发表在同一期刊的文章《文学学与文化学——一回应》中否认自我反思是文学独有的特性,认为大众文化也同样表现出了这种特点,因此文学研究应当重视多元化的文化语境。[②] 他认为,豪克坚持文学研究的"内在视角",忽略了关于文化学的讨论是各学科的普遍结构变化的表达。[③] "文化学"所要探究

① 参见 Walter Haug:"Literaturwissenschaft als Kulturwissenschaft?"In: *Deutsche Vierteljahrsschrift für Literaturwissenschaft und Geistesgeschichte* 73 (1999), S. 92f.

② 参见 Gerhart von Graevenitz: "Literaturwissenschaft und Kulturwissenschaften. Eine Erwiderung". In: *Deutsche Vierteljahrsschrift für Literaturwissenschaft und Geistesgeschichte* 73 (1999), S. 107.

③ 参见 Walter Haug:"Literaturwissenschaft als Kulturwissenschaft?"In: *Deutsche Vierteljahrsschrift für Literaturwissenschaft und Geistesgeschichte* 73 (1999), S. 95.

的是文化的多元性，而被理解为传统的“人文科学”一部分的、以阐释学为导向的文学学则以一统的“精神”为对象。①

这场论战所涉及的是研究的基本视角问题，这首先关涉18世纪以来的文学自主性的观点是否还能够成立，被理解为高雅艺术的文学是有修养的市民阶层的建构，抑或是民族主义话语驱动的产物，还是由社会文化与物质媒介发展导致的交往派生物？对此，系统论给出的答案是，它是社会分化的结果。在卢曼影响下的文学系统论代表格哈德·普隆佩(Gerhard Plumpe)、尼尔斯·威尔伯(Nils Werber)认为，18世纪以来的社会分化、人的业余时间的增加导致了消遣娱乐需求的增长，使得文学成为独立的系统，因此文学的功能不再以思想启蒙时期的真或伪的标准来衡量，而以有意思与否为标准。② 在这一点上，他们与格雷弗尼茨的消解高雅与大众文化等级的做法不谋而合。

如此，文化学研究的关注点不再是传统的精英文化，而是高雅与通俗文化的复杂体及其相互间的关联。文化产物对不同社会群体所产生的作用，话语语境、文化阐释模式的生成、转换、再生的机制，社会现象被不同的社会

① 参见 ebd.，S. 96.

② 参见 Gerhard Plumpe/Niels Werber：“Literatur ist codierbar. Aspekte einer systemtheoretischen Literaturwissenschaft”. In：Siegfried J. Schmidt (Hg.)：*Literaturwissenschaft und Systemtheorie. Positionen，Perspektiven，Kontroversen*. Opladen：VS Verlag für Sozialwissenschaften 1993，S. 30ff.

群体感知、接受的过程,成了研究的主要任务。在历史的层面,则要重构其文化阐释模式。分析的关键是从这些语境中产生出了哪些理解与误解,人类自己编织的意义网是怎样把人自己套入其中的,这些文化实践是怎样对他们进行编码的。在德语中大多以复数形式出现的Kulturwissenschaften(文化学)称谓反映出的也正是这种对多元化的承认。在研究方法上,文化学也不再要求排他的、放之四海而皆准的理论体系,研究的多种方法并存。如果说后现代的讨论与后工业社会的发展紧密相关,那么文化学的诞生也是多媒体社会挑战的结果。

对此,深受后结构主义影响的弗莱堡大学日耳曼学者弗里德里希·基特勒(Friedrich Kittler)在他发表于1985年的教授资格论文《记录体系1800/1900》[1]中,要求打破传统的文学研究的界限与做法,摆脱传统的作品阐释,将关注以精神预设的所谓意义为前提的人文科学研究转向媒介研究。[2] 在他看来,近几百年的人文科学忽略了简单的事实:认识的条件是由技术前提决定的。1800年前后普遍的文字化过程引发的教育革命,并非源自形而上学的知识,而是源自媒介。1900年前后电影、留声机、打字机等数据储存技术的发展,打破了文字的垄断,

① Friedrich Kittler: *Aufschreibesysteme 1800/1900*. München: Fink 1985.

② 参见 Friedrich Kittler:"Wenn die Freiheit wirklich existiert, dann soll sie heraus. Gespräch mit Rudolf Maresch". In: *Am Ende vorbei*. Hg. von Rudolf Maresch. Wien: Turia & Kant 1994, S. 95-129.

形成了媒介的部分组合，催生了心理物理学、心理技术学、生理学等学科。2000年前后“在数字化基础上的媒介的全面融合”①带来对数据的任意操控，决定什么是真实的，不是主体或意识，而是集成电路。如此，文化也就是一个数据加工的过程。当今的新媒介的挑战不仅对媒介研究的兴起起到了催化作用，新媒介生成的格局也促使研究重新审视媒介的历史，重构当今与历史的关联。

随着文化学研究的展开，历史的建构特点更加凸显出来，几乎成为研究界的共识，因此，对历史传承方式的追问，对记忆的运作方式、媒介条件以及个体记忆的社会关联的探讨成为关注的热点。海德堡大学埃及学教授扬·阿斯曼(Jan Assmann)在他发表于1992年的重要论著《文化记忆——早期文明中的文字、回忆与政治同一性》②中，对在文化认同上具有重要意义的集体记忆做了“交往记忆”与“文化记忆”的区分：前者依赖于活着的人，主要通过口头形式传承，它构成了个体与同代人的认同感的基础，并建立了与前辈的历史关联；而后者则是“每个社会、每个时代特有的重复使用的文本、图像与仪式的存在”③，“那些

---

① Friedrich Kittler: *Grammophon Film Typewriter*. München: Brinkmann & Bose 1986, S. 8.

② 参见 Jan Assmann: *Das kulturelle Gedächtnis. Schrift, Erinnerung und politische Identität in frühen Hochkulturen*. München: Beck 1992.

③ Jan Assmann: “Kollektives Gedächtnis und kulturelle Identität”. In: Jan Assmann/Tonio Hölscher (Hg.): *Kultur und Gedächtnis*. Frankfurt am Main: Suhrkamp 1988, S. 15.

塑造我们的时间与历史意识、我们的自我与世界想象”[①]的经典。“文化记忆”通过生成回忆的象征形象，为群体提供导向和文化认同基础。因此，阿斯曼的研究更加关注文化记忆，即超越交往记忆的机构化的记忆技术。如此，记忆研究的核心问题是探讨个人、群体是怎样通过记忆的中介而建构对自身与世界的理解模式的。这样，记忆研究可以重新建构同时存在的不同时期的回忆过程。

作为表述形式，或者说讲故事，文学是人的存在的基本条件，它不仅述说着人的经验与愿望，阐释着世界与自身，同时也承载着人类的知识与传统。随着文字的发明，储存于人的身体之内的经验、知识、记忆得以摆脱口耳相传这种单一的外化的流传方式，通过文字书写而固定下来。而印刷术的发明不仅为机械复制提供了技术条件，使得远程交往成为可能，同时也导致了知识秩序的重组，感知方式的变化，想象力的提高。以百科全书派为标志的启蒙运动推动了知识的普及，促成了文学发展的高峰。特别是被称为“市民艺术”的小说的发展，不仅迎合了市民随着教育的普及、业余时间的增多而产生的消遣的需求，而且“孤独”的小说阅读促进了人的个性发展。工业化、城市化的进程改变了人的交往方式、空间理解，促使人重新思考人的定位，机器作为新的参照坐标，加入了以

① Jan Assmann: “Das kulturelle Gedächtnis”. In: *Thomas Mann und Ägypten*. München: Beck 2006, S. 70.

上帝、动物为参照的对人的理解模式之中。

把文学作为鲜活生动的文化史料置于历史语境中来考察，不仅可以观察文化的建构机制，同时也可以凸显出文学的历史、社会、文化功能。而在如此理解的文化学视角下的文学研究中，文学不再是孤立的审美赏析对象，也不是某种思想观念或社会状况的写照，或者某种预设的意义载体，而是文化体系的重要组成部分，文学以其虚构特点，以其生动直观的表述方式，在与其他话语的交织冲撞中参与着文化体系的建构以及对人的塑造。

二十多年来，我们尝试将这种文学研究的范式纳入德语文学研究与研究生教学实践中。可以说，“德国文化学与德语文学研究丛书”所展现的就是这一尝试的成果。这些成果从文化体系的某一个具体问题入手，尝试探究这一问题的历史转换与文学对此的建构作用。这些成果的生产者大多从硕士学习阶段就以文化学研究视角为基本导向开始了研究实践。每周 100～200 页的文学与理论文本阅读、集体讨论，每学期 3～4 次的读书报告、十几页的期末论文，不定期的研读会、国内与国际的学术研讨会，使这些论著的作者逐步成长为有见地的研究者。如果说现在流行的“通识教育”大多已沦为机构化的形式口号，那么这些作者则在唯分数、唯学位模式的彼岸，在文化学问题意识的引导下，把思考、探讨、研究变成了一种自觉。问题导向把他们引向了历史的纵深、学科的跨界、方法的严谨、理论的批判与对当今的反思。

希望这些论著的出版在展示文化学研究范式的同时，能够对文学与文化的理解提供有益的帮助，对文学研究的发展起到推动作用。

衷心感谢该系列丛书作者的辛勤劳动，诚挚感谢同济大学出版社的精心编辑。

王炳钧　冯亚琳

2019年8月中旬

# 目录

**本书中作品简称汇总**

NB=《我在无人湾的一年——一则新时代的童话》

CS=《痛苦的中国人》

SWE=《真实感受的时刻》

LH=《缓慢的归乡》

LSV=《圣山启示录》

DW=《去往第九王国》

VJ=《试论点唱机》

# 引　言

奥地利作家彼得·汉德克(Peter Handke)[①]在他2019年获得诺贝尔文学奖后致辞。尾声部分中,他引用了同为诺贝尔文学奖获得者的瑞典诗人托马斯·特兰斯特罗默(Tomas Transtömer, 1931—2015)的诗《罗马式拱形》(*Romanische Bögen*)。这位被汉德克称为"灵魂守卫者"的诗人在诗中这样写道:"一个看不清面孔的天使拥抱我。他的低语贯穿我全身:'不要为自己是人类而羞耻,要自豪!你内部一个拱顶通向另一个拱顶,无穷尽地。你永远不会圆满,因为本来就该这样。'"[②]从致辞中可以看出,汉德克想要通过诗学追求的意义,并不是一个

---

① 彼得·汉德克(Peter Handke),以下简称汉德克,奥地利作家,生于格里芬(Griffen),是诗人、小说家、剧作家、电影导演,于1968年获得格哈特·霍普特曼奖(Gerhart-Hauptmann-Preis),1973年获得格奥尔格·毕希纳奖(Georg-Büchner-Preis),并凭借《卡斯帕》(*Kaspar*)获得奥比奖(Obie Awards)最佳外语剧作奖,2009年获得卡夫卡奖,2014年获得国际易卜生奖,2019年获得诺贝尔文学奖。

② 徐畅:《汉德克获奖演说》,载《世界文学》,2020年02期。

永恒不变的先验秩序与整体性意义，而是在肯定主体存在的前提条件下，对存在发生过程的认知与把握。这与他 1974 年对其写作纲领的表述一脉相承："比如说，我在写作的时候脑海中也会浮现一些概念的迹象，这个时候我就会尽可能地转向另一个方向，或者说面向另一处风景，既没有从概念中偷懒，也没有对整体性抱有执念(Totalitätsanspruch)。"[①]汉德克在此处讨论的正是他作为一个作家在写作的过程中遭遇的语言危机与困境。对概念的追求与对整体性的执念，指的正是语言作为先验秩序对普适性的要求。这正与主体对主观感受个体性表达的愿望之间，产生不可调和的矛盾。"进入语言就意味着接受一种强加于自身的表达方式和意义系统，进入一个早已存在的秩序，接受一种异己的意识形态，一种被给定的价值和道德的体系。"[②]那么主体如何能够从僵化的概念性语言秩序中解脱出来？以及写作如何才能够摆脱"出卖事物本质的语言思维所带来的危险"[③]，在诗学中"重新思考旧的词汇"[④]的可能性？

自 1966 年参加"四七社"年会起，汉德克便在整个 60

---

① Handke, Peter: *Als das Wünschen noch geholfen hat*. Frankfurt am Main: Suhrkamp 1974. S. 76f.

② 章国锋：《"天堂的大门已经关闭"——彼得·汉德克及其创作》，载《世界文学》，1992 年第 3 期，第 289—303 页，此处为第 292 页。

③ Handke, Peter: *Die Geschichte des Bleistifts*. Salzburg / Wien: Residenz 1982. S. 212.

④ Handke, Peter: *Gestern unterwegs. Aufzeichnungen November 1987 bis Juli 1990*. Salzburg / Wien: Jung und Jung Verlag 2005. S. 90.

年代的创作中，以十分极端的语言实验，抨击文学语言的“描写无能”（Beschreibungsimpotenz）。60年代末，学生运动尴尬收场，文学转而开始专注描绘危机状态中主体的主观感受。这一时期汉德克的叙事作品不再将重点放在激进的语言实验之上，开始以个体的主观感知为出发点，展现个体对危机的体验，以及其摆脱危机的尝试，寻求与自我和外部世界和解，实现自我的过程。这一时期的作品中，叙事视角多为主观视角，具有很强的传记色彩，比如《短信长别》（*Der kurze Brief zum langen Abschied*, 1972）、《真实感受的时刻》（*Die Stunde der wahren Empfindung*, 1975）、《左撇子女人》（*Die linkshändige Frau*, 1976），都通过叙事将个体在此时此刻的主观体验作为反思的对象，意在找出摆脱存在危机的可行方案。而主体对当下存在的时间性感知，比如无聊、虚无等，以及主体在这种状态之下的愤怒与不知所措，以及包括暴力行为在内的反抗，都是“新主体性”风格叙事中不可或缺的重要元素。

之后，汉德克在经历了70年代末的写作危机之后，于1979年开始了他真正的写作《缓慢的归乡》（*Langsame Heimkehr*, 1979）[①]。实际上，汉德克在《真实感受的时刻》中，已经对主体摆脱危机的可行性方案作出猜想：汉德克在这部小说的结尾处，给主人公科士尼格（Keuschnig）

---

① 参见：Franke, Konrad: *Wir müssen fürchterlich stottern. Die Möglichkeit der Literatur. Gespräch mit dem Schriftsteller Peter Handke.* In: *Süddeutsche Zeitung*, 23. Juni 1988.

安排了一封来自未来的书信。科士尼格正是借着这封未来对自我的叙事，找到了生存的立足点与方向性。紧接着他又在80年代的《痛苦的中国人》(*Der Chinese des Schmerzes*, 1983)与《去往第九王国》(*Die Wiederholung*, 1986)中将这种猜想付诸实践。在《缓慢的归乡》之后，汉德克形成了一种非常成熟的叙事方式，这种叙事将现象学的感知、历史哲学的反思与美学上的自我肯定统一到叙事结构之中。对于汉德克来说，以叙事为目的观察，意味着发现日常生活中被遮蔽的事物本质，而叙事主体则可以借助这种发现，获得存在意义。汉德克认为，主体可以通过这种形式的叙事，达成与世界、与自然、与历史以及与自身回忆的和解。其中作为叙事准备阶段的"门槛状态"(Schwellenzustand)，以及叙事最终要达成的目标——"第九王国"(das neunte Land)，成为汉德克此后文本中反复出现的主题。汉德克在文本之中讨论的不再只是语言对主体的异化，以及其作为先验秩序对个体的规训，而是将重点放到主体通过语言进行自我解构和重构的过程。此时叙事主体或者文本之中的主人公经常会通过归乡之旅等经历，完成对自身社会身份的解构，期望摆脱作为他者的先验秩序对自身的设定，并通过回忆，在叙事中重构其存在的意义。这是主体试图实现与自我和外部世界达成和解的过程。在这个和解的过程中，汉德克不再批判语言的"描写无能"，也不再质疑个体获得救赎的可能，而是通过叙事重构主体的过去。语言对过去的重构，在汉德克 80 年代的文本之中忽然之间成为新时代的神话——第九王国。

但是汉德克 90 年代的文本中消解了“第九工国”的存在：《我在无人湾的一年——一则新时代的童话》(*Mein Jahr in der Niemandsbucht. Ein Märchen aus den neuen Zeiten*, 1994)[①]中，通过第一人称叙事者科士尼格(Keuschnig)与来自《去往第九王国》中的科巴尔(Kobal)之间的激烈辩论，来讨论汉德克在 80 年代文本之中实践的叙事方式究竟能不能让主体摆脱僵化的概念性语言带来的桎梏，重新思考词汇的可能性。《无人湾》一文带有十分明显的自传色彩，汉德克不论在社会身份还是存在困惑方面都与文中叙事主体科士尼格相似。不仅如此，《无人湾》中出现了大量与汉德克此前文本的互文关系，其中最主要的就是科士尼格与科巴尔之间的辩论。甚至叙事者的名字科士尼格也与《真实感受的时刻》中主角名称一致，而且两者也都面临相似的生存困境。这样一来，《无人湾》在一定程度上可以看作是《真实感受的时刻》中科士尼格收到的来自未来的那封信。从这个角度上讲，《无人湾》中第一人称叙事者科士尼格对叙事方式的讨论，可以看作汉德克作为作者对叙事的探索与反思。但是很显然，汉德克并没有满足于《不理性的人终将消亡》(*Die Unvernünftigen sterben aus*, 1974)中所表

---

① 以下简称《无人湾》。

达的叙事方式，停留在模仿自我与世界之间的联系[①]这一层面，也没有满足于80年代作品中“第九王国”的乌托邦，而是更进一步，通过叙事主体来反思叙事行为，将叙事的重点从对过去经历的整合与消化，转向对当下存在的关注。《无人湾》讲述的正是一位作家找寻自我的过程，第一人称叙事者科士尼格与汉德克一样，都在经历令人绝望的创作危机。小说的第一句话是：“我一辈子到现在才经历过一次改变。”[②]科士尼格想要完成自己的写作，他离开自己的妻子与儿子，搬到巴黎近郊的偏僻之处隐居，独自思考自己的创作过程。他的“无人湾”指的是他隐居地附近、塞纳河对岸山谷中的一片森林。科士尼格经常会在这森林之中的空地上写作，分毫不差地用文字来呈现他观察外部事物，并试图寻找其存在本原状态的过程。此时，科士尼格的写作重点不是他对过去的回忆，而是他在当下时刻对外部世界的感知；他对事物本原状态的探索与追求，也不会像80年代作品中的叙事主体一样，必须要经历归乡之旅，而是事物在科士尼格的想象之中，以本原的状态，在书写的过程中与他相遇。小说中段花了大量笔墨，以童话的形式来讲述科士尼格七位远行

① 参见：Handke，Peter：*Die Unvernünftigen sterben aus*. Frankfurt am Main：Suhrkamp 1973. S. 53.

② Handke，Peter：*Mein Jahr in der Niemandsbucht. Ein Märchen aus den neuen Zeiten*. Frankfurt am Main：Suhrkamp 2007. S. 5. 后文引用简写为 NB。下文中同部作品的引文将随文在括号内标注出页码，不再另行做注。

友人的经历。这种形式的叙事过程乍一看似乎仍旧在模仿传统经典叙事方式,完成对过去的重构。但实际上科士尼格叙述的这些故事,与现实生活中真正发生在过去的事件没有真正的联系,而是科士尼格在叙事过程中对当下的想象,是对当下中主体体验的拓展。所以说,语言对个体的规训与制约以及主体的存在危机,在《无人湾》中,成为个体在宏大叙事失效的情况下对自身存在合法性的诉求与挣扎。文本之中所讨论的叙事也从对过去的回忆与重复,转变为对当下的关注。

诚然,汉德克从90年代开始,在创作的过程中有很大一部分作品受到90年代东欧政治动荡的影响。尤其是他在1996年的游记《多瑙河、萨瓦河、摩拉瓦河和德里纳河冬日之行或给予塞尔维亚的正义》(*Eine winterliche Reise zu den Flüssen Donau, Save, Morawa und Drina oder Gerechtigkeit für Serbien*, 1996)以及同年出版的《冬日旅行之夏日补遗》(*Sommerlicher Nachtrag zu einer winterlichen Reise*, 1996)中讨论了媒体报道中的南斯拉夫战争,引来极大争议与批判。但是汉德克自己在访谈之中却反复强调他作为一个传统经典作家的身份;他在获诺贝尔文学奖的致辞中,同样也绝口不提政治与战争。汉德克的游记虽然不在本书的讨论范围之内,但是这种媒体的反响的确也说明了一个问题——汉德克本人及其作品极富争议。

这种争议主要表现为以下几点:第一点正是汉德克

文本之中关于战争的表达。媒体将其作品称为“试论成功的战争罪行”[①]，而汉德克本人则一直在强调自己的作家身份。双方对同一作品的解读背道而驰。正如上文所述，汉德克作品本身不论从叙事风格还是叙事主题上都有很大的割裂感与矛盾感，尤其以汉德克 90 年代叙事为最。此时需要注意的是，这是汉德克写作的固有风格。他在文本之中给出看似对立的观点，比如隔离与参与、忽然性(Plötzlichkeit)与绵延(Dauer)、质疑语言与崇拜语言、放任(Sein-Lassen)与介入(Vereinnahmung)，这实际上构成了一种复调叙事。这种颇具后现代风格的叙事方式暗含了自我矛盾与分裂，不再向权威祈求统一的救赎，而是在重复与矛盾之中逐渐抵达世界的本质[②]。从海德格尔与克尔凯郭尔的角度来说，这是一种通过重复来展现事物不同的变体与角度，以达到理解事物本质的手段。因此，哈斯林格(Adolf Haslinger)认为，汉德克的文本是通过准确的语言和主题上的关联性，在过往经历、回忆的旧有图像之中，创造新的联系[③]。在汉德克新的叙事作

---

① Emcke, Carolin: *Handke-Debatte. Versuch über das geglückte Kriegsverbrechen*. In: *Spiegel-Online*, am 04. 06. 2006.

② 参见：Lützeler, Paul Michael: *Einleitung. Von der Spätmoderne zur Postmoderne*. In: Ders. (Hrsg.): *Spätmoderne und Postmoderne. Beiträge zur deutschsprachigen Gegenwartsliteratur*. Frankfurt am Main: S. Fischer 1991. S. 11 – 22. Hier S. 17.

③ 参见：Haslinger, Adolf: *Achtung, Hornissen! Zu Peter Handkes früher Prosa*. In: Gerhard Fuchs, Gerhard Melzer (Hrsg.): *Peter Handke. Die Langsamkeit der Welt*. Graz: Droschl 1993. S. 95 – 113. Hier S. 111.

品，比如《莫拉维亚之夜》(*Die morawische Nacht*, 2008)与《第二把剑——一个五月的故事》(*Das zweite Schwert. Eine Maigeschichte*, 2020)中都可以找到他对其早期文本的引用与改编。他认为艺术作品是对已存在事物的重复，其目的是在这重复之中重新寻找到事物的本质。他在和赫尔伯特·甘珀(Herbert Gamper)的访谈中详细地阐述了这种观点："大家如果能够注意到，一切事物其实已经早已为人所知，且已经被谈论过了，而人们只是在通过略微改变该事物的方式来重复它，这种情况下，人会得到极大的安慰。但是正是这种略微改变的形态——这其实正是艺术作品的本质，在略微改变——通常情况下仅有极少部分发生改变——的形式下的重复。"[①]所以标题中的"正义"一词极大程度上也是汉德克对自身的引用与重复。早在 80 年代的《痛苦的中国人》中，他就已经借助洛泽之口，呼吁受制于语言危机之中的主体行动起来，实现语言的正义(Gerechtigkeit)，成为行动者的民族[②](das Volk der Täter)。汉德克在文本中用 Täter 和 Gerechtigkeit 分别表述行动者与正义，之后在论述维吉尔的《农事诗》时，也提到维吉尔的叙事语言是符合事物本质的语言，因而具有正义(Gerechtigkeit)。文本之中虽

① Handke, Peter u. Gamper, Herbert: *Als ich lebe nur von den Zwischenräumen*. Zürich: Ammann Verlag 1987. S. 190.

② 参见：Handke, Peter: *Der Chinese des Schmerzes*. Frankfurt am Main: Suhrkamp 1983. S. 108. 后文引用简写为 CS。下文中同部作品的引文将随文在括号内标注出页码，不再另行做注。

然也描述了洛泽对暴力的幻想，但是他实际上并没有杀人，而且他的暴力指向的也是他作为主体对外部世界的介入以及对当下的尝试。从这个角度上讲，不能将 Täter 理解为普遍意义上的“杀人凶手”，也不能将 Gerechtigkeit 简单地处理为对正邪善恶的道德评判；Täter 一词在汉德克的文本之中首先指的是能够行动起来介入外部世界的人，而 Gerechtigkeit 指的也是语言能够接近或者说符合事物本质的状态，是语言对事物的正义。所以汉德克的叙事语言其实在这种重复引用之中生成了自有的语义范畴。从这一点来看，如果要更完善地了解汉德克的诗学概念或者说解释他在文本之中产生的争议，就需要首先“从历史的角度来理解和观察他的文本”①。比如，汉德克在游记之中对巴尔干半岛争端的讨论，从这个角度理解的话，很可能仍旧只是汉德克对语言能否表达事物本质能力的质疑与探索，只不过这一次的探索与媒体和战争有关而已。

争论的第二点是，汉德克的文本从 70 年代开始，前后经历了很大的变化，而究竟应该如何解释这看起来前后矛盾的转折？汉德克究竟有没有从语言的批判者转向语言的崇拜者？针对这种变化的研究的确不少。比如，

---

① Durzak, Manfred: *Postmoderne Züge in Handkes Roman Der kurze Brief zum langen Abschied*. In: Laurent Cassagnau, Jacques Le Rider, Erika Tunner (Hrsg.): *En Route avec Peter Handke*. Asniéres: Presses Sorbonne Nouvelle 1992. S. 123－132. Hier S. 124.

菲德麦尔(Federmair)认为,汉德克文本中出现的"回归语言母亲怀抱"的现象,正是汉德克"从以批判秩序为目的的语言批判到以美化秩序为目的的语言美化"。[①] 依瑞斯·拉迪斯(Iris Radisch)将这种转向称为"语言与世界在美学层面上的和解"[②],但是这种转向在拉迪斯看来带着浓重的宗教意味,抛弃了汉德克早年作品中表现出来的先锋派写作手法:"这是一种文学上的神秘主义,对于不信奉于此的人来说则是十分滑稽可笑的。"[③]威利·维克勒(Willi Winkler)也把汉德克看作一位"世俗田园生活的歌者"[④],认为汉德克宁可相信通过诗学重新创造的世界,也不愿意在已经存在的现实生活中为自己的存在而奋斗[⑤]。伊娜·哈特维希(Ina Hartwig)则是将关注的重点放在汉德克作品在转向的过程中出现的内在矛盾点之上,认为汉

① Federmair, Leo: *Von den kleinsten Dingen. Zu Peter Handkes Salzburger Tagebuch*. *Rezension zu Am Felsfenster morgens (und andere Ortszeiten 1982–1987)*. In: *Literatur und Kritik*. Österreichische Monatsschrift, 33(1998). S. 88–90. Hier S. 88.

② Radisch, Iris: *Eine Märchenstunde in Santa Fe*. *Rezension zu In der dunklen Nacht ging ich aus meinem stillen Haus*. In: *Die Zeit*, 18 (1997), am 25. April 1997.

③ Radisch, Iris: *Eine echte Fälschung*. *Rezension zu Versuch über den geglückten Tag*. In: *Die Zeit*, 35(1991), am 23. August 1991.

④ Winkler, Willi: *Das ist kein Säuseln des Windes, das ist das Säuseln der Hölle*. *Rezension zu Peter Handkes Kali*. In: *Süddeutsche Zeitung*, am 3. Februar 2007.

⑤ 参见: Winkler, Willi: *Geschichten vom Untergang*. *Peter Handke entdeckt Johannes Moy und dessen Erzählband „Das Kugelspiel"*. In: *Die Zeit*, 24(1988), am 10. Juni 1988. S. 55.

德克在"享乐主义与文化批判的灰色地带"[①]游走。以上列举的这一类文献和评论中，重点是汉德克从语言批判者转向为新古典主义传道者的变化过程，倾向于将汉德克的诗学划分为三个不同的发展阶段，分别贴上"语言批判"(1964—1969)、"新内向性"(Neue Innerlichkeit)(70年代)与"克服偶然性"(Kontingenzbewältigung)"(1979年以后)三个标签。[②] 诚然，汉德克的作品中确实体现出这三个标签所代表的不同特点，但是这些研究仅仅只是在描述汉德克文本创作重心的转变，反而忽略了转变背后的动机，最后认为汉德克的叙事在20世纪80年代后出现了神秘主义的转折[③]。这一方面是因为此类研究极少将汉德克90年代的叙事文本，比如《无人湾》，作为研究对象。包括国内对汉德克的研究也往往只停留在汉德克60年代至80年代的文本之中。比如章国锋先生在《"天堂的大门已经关闭"——彼得·汉德克及其创作》中，虽然也完整地梳理了汉德克60年代至80年代的创

---

① Hartwig, Ina: *Heraus aus der Rachefalle. Bilder-Finder, Bilder-Erfinder: Peter Handke meldet sich mit einem neuen Roman geläutert zurück. Rezension zu Der Bilderverlust*. In: *Frankfurter Rundschau*, am 19. Januar 2002.

② 参见：Dinter, Ellen: *Gefundene und erfundene Heimat. Zu Peter Handkes zyklischer Dichtung Langsame Heimkehr 1979–1981*. Köln/Wien: Böhlau Verlag 1986. S. 4.

③ 参见：Kilb, Andreas: *... woran? An nichts Bestimmtes. Über Peter Handkes Reisenotizen Noch einmal für Thukydides und über Peter Strassers Handke-Essay*. In: *Die Zeit*, 46(1990), am 09. November 1990.

作历程，最后认为汉德克的叙事中，“主观体验成为判断一切的尺度，而叙述则完全成了一种奇异神秘的内心状态的传达”，[①]但实际上汉德克早在20世纪70年代的文本之中就已经表示，他写作的目的就是寻找摆脱概念性语言这一先验秩序枷锁的道路，但是如果汉德克最后的叙事仍旧只是归于神秘主义的崇拜，这就等同于他在反叛一种先验秩序的同时，又在塑造另一种先验秩序。这几乎等同于他对自己的背叛。阿道夫·哈斯灵格1992年在格拉茨大学召开的汉德克交流会上的报告中，对这种困境做出如下总结：“汉德克文本中的发展脉络呈现出的是跳跃和逆行趋势，还是其开端的持续变体？参加这次交流会的汉德克研究者甚至都无法对这个问题做出一致性回答。”[②]

当然，不少研究也以纵向对比的方法，讨论汉德克早期文本与其80年代及以后的文本之间的关系，期望从中解释汉德克转变的主要原因。例如克里斯托弗·巴特曼(Christoph Bartmann)就曾经尝试建立汉德克早期作品与归乡三部曲中的《缓慢的归乡》一文之间的联系。汉德克的后期叙事作品往往被视为汉德克有意识地对自身早期诗学观点的讨论与反思。1976年，汉德克在和曼福瑞

---

① 章国锋：《“天堂的大门已经关闭”——彼得·汉德克及其创作》，载《世界文学》，1992年第3期，第289—303页，此处为第303页。

② Haslinger, Adolf: *Achtung, Hornissen! Zu Peter Handkes früher Prosa*. In: Gerhard Fuchs, Gerhard Melzer (Hrsg.): *Peter Handke. Die Langsamkeit der Welt*. Graz: Droschl 1993. S. 95 - 113. Hier S. 95.

德·杜扎克(Manfred Durzak)的访谈中曾提到,在他的作品中存在一种明显的持续性,这个连续性他坚持了将近40年。他在谈到自己文学作品的发展趋势之时这样说道:“基本上一切都维持原样。只是有的时候它在写作中稍微退居幕后,但是有时又会直冲天际,有点像伊卡洛斯,有可能冲上去却被灼烧了翅膀,有可能会因为某些特定的词汇陷入危险之中——语言是会还手的。”[①]虽然无法否认,上述表述之中,有汉德克的表演成分,但是以此为切入点,的确可以发现在汉德克长达55年的写作生涯之中,出现了很多重复的主题与图像,包括对自身作品的引用。因此也就可以理解为什么学界对汉德克作品连续性的研究蜂拥而至。这些研究旨在为汉德克新的作品找到一种历史语境。比如说斯蒂凡·霍法(Stefan Hofer)在研究中得出如下结论:汉德克作品的发展更多的是一种方法上的偏移,而不是一种极端的新定位[②]。不仅如此,格哈特·梅尔茨(Gerhard Melzer)也认为,研究中反复提及的汉德克作品中的转向,“绝不是一蹴而就的,也不是一种世界观或者美学上的偶然性行为”,而是经历了

---

① Durzak, Manfred: *Für mich ist Literatur auch eine Lebenshaltung, Gespräch mit Peter Handke*. In: Ders.: *Gespräche über den Roman. Formbestimmungen und Analysen*. Frankfurt am Main: Suhrkamp 1976. S. 314－343. Hier S. 332.

② 参见:Hofer, Stefan: *Die Ökologie der Literatur. Eine systemtheoretische Annäherung. Mit einer Studie zu Werken Peter Handkes*. Bielefeld: Transcript 2007. S. 232.

70 年代缓慢的“重心转移”过程。[1] 但汉德克究竟是如何逐步实现这种重心转移的？他又为什么在 80 年代达成叙事的第九王国之后，在 90 年代转变他的叙事方式？

马缇娜·瓦格纳-恩格哈弗(Martina Wagner-Egelhaaf)在谈到这些争议的时候是这样表述的：

> 彼得·汉德克的作品会让人迷惑，这是因为他的文本会动摇读者的阐释角度。他的文本有拒绝被阐释的意志。这就让读者在阅读的过程中产生疑问：文本的目的究竟是什么呢？是共同完成(Mitvollzug)、批判还是寻找事物之间的联系？每一个文本之外的批判角度看起来都好像不合时宜，这就导致，汉德克作品的评论者或是阐释者在研究其文本的时候，经常会陷入对文本的描述之中，就好像他的文本是一幅画一样。[2]

造成这种困惑的原因是，上述研究忽略了一个关键信息：叙事本身就是汉德克写作的目的。如果撇开“叙

---

① Melzer, Gerhard: *Lebendigkeit: Ein Blick genügt. Zur Phänomenologie des Schauens bei Peter Handke*. In: Gerhard Melzer, Jale Tükel (Hrsg.): *Peter Handke. Die Arbeit am Glück*. Königstein / Taunus: Athenäum 1985. S. 126 - 152. Hier S. 131.

② Wagner-Egelhaaf, Martina: *Archi-Textur: Poetologische Metaphern bei Peter Handke*. In: Laurent Cassagnau, Jacques Le Rider, Erika Tunner (Hrsg.): *Partir - Revenir. En route avec Peter Handke*. Asniéres: Presses Sorbonne Nouvelle 1992. S. 93 - 110. Hier S. 93.

事”来谈论文本之中主体的行为与具体情节，这就很容易忽视主体的行为动机，导致最后得出的结论流于表面。对语言的反思、主体的存在危机和其在危机之中的应对，是汉德克叙事文本一以贯之的红线。但同时不可否认的是，汉德克对于语言和主体的讨论，一直都是放在叙事这个框架之下的：主体对存在和自我的追求，在汉德克的层面上，其实是主体通过语言来构建自我存在的过程。因此，如果要理解汉德克文本之中究竟涉及的是语言批判还是语言崇拜，就需要回到主体对自身存在状态的阐释这一过程：首先，主体能否通过语言来阐释自我存在状态，以及理解其感知到的外部世界？其次，这种阐释过程属于言语行为，必然具有时间性。那么叙事行为的时间与其指涉的时间之间能否实现能指与所指的统一？最后，汉德克在90年代文本之中叙事方式的转变反过来是不是也意味着他在对存在认知层面上的转变？

所以将汉德克90年代中具有代表性的文本《无人湾》与其70年代的《真实感受的时刻》和80年代的《痛苦的中国人》中所表现出来的叙事方式作对比，将叙事中呈现出来的主体存在的时间性作为主线，才能比较合理地讨论汉德克在叙事方面的探索与反思。国内关于汉德克的研究虽然不少，但也未曾解决上述争议。一方面，国内对于汉德克的研究的确集中在对他80年代以及其早期单个作品的解读，其中重点是汉德克的剧作，比如李明明对汉德克说话剧《预言》(*Weissagung*，1966)与《自我控诉》(*Selbstbezichtigung*，1966)中姿势批评的研究。对汉德克叙事作品的解读虽然层出不穷，其中也涉及汉德克文本之中对语言的批判与反思、主体性的构建等方面，但始终以汉德克的某一个文本或者说同一时期的某几个关联性较大的文本作为基础，切入点为空间、感知、游戏等。这就在一定程度上忽略了汉德克 90 年代叙事方式的转变。与本章关联性较大的是丁君君对《真实感受的时刻》这一文本的解读。她在《真实感知与神秘经验——论汉德克小说〈真实感知的时刻〉中的个体感知》一文中，通过对比个体在追求和体验“真实感知的时刻”中两种不同的方案：顿悟时刻的神秘经验或者叙事作为神秘经验的解码，呈现汉德克对文学批判性的反思[①]。这虽然对本书第一章的论述过程具有极大的参考价值，但是仅仅从感知这一层面讨论单个文本中汉德克对语言与主体性的思考，以及文学在呈现日常生活中个体感知与自我反思方面的功能，并不能充分地解释汉德克在叙事方面的探索：小说中科士尼格在噩梦之后丧失感知，后在自我放逐之旅中不断寻找自我。如果将这个探索与寻找的过程放在汉德克从 70 年代起的对叙事的讨论语境之下，完全可以将小说中科士尼格的开放式结尾解读为，汉德克将叙事作为主体在存在危机中救赎

① 参见：丁君君：《真实感知与神秘经验——论汉德克小说〈真实感知的时刻〉中的个体感知》，载《外国文学》，2020 年 04 期。

可能的猜想，不一定是汉德克在呈现主体性文学"背后的危机"[①]。

另一方面，关于汉德克90年代叙事作品研究比较少，而且大多数聚焦于他在作品之中对战争的论述，存在一定程度上的误读。这源于汉德克本身对同一主题在不同文本之中的复调叙事：这一点在上文中已作出论证。因而如果要理解汉德克叙事方式的转变，就首先要从汉德克的文本之中对"叙事"作出限定。汉德克在70年代的作品中，并不满足于只描述主体语言能力的丧失以及由此产生的感知障碍、无聊、愤怒与暴力行为，也并不局限于表现主体在存在的虚无之下，抱怨无门的窘境，而是更加倾向于讨论解决这种困局的可能性。此时叙事的目的在于为叙事主体提供构建自我的可能。因此，不能把汉德克的文本简单地定义为脱离现实的"田园牧歌"，也不能认为叙事是主体在存在危机之中无奈的避世之举。汉德克实际上在文本之中所尝试的，是讨论主体能否在不受先见影响的情况下，通过叙事的手段，到达被感知事物的本质。汉德克在《在悬崖窗边的早上》(*Am Felsfenster morgens. Und andere Ortszeiten 1982－1987*，1998)中认为，这是一种现象学的方法，其目的不在获得对事物十分准确的定义，而在于能让事物的本质在叙事的过程

① 参见：丁君君：《真实感知与神秘经验——论汉德克小说〈真实感知的时刻〉中的个体感知》，载《外国文学》，2020年04期。

中展现出来(Gewährenlassen der Dinge):“叙事作品、诗歌或者说是艺术的秘密在我看来正是如下形态的排序(Gestaltenreihe):察觉(das Gewahrwerden)、看见、安静地对形态命名。”[①]在汉德克看来,叙事是主体感知世界,并通过语言来理解事物,最后掌握事物本质的过程。“命名”即叙事的最终目的,意味着主体可以把握外部世界的本质,这同时也意味着他可以将自身从存在的虚无状态中解救出来,度过语言危机和存在危机。如果说语言作为媒介在汉德克 60 年代的叙事作品中被描述为对存在的威胁,那么它在汉德克 70 年代及以后的其作品中逐渐演变成主体认识自我与认识世界的必要手段,是主体到达世界本质的必经之路。[②]

然而,这一结论无法解释《痛苦的中国人》与《去往第九王国》两个文本的结尾:虽然洛泽与科巴尔在文本的最后都一定程度地达成与世界之间的和解,但是这种和谐的状态本身与主体互相排斥。洛泽只是这个和谐世界中的局外人,只能观察这个世界,并不能参与其中。他所能做的事情,只剩下“等待”,等待统辖这个世界的事物为他

---

① Handke, Peter: *Am Felsfenster morgens (und andere Ortszeiten 1982 – 1987)*. Wien/Salzburg: Residenz 1998. S. 380.

② 此处表明汉德克重新获得了对语言的信任。这在研究中被认为是汉德克《缓慢的归乡》及以后作品中最主要的标志。参见:Au, Alexander: *Programmatische Gegenwelt. Eine Untersuchung zur Poetik Peter Handkes am Beispiel seines dramatischen Gedichts Über die Dörfer*. Frankfurt am Main: Peter Lang 2001. S. 199.

在当下的存在赋予意义(参见 CS, S. 251f)。虽然说叙事王国可以给科巴尔带来秩序,为他提供安全感与归属感,但是第九王国的前提是科巴尔已经经历了 20 岁之时的探险,也经历了 45 岁的沉淀。他通过叙事厘清的存在状态,指向的并不是他的当下,在他完成叙事的同时,就已经错过由此获得的存在意义。所以他才会说:“后继者,如果我不在此处了,你可以在叙事王国,在第九王国之中找到我。”[①]叙事者在完成叙事的那一刻就失去了叙事与现实之间的联系。这正是上文中提到汉德克作品为不少研究评论者所诟病,被认为与现实脱节或者是一种避世之举的主要原因。但是不可否认的是,叙事主体在回忆的框架下实现的自我建构必然也是有创造性的,不是毫无保留地对过去的时间进行重复和模仿,主体在捋清与过去、与外部世界之间的关系过程中,的确可以获得一定程度上的与世界的和解。那么为什么这种和解的理想状态最终将主体排除在外?这不仅仅是汉德克究竟是不是在崇拜语言或者说逃避现实的问题,而是叙事的时间性问题:叙事行为时间必然是主体存在的当下时间,而被叙述的事件在科巴尔和洛泽身上指的则是过去。而叙事行为一旦结束,被叙事重构的自我则被语言结晶化。这个被重构的“我”就完全脱离了现实世界中主体所处的时间

① Handke, Peter: *Die Wiederholung*. Frankfurt am Main: Suhrkamp 1986. S. 339f.

关系。所以,如果要完全解释汉德克文本之中出现的矛盾性、实现“叙事的现象学基础研究”[①],就需要引入“时间”这一维度。

从汉德克的《试论五部曲》[②]就可以很明显地看出,他从 80 年代末开始尝试改变叙事方式。他在通过讨论“过往时期的叙事方式”[③],试图找到属于他自己写作规则的新的诗学方向,希望能够对叙事文学的前现代形式有一种符合时代特征的改变。恩斯特·瑞巴特(Ernst Ribbat)把这种转变概括如下:“关于暂时性感知以及会随着时间发生改变的认知的杂文式实验,一步步在文本之中取代了以教化和驱昧为目的的修辞。”[④]这就有必要把《无人湾》纳入本书的考察范围。借助这个文本,可以详细地阐明汉德克是如何在 80 年代文本的基础之上对其采用的感

① Vollmer, Michael: *Das gerechte Spiel. Sprache und Individualität bei Friedrich Nietzsche und Peter Handke*. Würzburg: Königshausen u. Neumann 1995. S. 137.

② 《试论五部曲》指的是汉德克 20 世纪 80 年代末到 2013 年创作的 5 篇独具风格的叙事作品,即《试论疲倦》(*Versuch über die Müdigkeit*, 1989)、《试论点唱机》(*Versuch über die Jukebox*, 1990)、《试论成功的日子》(*Versuch über den geglückten Tag. Ein Wintertagtraum*, 1991)、《试论寂静之地》(*Versuch über den Stillen Ort*, 2012)和《试论蘑菇痴儿》(*Versuch über den Pilznarren. Eine Geschichte für sich*, 2013)。

③ Handke, Peter: *Versuch über die Jukebox*. Frankfurt am Main: Suhrkamp 1990. S. 70.

④ Ribbat, Ernst: *Peter Handkes Versuche: Schreiben von Zeit und Geschichte*. In: Herbert Arlt, Manfred Diersch (Hrsg.): *Sein und Schein - Traum und Wirklichkeit. Zur Poetik österreichischer Schriftsteller/innen im 20. Jahrhundert*. Frankfurt am Main: Peter Lang 1994. S. 167 - 179. Hier S. 173.

知形式与写作策略进行调整,并将其发展为关于当下性(Präsenz)的诗学。这里需要注意的是,汉德克此时所追求的诗学不再是为了把个体对世界的感知与认识泛化成为许多人秉持的神话圭臬①,而是回到了他在70年代所描述的那种开放性的复调叙事,不仅包含对"当下日常生活的美学体验"②,而且还包括对当下的想象。

还需要注意的是,对于存在源头的追溯作为汉德克众多叙事文本中非常重要的主题之一,开始于《缓慢的归乡》,在《去往第九王国》中被完整地展现出来。陷入存在危机的主体往往要经历一次远行,回到自己的故乡,才能达成自我与外部世界的和解。这正是从荷马的《奥德赛》(*Odyssee*)到克雷蒂安·德·特鲁瓦(Chrétien de Troyes)以及塞万提斯的《唐吉诃德》(*Don Quixote*)所表现出的文学传统。所以从空间的角度来理解汉德克文本的叙事之旅过程中出发与归乡、抗争与和解之间的关系,具有可行性。但是"空间"只是叙事过程涉及的内容之一,所以仅仅从叙事内部层面来分析的话,仍旧不可避免地忽略汉德克对"叙事"行为边界的探索,以及对于不同叙事形式的尝试:80年代的文本已经可以证明叙事行为可以在一定程度上成为主体救赎的可能,但这种线性

---

① 参见:Handke, Peter: *Das Gewicht der Welt. Ein Journal (November 1975 -1977)*. Salzburg: Residenz 1977. S. 278.

② Bartmann, Christoph: *Suche nach Zusammenhang. Handkes Werk als Prozess*. Wien: Braunmüller: Braumüller 1984. S. 151.

叙事(das chronologische Erzählen)最终无法真正实现主体的当下性。那么这种失败是因为叙事方式本身,还是应该将之归咎于作为符号系统的语言?此外,这种失败是否可以避免以及如何避免?

在鲁尔夫·君特·莱纳(Rolf Günter Renner)的解读中,汉德克的创作思考被视为后现代语境下的思维革新:“汉德克在经历了模仿原则的破坏,并且重建了没有指向的符号系统之后,重又回归到以模仿为导向的写作方式;但是这种复归不是在同一个情况之下的。”[①]莱纳在此处提出的“在后现代语境之下的”对传统写作形式的复归,指的是一种再现(Repräsentation)与想象(Imagination)不可分割的叙事形式。在汉德克看来,主体将观察到的事物通过语言表达出来,是一个将事物本质转换成人类语言的过程。这种转变过程是个体得以打破隔离,与外界事物发生接触,进入世界之中的前提。“如果有些本应对个体来说十分真实(wirklich)的事情失去真实性的话,转变(Verwandlung)就是十分有必要的。因为如果这种转变过程成功了,这些事物就会重新获得真实性,反之,个体就会走向毁灭。”[②]也

---

① Renner, Rolf Günter: *Die postmoderne Konstellation in der deutschen Gegenwartsliteratur*. In: *Die Postmoderne – Ende der Avantgarde oder Neubeginn*. Hrsg. Von Carl-Schurz-Haus / Deutsch-Amerikanisches Institut (Freiburg), Georg-Scholz-Haus (Waldkirch). Eggingen: Ed. Isele 1989. S. 49 – 74. Hier S. 66.

② Handke, Peter: *Phantasien der Wiederholung*. Frankfurt am Main: Suhrkamp 1983. S. 50.

就是说,汉德克在文本之中所要表达的是,个体可以通过这种在语言之中完成的转变过程,来寻找通往世界的道路。此时,语言可以不是简单的承载意义的脆弱工具[①]。语言作为一种媒介,其符号的存在本身意味着能指的存在,那么按照基瑟尔(Helmuth Kiesel)的这种观点推论,语言可以指代一切,但就是无法表达在场性与当下性,这种符号所带来的不可避免的不在场,很容易使得主体阐释自我存在状态的过程变成事后诸葛亮。由此可见,汉德克文本叙事策略的转换正是对这种观点的回应。汉德克文本之中的主人公所要寻求的,并不是一种新的语言,而是一种可以让语言摆脱先验秩序附加的含义,呈现事物存在状态的方式。这种方式指的就是叙事。吕茨勒(Paul Michael Lützeler)认为汉德克在文本中有诸多尝试,虽然没有得到最终的结论,但是仍旧提供了一种"尝试不同声音"的空间[②]。汉德克晚期的叙事作品[③]处处都交织着他对叙事这一语言行为的自我考问,但最终并未给出唯一的确定答案,而是作为一个母题随着文本不断发生变化。

---

① 参见:Kiesel, Helmuth: *Geschichte der literarischen Moderne. Sprache, Ästhetik, Dichtung im zwanzigsten Jahrhundert*. München: Beck 2004. S. 463.

② Lützeler, Paul Michael: *Einleitung. Von der Spätmoderne zur Postmoderne*. In: Ders. (Hrsg.): *Spätmoderne und Postmoderne. Beiträge zur deutschsprachigen Gegenwartsliteratur*. Frankfurt am Main: Fischer-Taschenbuch 1991. S. 11 - 22. Hier S. 17.

③《莫拉维亚之夜》的中心也是对叙事的反思。退休的作家颇具讽刺意味地反复琢磨早期作品中的叙事方式、感知方式与生活方式,并借此来反思他的"记录时代"(Aufschreibepoche)。

所以，汉德克的文本之中的旅行与空间首先是被叙述的事件，是主体通过叙事接近事物本质的手段，并不是汉德克文本的目的。

此外，汉德克在文本之中呈现主体对外部事物的感知时，会采用极为细致的语言将叙事主体通过语言把握其自身存在的过程展现出来。这不仅像巴特曼(Christoph Bartmann)所认为的那样，属于汉德克日常生活现象学中的"美学宇宙"(ästhetisches Universum)①，而且还可以被看作是一种文化批判，是用语言来介入时间，回应晚期现代资本主义的挑战。汉德克在文本之中追求的叙事，是为了能够让主体有可能在不受先验秩序附加含义影响的条件下，直接把在当下被观察到的事物翻译转化成人类的语言。在这个过程中生成的意义，指向的就不只是叙事主体过往的经历，而是他对当下时间的参与，是对当下存在的肯定。斯蒂凡·霍法称之为一种"反抗的美学"(Ästhetik des Widerstands)，而且这种美学也在尝试邀请读者细致地观察自我及其所处的世界。② 因此，叙事以及主体追求的这种可描述性和可叙事性，就可以看作主体对世界的反思，而且这种反思也超过了纯粹的美学领域。芭芭拉·费斯汀格(Barbara Feichtinger)在分析《痛

---

① Bartmann, Christoph: *Suche nach Zusammenhang. Handkes Werk als Prozess*. Wien: Braunmüller 1984. S. 155.

② 参见：Hofer, Stefan: *Die Ökologie der Literatur. Eine systemtheoretische Annäherung. Mit einer Studie zu Werken Peter Handkes*. Bielefeld: Transcript 2007. S. 265.

苦的中国人》时，对这种现象做出如下总结："关于自然的不同形式、形体以及进程的叙事，关于工作节奏的叙事以及关于日常生活存在状态的叙事，看起来是自在自为，且能自我满足；但是想象带来的自由空间为其赋予了社会影响力。"[①]这里所说的"社会影响力"指的就是主体对其当下所处社会现实的关注。因为"持续的生存感"(Lebensgefühl)[②]无法在不在场之物中诞生。汉德克的叙事作品中经常出现主体因为思乡之故远行，但实际上这个故乡在汉德克的文本之中从未被找到；主体会陷入对南斯拉夫的想象，但是汉德克笔下的南斯拉夫从未存在，可他依旧认为可以感受到南斯拉夫的消亡。这是一种存在于叙事虚构之中的理想状态。但正是作为主体介入现实世界的行为——叙事——才为想象的世界赋予安全感。因此，将汉德克的叙事文本看作对某种特定文学风格传统的继承，本身具有局限性。他是在通过自己对叙事的探索与研究，来塑造一个属于自己的传统，为自己的诗学定位。[③]

---

① Feichtinger, Barbara: *‚Glänz mir auf, harte Hasel". Zur Georgica-Rezeption in Peter Handkes Der Chinese des Schmerzes*. In: Arcadia 26 (1991). S. 301 - 321. Hier S. 319f.

② Handke, Peter: *Versuch über die Jukebox*. Frankfurt am Main: Suhrkamp 1990. S. 132.

③ 参见：Strasser, Peter: *Sich mit dem Salbei freuen. Das Subjekt der Dichtung bei Peter Handke*. In: Klaus Kastberger/Konrad Paul Liessmann (Hrsg.): *Die Dichter und das Denken. Wechselspiele zwischen Literatur und Philosophie*. Wien: Paul Zsolnay 2004. S 117 - 138. Hier S. 137.

那么，如果要解释他在70年代到90年代的作品中呈现出来的叙事转向，说明这个转向的动因以及最后达成的叙事方式，就需要回到汉德克作品本身对“叙事”这一语言行为的定义。而如果要阐述“叙事”作为主体对当下时间的介入这一行为，那就需要将文本之中对主体“当下”时间的定义，作为叙事方式转变的锚定物，以此来确定和分析叙事主体在通过语言认识世界和自我过程中的存在状态。本书的主要研究问题可以总结如下：第一，汉德克是如何理解“叙事”这一概念的？第二，汉德克的叙事目的是获得主体的存在意义，而主体又必然存在于当下的时间之中。那么如果要理解“叙事”这一概念的话，就需要解释主体对当下的不同感知。汉德克的文本中共有哪几种当下时间模式？只有解释清楚不同的主观时间感受，才能明确地观察到主体存在状态的变化，才能知道叙事在不同存在状态下的功能。第三，有了对不同主观时间模式的阐释，就可以明确地观察到叙事形式的变化。文本中包含了几种不同的叙事形式？哪一种叙事形式最终给主体提供了当下的存在意义？以及汉德克究竟有没有在此过程中将语言神化，有没有从语言的质疑者转变成语言的崇拜者？

而如果要对“叙事”行为作出定义，就需要回到《真实感受的时刻》。汉德克从这个文本开始关注叙事行为的救赎能力。《痛苦的中国人》和《无人湾》则作为汉德克对这种救赎能力的尝试。因此，本书的前三个章节分别将这三个文本作为阐释对象，借助主体主观时间感知的变化，来分析主体存在状态的改变，借此来讨论汉德克叙事方式的转变；在第四章时结合保罗·利科(Paul Ricœr)在《时间与叙事》(*Zeit und Erzählung*)中对于叙事与当下性之间关系的阐述，给出汉德克对叙事行为与当下性的定义，解释其叙事方式转变的原因。

# 第1章 《真实感受的时刻》——语言危机与被暂停的时间

语言危机或者说对语言描写真实能力的质疑[①],从20世纪60年代开始就一直是汉德克的写作对象:语言如何影响人对于世界的感知?人是否可以通过语言来实现认识世界与认识自我的目的?个体对于个体化的自我表达与语言作为约定俗成的符号系统之间的对立如何化解?人如何走出语言危机带来的混乱与无序状态,获得自我与世界的和解?汉德克在其早期的叙事作品中不仅在阐释和揭露上述问题,而且也试图通过形式的创新,来揭示语言的弊病。他的《骂观众》(*Publikumsbeschimpfung*, 1966)就是以"说话剧"(Sprechstück)的形式,为观众创造距离,提供批判与反思语言的可能性。他在第一部小说《大黄蜂》(*Die Hornissen*, 1966)中同样也将主体在概念化语

① 参见:Handke, Peter: *Zur Tagung der Gruppe 47*. In: Ders.: *Ich bin ein Bewohner des Elfenbeinturms*. Frankfurt am Main: Suhrkamp 1972. S. 29–34. Hier S. 29.

言的极权统治之下的困境作为阐述的对象，分析与讨论了主体在这种状态下无法阐释其对瞬间感知时所产生的自我解体。[①] 汉德克在文本中所展示的语言危机主要表现为，主体对于个性化表达的诉求，与抽象的概念性语言对普适性的要求之间，矛盾无法调和。这可以追溯至霍夫曼斯塔尔(Hugo von Hofmannsthal)的语言批判，在一定程度上也受到维特根斯坦(Ludwig Wittgenstein)语言哲学的影响。汉德克的剧作《卡斯帕》(*Kaspar*, 1968)中，语言成为权力压迫个体的媒介。卡斯帕习得语言的过程变成了语言对个体进行规训，完成去个性化(Entindividualisierung)的过程。[②] 一方面，主体需要借助语言才能认识世界，完成对自我存在意义的阐释，建立自身与外部世界之间的关系，此时主体构建出来的自我以及自我与世界之间的关系成立的前提条件就是与他者之间的差异性；但另一方面，由语言确定下来的具有普遍性的秩序，却也会将人规训(Abrichten)为一个没有个性的机器。卡斯帕反抗语言对主体间差异的消除，反抗语言对主体个性化表达的压制，同时也是汉德克对于语言边界的试错。卡斯帕意识到他对于世界的认知必然要受到先验语言的制约，因而想要通过语言来表达甚至想要借助语言来超越语言本身的制约与限制。这种以子之矛攻子之盾的尝

---

① 参见：Handke, Peter: *Die Hornissen*. Frankfurt am Main: Suhrkamp 1983. S. 232.

② Renner, Rolf Günter: *Peter Handke*. Stuttgart: Metzler 1985. S. 47.

试必然会导致失败。就像维特根斯坦在《逻辑哲学论》(*Tractatus logico-philosophicus*，1921)中论述的那样：“我语言的界限意味着我世界的界限”①。但是需要注意的是，汉德克在他 60 年代的文本中只停留在揭示并真实地表达语言的这种局限，并未讨论这种界限能否被打破，主体能否走出这种危机以及如何走出这种危机等问题。

汉德克在 60 年代的作品中尝试了较为激进的语言实验，试图借此实现对传统文学形式的反叛，这是受到了德国 60 年代大规模学生运动的影响。但是这种激进与反叛未能更进一步。与个体在政治层面的无能为力相比，文学作品之中对社会现有秩序的批判与颠覆显得异常尴尬。在这个背景下，德语文学从 70 年代初开始出现倾向性转折：文学从激进、批判和介入式的政治立场上撤退，逐步淡化甚至抹去政治色彩，试图回归自身，转向追求真实与自我的表达方式。② 抽象的语言游戏和实验性的文学创作并不能真正地描绘与解决个体的生存困惑。因此，70 年代开始许多文学作品转而把重点放在描绘个体的梦境与幻想之上，强调个体对身体的体验，刻画主体间的关系。主体的日常生活体验成为文学的主题之一。正如尤根·特奥巴尔迪(Jürgen Theobaldy)在他的散文

① Wittgenstein, Ludwig: *Tractatus logico-philosophicus*. Frankfurt am Main: Suhrkamp 1984. S. 6.

② 参见：张赟：《新主体性德语文学与彼得·汉特克的旅行小说》，载《文学教育》，2014 年 01 期。

中所说的那样:“重要的是可以在诗歌中释放我们所有不纯洁的梦和恐惧、我们的日常所思所想、我们的体验、心境和感觉。”[①]但是需要强调的是,此时文学对于内省与自我反思的强调并不意味着其在政治上的心灰意冷。70年代文学对于主体性的关注,被称为“新”主体性(neue Subjektivität)或者“新”内向性(neue Innerlichkeit)。这里的“新”主要强调的是将主体在其生活的政治历史语境之中,通过主体对自身存在的反思与内省,展现不同的社会矛盾,从而对社会现状进行反思与批判。[②] 因此自传性或者传记性的叙述成为这一时期文学作品的常见形式。作家往往或采用作为第一人称叙述者的“我”,或采用日记、纪实文学等文献文学形式(Dokumentarliteratur),将自我对当下的体验和过往的经历直接表达出来。这种关注自我经历的文学作品(Selbsterfahrungsliteratur)中经常出现的主题是:各种类型的个体痛苦的经历、疾病与死亡,例如君特·史蒂芬斯(Günter Steffens)的《接近幸福》(*Die Annäherung an das Glück*, 1976)、托马斯·伯恩哈德(Thomas Bernhard)的《原因》(*Die Ursache*, 1975)、《地下室》(*Der Keller*, 1976)和《呼吸》(*Der Atem*, 1978)

---

① Theobaldy, Jürgen: *Das Gedicht im Handgemenge*. In: Hans Bender, Michael Krüger (Hrsg.): *Was alles hat Platz in einem Gedicht? Aufsätze zur deutschen Lyrik seit 1965*. München: Hanser 1977. S. 175.

② 参见: Theobaldy, Jürgen: *Literaturkritik, astrologisch. Zu Jörg Drews'Aufsatz über Selbsterfahrung und Neue Subjektivität in der Lyrik*. In: Akzente, 1977, H. 2. S. 188-191. S. 190.

等;被毁灭的爱情和离别,例如鲍托·施特劳斯(Botho Strauß)的《馈赠》(*Die Widmung*, 1977);失常的亲子关系,尤其是与父亲之间糟糕的关系,同时还包括对于意义丧失、恐惧、空虚和无聊的体验。[1]

汉德克在 70 年代时也从激进的语言实验转向描摹个体真实的人生经历,展现个体遭遇的存在危机,并期望从中找出个体摆脱这种困境的方法。这一时期的作品依旧在汉德克对语言与主体之间关系的讨论范畴之中:个体通过语言来表达自我感知的欲望与先验的、超历史的语义约定之间的矛盾,势必会带来个体的困惑与迷茫,正是语言危机状态下个体对虚无的体验。个体如何感知到语言异化下存在的虚无状态,又如何寻求自我救赎,走出先验语言的桎梏,并获得自我与世界之间的和解——这些汉德克在 60 年代作品中没有解决的问题,成为他 70 年代创作的主题。比如颇具自传色彩的《短信长别》(*Der kurze Brief zum langen Abschied*, 1972)中,第一人称叙事者"我"对外部世界的感知以及其相应的变化,都是叙述者生存危机的映照。叙事者也是通过旅行途中对世界的感知,促进其对自我的反思,并且走出离群索居的孤独和隔离状态,重新建立自我与世界之间的关联。与《短信长别》同年发表的小说《无欲的悲歌》(*Wunschloses Unglück*,

---

① 参见: Anz, Thomas: *Neue Subjektivität*. In: Dieter Borchmeyer (Hrsg.): *Moderne Literatur in Grundbegriffen*. 2. Aufl. Tübingen: Niemeyer 1994. S. 327 - 330. Hier S. 329.

1972)同样也是用写实的传记性的叙述方式，探讨语言作为一种先验的社会秩序对个体存在的异化。文中叙事者“我”通过讲述母亲的人生，不断地反思自我和语言对存在的作用。叙事(Erzählen)和写作(Schreiben)并不是简单地重复一段已经发生的经历，主体在借助语言再现过去的同时，会反思自身的存在状态，寻找和重新发现自我。叙事者在过去再现的过程中，将已经发生的、存在于回忆之中的事件，作为反思与讨论的对象，揭示主体当下存在的虚无状态。这种虚无状态在个体身上首先表现为，他感知到他的当下时间成了虚无的时间，而他对此则毫无办法：原本毫无痕迹、悄无声息地流逝的时间，现在“忽然生出了无数事端，变成了一种自主存在之物”①。原本按照社会准则和工作安排可以打发和填满的时间，变成了对他者以及过去时间的重复。原本应该是主体从自身出发，填满时间，为自身在当下的存在赋予意义，而时间仅作为存在的必要性，是主体实现自身存在的手段，此时它对于主体来说就是悄无声息的。但是现在主体遇到的困境是，他的主观时间与客观时间发生了偏差，时间与主体之间的主次地位发生置换，客观时间变成了主体实现自身意义的目的，“变成了自在自为之物”，其当下时间的意义脱离了主体的意志。而主体如果要实现自身的意

---

① 彼得·汉德克：《真实感受的时刻》，丁君君译，上海：上海人民出版社，2013年，第193页，后文引用简写为SWE。下文中同部作品中的引文将随文在括号内标注出页码，不再另行做注。

义，就必须去扮演社会中约定俗成的计划准则规定之下的角色，满足这种公共性符号系统——海德格尔将这种系统称之为“常人”(das Man)——的预先设定。此时主体丧失了对时间的把握，其日常生活和存在目的仅剩下被动地完成这种预设。这就导致主体对于当下的体验不仅变成了他者的重复，而且变成了过去的重复，换言之，主体感知到的时间是被暂停的时间，相较于外部世界中时间的流逝，就好像时间变成了一个“人类之外的体系”(SWE, S. 193)。

由此可以发现，主观时间感受是汉德克在 70 年代文本中主体存在危机的重要显性特征。《真实感受的时刻》讲述的就是奥地利驻法使馆新闻官科士尼格，在经历了一场梦境之后，丧失把握时间能力，最后自我放逐于巴黎街头的故事。科士尼格首先感知到他作为主体已经无法掌握时间，反而是需要因为时间的变化而做出相应的反应时，才开始意识到自我存在的虚无与混乱状态，进而开始自我清除的过程。《真实感受的时刻》虽然没有像《短信长别》一样采用第一人称叙事的方式，但是仍然通过将对外部世界的描绘，和主人公内心意识的变化融为一体，细腻地刻画了主体在虚无状态下的困惑，与顿悟之后摆脱“被他者决定状态”的过程①。这种对于主体生存危机

① Huber, Alexander: *Versuch einer Ankunft. Peter Handkes Ästhetik der Differenz*. Würzburg: Königshausen u. Neumann 2005. S. 99.

的关注和对主体心理状态的描摹，仍然在汉德克 70 年代关于新主体性的创作语境范围内。因此，不少关于《真实感受的时刻》的研究，遂将其作为汉德克 70 年代新主体性的代表作，从不同的角度研究其中主人公复杂的心理变化，以及他如何摆脱语言危机，重新建立自我与世界之间关系的过程。其中主要涉及的是主体性、语言与虚无之间的关系。比如安吉拉·班德利（Angela Bandeili）在《20 世纪 70 年代文学的美学体验——鲁尔夫·迪特·布瑞克曼、亚历山大·克鲁格和彼得·汉德克的空间诗学》（*Ästhetische Erfahrung in der Literatur der 1970er Jahre. Zur Poetologie des Raumes bei Rolf Dieter Brinkmann*, *Alexander Kluge und Peter Handke*, 2014）中，将汉德克文本中的主体性理解为主体在叙事或者说写作的过程中，对感知的反思。主体在空间中感知物质，然后在叙事的过程中借助这种感知通过语言来重新构建能指与所指的对应关系，重新建立自我与外部世界之间的联系。[1] 班德利的目的在于讨论文学在语言危机状态下认识世界和认识自我的能力：作为先验的能指与所指链条发生断裂，主体无法借此表达自我和认识世界时，叙事可以为主体提供重新梳理能指与所指之间的关系，走出语言危机的困境的机会。克劳斯·R. 舍普（Klaus

---

① 参见：Bandeili, Angela：*Ästhtische Erfahrung in der Literatur der 1970er Jahre. Zur Poetologie des Raums bei Rolf Dieter Brinkmann*, *Alexander Kluge und Peter Handke*. Bielefeld：Transcript 2014. S. 117.

R. Scherpe)和汉斯-乌尔里希·特莱谢尔(Hans-Ulrich Treichel)在《以厌倦为生：汉德克、波恩和施特劳斯笔下作为事件的敏感性和知性》(*Vom Überdruß leben. Sensibilität und Intellektualität als Ereignis bei Handke, Born und Strauß*, 1981)中认为，主人公科士尼格所体验到的无意义的状态是厌倦与困惑。舍普认为，文中科士尼格虽然经历了“顿悟”(Epiphanie)的时刻，有了真实感受的时刻，但最终依旧无法走出困惑。小说结尾中，科士尼格又重新回到了日程表安排的轨道上。这说明科士尼格的反复挣扎以及对于瞬间的体悟只是无意义的重复，虽然能够把个体在无意义状态下的敏感表现得淋漓尽致，但说到底也只是市民知识分子缺乏真实体验的表现。[①] 这种论述一方面与汉德克 70 年代作品中对新主体性的探索不相符，另一方面也忽略了小说结尾的另一种阐释的可能：小说结尾时科士尼格的状态很明显是拥有了一个目标(参见 SWE, S. 296)，这明显意味着他并没有重归虚无。而且《真实感受的时刻》中科士尼格的痛苦与挣扎并不是市民阶级的顾影自怜，也没有完全脱离社会背景。迪特·萨尔曼(Dieter Saalmann)在《主体性和社会参与——里尔克的〈马尔特手记〉和彼得·汉德克的〈真实感受的时刻〉》(*Subjektivität und gesellschaftliches*

① 参见：Scherpe, Klaus R. u. Treichel, Hans-Ulrich: *Vom Überdruß leben: Sensibilität und Intellektualität als Ereignis bei Handke, Born und Strauß*. In: Monatshefte, Vol. 73, No. 2 (Sommer, 1981). S. 204.

*Engagement. Rainer Maria Rilkes Die Aufzeichnungen des Malte Laurids Brigge und Peter Handkes Die Stunde der wahren Empfindung*, 1983)中，通过对比里尔克和汉德克两人的作品[①]，论证了新主体性倾向的小说其实是有社会指向性的。小说结尾科士尼格选择去咖啡馆赴约的行为，在萨尔曼看来，正是主体在文学虚构作品之外重新完成自我定位的过程。在萨尔曼看来，科士尼格的"目标明确"状态，意味着他已经走出了恶性循环与漂泊无依的虚无。[②] 从互文的角度进行对比的研究文献还涉及汉德克自身作品的历史性，其中有不少研究者将《真实感受的时刻》看作汉德克80年代归家三部曲(Heimkehr-Tetralogie)的前奏。科涅利亚·布拉斯贝格(Cornelia Blasberg)在《"无人之子"？汉德克小说〈真实感受的时刻〉中的文学印记》(*„Niemandes Sohn"? Literarische*

---

① 彼得·汉德克的《真实感受的时刻》与里尔克的《马尔特手记》(*Die Aufzeichnungen des Malte Laurids Brigge*, 1910)有很多相似之处：比如两本书中的故事都发生在作为大城市的巴黎，两本书中探讨的也都是主体所经历的自我与世界之间的矛盾与冲突——本体论意义上的断裂，也都着重采用内视角的方式来表现主体对世界的碎片式感知，并且拒绝将自身归入任何一个形而上的传统之中。因此在这种层面上，汉德克的作品与里尔克的作品一样，都在现代派的文学传统之中。因此，关于《真实感受的时刻》的研究中出现很多对比汉德克与里尔克作品的视角，主要说明里尔克对汉德克作品的影响。

② 参见：Saalmann, Dieter: *Subjektivität und gesellschaftliches Engagement. Rainer Maria Rilkes Die Aufzeichnungen des Malte Laurids Brigge und Peter Handkes Die Stunde der wahren Empfindung*. In: *Deutsche Vierteljahrsschrift für Literaturwissenschaft und Geistesgeschichte*. Sep 1, 1983. S. 499.

*Spuren in Peter Handkes Erzählung Die Stunde der wahren Empfindung*，1991）中将《真实感受的时刻》与汉德克归家三部曲（《缓慢的归乡》、《圣山启示录》（*Die Lehre der Sainte-Victoire*，1980）、《去往第九王国》）进行对比；并指出在归家三部曲中，着重表现出来的浪漫派，里尔克（Rainer Maria Rilke）、歌德（Goethe）、卡夫卡（Kafka）、萨特（Sartre）等对汉德克的影响在《真实感受的时刻》中已经有所体现。同时也有研究将科士尼格从丧失自我到寻找自我和最后完成自我的过程，作为现代社会中主体对于个体化的诉求与社会化之间的冲突与矛盾。沃尔夫拉姆·福里齐（Wolfram Frietsch）在《彼得·汉德克——C. G. 荣格：寻求自我—找到自我—成为自我；以彼得·汉德克作品为例看现代文学中的个体化进程》（*Peter Handke – C. G. Jung: Selbstsuche – Selbstfindung – Selbstwerdung: der Individuationsprozess in der modernen Literatur am Beispiel von Peter Handkes Texten*，2002）中就是从荣格心理学的角度，将科士尼格经历的短短 36 个小时阐释为作为个体的科士尼格追求属于自我的生存方式的过程。

针对《真实感受的时刻》这部小说的研究不胜枚举，但是仍有如下几点是现有研究中尚未涉及的：第一，小说主人公科士尼格最开始意识到自身存在的异化状态，是因为他经历噩梦之后察觉到，从前连绵不绝的时光现在已然失效（参见 SWE，S. 161ff）。这种颇具卡夫卡风格的“变形记”首先表现在科士尼格主观时间感知的变化。他发觉自己生活中经历的每时每刻都是被提前计划和安排好的时间，而他如果无法实现这个计划和安排，就不能实现存在的意义；而如果他想方设法满足相应的计划准则，他的存在就变成了无限循环的重复，重复自己的过去和他者的存在。这种主观时间与客观时间之间的偏差是科士尼格存在危机最显性也是最主要的表现。也就是说，不论是研究科士尼格的语言危机还是他存在的虚无，不论是讨论他的主体性还是存在的异化，都无法绕开他对自身存在的时间性的关注。如果能够从科士尼格主观时间感知的变化入手，就能更容易区分其存在状态的变化以及原因。第二，有关《真实感受的时刻》的研究中，有部分文献将文本的结尾阐释成科士尼格重新归于虚无和厌倦的表现（比如克劳斯· R. 舍普与汉斯-乌尔里希·特莱谢尔），并因此认为虽然汉德克也在关注作为个体的科士尼格对自我存在意义的追求以及由此产生的心理变化，但是科士尼格最终仍旧逃避现实，陷入虚无的窠臼之中。但是问题在于最后科士尼格的状态是，“他的双手斜插在看起来簇新的西装裤袋里，方向明确地朝和平咖啡馆走去”(SWE, S. 296)。前往咖啡馆这个事件发生在科士尼格的当下。也就是说，科士尼格可以参与到当下的时间之中，从这个程度上讲他并没有重新陷入虚无的状态。第三，文中反复出现科士尼格针对自身、家人甚至陌生人的暴力行为或者暴力幻想，包括小说的扉页部分也引用了霍克海默(Max Horkheimer)的话:“说到底,暴力和愚蠢难道不是同一回事吗?”(SWE, S. 160)仅仅从空间诗学或者语言哲学的角度是无法合理解释科士尼格的暴力行为的。而如果从心理分析的角度解释科士尼格的行为,就会绕开科士尼格对于存在时间性的关注。因此本章拟从科士尼格主观时间感知的变化入手,分析科士尼格在这大约 36 个小时中经历的不同存在状态,并回答如下问题:如果说科士尼格在文本最初察觉自己无法掌握时间,而在经历这一切之后又能够参与当下的时间的话,是什么原因导致他存在时间性的变化?导致科士尼格无法把握时间的原因是什么?他在反思自身存在的过程中为什么会存在暴力行为?

## 1.1 暂停的时间:循环的过去

正如上文所说,科士尼格在故事一开始就已经察觉自己丧失了对时间的掌控,沦为时间的奴隶。时间与科士尼格的主客体地位颠倒。满足日程安排成为科士尼格存在的目的,他必须完成时间对他的特定要求,扮演被预设的角色,才能实现自身存在的意义。不仅如此,他的时间还呈现循环重复的状态。《真实感受的时刻》一文主要讲述的是科士尼格大约 36 个小时的经历,其中他第二天的经历几乎与第一天完全重合。第一天他梦见自己杀人,意识到自己失去了对时间的控制权,察觉他的存在只是在完成任务，而不是在实现自我："对我而言，'如何'并不是一个问题，最多只是如何继续'如我'地活下去。"（SWE, S. 166）科士尼格仍旧能够以丈夫和父亲的身份，与妻子斯蒂芬妮和四岁的女儿阿涅丝一起住在巴黎十六区的公寓中，同时也能以奥地利驻巴黎大使馆的媒体官员的身份完成社会职能，甚至还可以是贝亚特丽斯的情夫等等。但是这样的生活对于科士尼格来说只是一种需要他去"伪装"（同上）和角色扮演才能过下去的生活，是对他者生活的重复。需要注意的是，这个梦境让科士尼格意识到自己存在的现状，迫使他面对和反思自己的存在［"我正在想，怎样才能不想我的生活。"（SWE, S. 164）］，这就产生了相应的离间效果。科士尼格现在既是存在的主体，又是他自己观察和反思的对象：他一方面认识到自己已然无法做到重复他者的生活方式与存在状态；但是另一方面又不知道应该如何才能实现或者说找到属于自己的存在意义。所以他不可能回到这种重复他者的存在状态之中，但是又不知道该如何解决眼下的困境。当外部世界仍然在随着时间的流逝不断发生变化、生产意义的时候，科士尼格仍旧只能重复他者的角色。这种时间偏差等同于隔离了科士尼格与外部世界。而他对这种状态做出的第一个条件反射就是逃避：他开始与家人告别，放弃履行自己的工作，与情人断绝关系，以匿名者的身份游荡在巴黎的街头，最后甚至产生死亡冲动。然而他在逃避的同时还想要寻求出路，他想要通过暴力的手段打破他与世界之间的隔离，这种暴力有时指向家人与朋友，有时指向他自己，有时又指向陌生人，“世界是强加于他的世界，现在他侵入了世界内部，去改变那些被遗弃的事情”(SWE, S. 203)。也就是说，科士尼格也在尝试通过不同的方式介入外部世界，参与和体验当下的时间，重新感知外部世界，将“借来的生存感”(SWE, S. 211)转换成属于自己的生存意义。在此期间，他也的确经历过充实的生存感，他在游荡的过程中，“在脚下的沙子里，他看见了三个物体：一片栗树叶子；一面化妆镜的碎片；一根孩子用的头绳”(SWE, S. 223)。科士尼格在观察这三件物体之时，察觉到自己可以完全绕过作为符号的“概念”(Begriff)来认识事物的“观念”(Idee)，重新发现这个世界：

> “世界只是在故作神秘的意义上被发现了，有些人以这种神秘性来对抗别人，维护自己的安定[……]这些躺在他面前土地上的神奇物品并不是恐吓，它们让他充满希望，激动得难以自抑。[……]在它们身上，我发现的不是针对我个人的秘密，而是一种关于秘密的观念，面对所有人的**观念**！”“当名称在**概念**的意义上无能为力时，它们就以**观念**的手段来表现。”(SWE, S. 224)[①]

---

① 加粗字体为原文中的强调。

科士尼格在遇见这三件物体之后，发现这个世界开始逐渐融合，而他被这个世界接纳，这也就打破了他与外部世界之间的隔离状态。此外，在这个过程中，科士尼格触及了这个世界的“秘密”。这个“秘密”指的就是这个世界的本质，所以他才说重新发现了这个世界。“名称”（Name）意思是事物的语言本质，是人对事物的命名，是从语言上对事物本质的把握。从这个意义上可以理解，“概念”指的是人类的语言符号，而“观念”则是指事物的本质。而此时缩减异化为虚无符号的“概念”性语言已然将人把握事物本质的能力固化到预设的意义系统之中，“概念”作为语言系统之中的能指，无法真正与所指建立联系，所以科士尼格才说名称在概念的意义上无能为力。当主体无法通过语言来把握事物本质的时候，事物选择以“观念”的形式向主体敞开自我。科士尼格在这种顿悟的时刻被外部世界接纳，他在这种情况下经历的瞬间被事物在场的“观念”填满，他的当下存在就是充实的、有生机的；而且他在被外部世界接纳的过程中，自身主观时间感受与客观时间得到短暂的重合，所以他才会说“我是有未来的！”（同上）。但是这顿悟转瞬即逝，此后他又一次陷入恐慌，失去了体验世界的可能。他依旧在巴黎街头闲逛，就是不想回家，害怕失去佯装“正常”的可能。他在回到家之后，果真就攻击了前来做客的奥地利作家和他的女朋友弗朗索瓦。

同一天之内，科士尼格首先经历梦境，察觉自己丧失对存在与时间的把握，与外部世界隔离；然后开始尝试打破这种隔离状态，挣扎在逃避与直面虚无之间；随后在漫游的过程中偶然遇见自在自为的物体，经历顿悟；最后仍旧回到虚无，回到需要使用暴力手段才能介入外部世界的状态之中。科士尼格在一天之内，经历了从对当下失去控制的状态，到离开虚无的存在状态，最后在事物向他敞开的瞬间中感受到了充实的当下，也就是说科士尼格的经历可以概括为"虚无的当下——下意识清除和否定自我——充实的当下"这种模式。这种循环在科士尼格的第二天再一次上演。文中科士尼格的第二天也是以一个梦境开始，他在梦中发觉自己丧失了一切社会关系，失去了生存意志(参见 SWE, S. 251)。然后他又一次选择逃避，开始新一轮的漫游与探索，最后在漫游的过程中遇到让他产生顿悟的物体：桥下的铁轨旁边躺着的一把很旧的黑伞(参见 SWE, S. 283)。这场顿悟像第一天经历的一样，很快就消逝了。这之后，科士尼格重新回归到一个需要自己去扮演的陌生故事里的角色。科士尼格的时间呈现出循环重复的状态。

那么这个被暂停的时间是过去还是现在？要解决这个问题，就必须首先明确，上文中提到的科士尼格处于失效的时间之中。这里的"失效"指的不是外部世界的客观时间不再流逝，而是强调主观时间与客观时间的偏差。他原本的生活有明确的职责，有清晰的日程，他的主观时间与客观时间是相符合的，因此他会有一种"被呵护的幸福感，可以放心大胆地抬起眼睛，世界就候在他面前，仿佛一直在等待他的到来"(SWE, S. 183)。科士尼格的安全感与幸福感来自他对未来的明确自信。他的职业或者说他的社会角色有其必须要遵循的与他人通约的、极具可观性与公共性的意义价值系统。他在扮演这个社会角色的过程中，选择让渡自身对时间的控制权，转而遵从符合这个角色的意义价值系统，也就是说按照海德格尔意义上的“常人—自我”的流俗时间生活。这种做法当然有其有利的一面，可以让科士尼格一定程度上获得自我定位，这就是他“被呵护的幸福感”的来源；但是另一方面，他在接受流俗时间预设的过程中，放弃掌控时间的权力，因而也就失去了为自我存在的当下时间阐释意义的权力。他只能生存在当下的时间之中，但是这个当下时间的意义是被公共性的、先验的意义价值系统预设好的，是属于他者和过去的意义[①]。因而科士尼格会感觉自己的存在是“借来的生存感”，他在被预设好的时间安排之中感受到的集体归属感和安全感，也是一种“别人灌输给他的梦”(SWE, S. 184)。所以说科士尼格虽然生存在当下，但是其存在的意义是对过去的重复。也就是说，他的当下时间是被暂停的，是对过去的重复。

但是与此相对的是客观时间的不断变化：

> 时间忽然生出了无数事端，变成了自主自存之

---

① 参见：Heidegger, Martin: *Sein und Zeit*. Elfte unveränderte Auflage. Tübingen: Niemeyer 1967. S. 127.

物,不再了无痕迹地流逝。[……]那普遍统一的依赖性器官突变成了自主之物,不再满足于乖乖运作,一切都不在运作。这一天似乎太过漫长,时间变成了一种充满敌意的元素,以灾难来恐吓昏昏欲睡的文明。正常的时间仿佛已失势,构成这个敌意元素的东西,现在只是针对一个人的,犹如一个捕猎的陷阱,不被动物所察觉的陷阱。流动在楼房之间的时间忽然开始服务于一个人类之外的体系,[……]这种残忍的本原时间下的世界似乎已失去灵魂。世界在光芒四射的天穹下蹒跚而行,人的任何一种行为只是一段失去意义的插曲。(SWE, S. 193f)

从科士尼格的感知中可以推断出主观时间与客观时间的偏差。科士尼格眼中的"本原时间"之所以是残忍的,是因为他在丧失对时间的控制权,且在主观时间被暂停的情况下,他不得不面对自身存在的虚无,不得不承认作为主体的人类对于客观时间的变化无能为力。客观时间也就是本原时间,有自身变化发展的规律,其自身的意义独立于人类社会之外,不再臣服于人类文明的控制,所以说时间是自主自存之物;相比之下,主体对时间的主观感受被暂停,其存在的意义不能随着客观时间的变化而产生相应的发展。这种机械性的复制行为意味着主体的任何行动都是毫无意义的。所以科士尼格才会认为,"无论如何,时光终究还是消逝了吧?是的,无论如何,时光已逝。无论如何,时光就这样一点点消逝。无论如何,将来的时光也会这般消逝:这是最令人作呕的事实”(SWE, S. 186)。而主体之所以在面对本原时间时感到无能为力,是因为普遍统一且均质的“本原时间”独立于个体存在之外,不以个体的意志为转移。

需要注意的是,汉德克并没有打算借助科士尼格来批判遵循“常人—自我”的生存方式,毕竟“常人”在个体追求自我价值与意义的过程中,预设了所有的价值标准,这就在一定程度上减轻了个体在行为中所承担的责任,虽然会导致“每一个人都是他者,但是无人是他自己”①,但是也在一定程度上均摊了个体阐述自我存在的压力。这也就是科士尼格会在群体之中感到轻松舒缓的原因。比如,他在巴黎街头跟着一个女人进入超市的时候,对方回头看他,但是又对他这个个体毫无兴趣,好像是在看一个“和他类似的人”(SWE, S. 219);更甚的是,当科士尼格的妻子与到家中做客的作家女友一起谈论科士尼格的时候,用到第三人称,将科士尼格归为一类人,消弭他作为个体的独特性。科士尼格之所以在匿名状态之中会如释重负,正是因为他此时作为群体之中的一员,就可以借助先验的秩序与规范来为自己定位,来阐述自己的存在意义。但是科士尼格过于依赖“常人”的秩序与规范,妻

① 参见:Heidegger, Martin: *Sein und Zeit*. Elfte unveränderte Auflage. Tübingen: Niemeyer 1967. S. 128.

子斯蒂芬妮在决定离开科士尼格时对他说:“不要指望我给你的生活赋予意义。”(SWE, S. 254)这种过分的依赖性导致科士尼格的存在成为对这种先验秩序的机械性复制,所以他偶尔逃避到人群之中、妄图找到短暂安全感的行为,是一种“虚伪的回归行为,然后,这将成为不可预见的孤立降临之前的最后一个集体瞬间”(SWE, S. 270)。科士尼格的幸福幻象之所以转瞬即逝,是因为科士尼格在这种状态下重复的是被先验秩序与规范预设的角色,他看似在通过扮演这种角色来履行自己的当下时间,但实际上却在完成角色的那一刻就已经与意义失之交臂,因为这个角色在他存在之前就已经被规定好了。尽管科士尼格可以用匿名性短暂地麻痹自我,但他依旧不得不面对本原时间的残忍。

这也正是科士尼格存在虚无的表现。虽然科士尼格仍旧生存在当下时间之中,但是他过于依赖先验的秩序来解读和阐释自身存在的意义,这就让科士尼格的当下时间变成了对于过去的重复与再现。所以科士尼格虽然可以感知到周围形形色色的人,但是“仿佛是在看一部历史已久的老电影;事实上他们早已经不存在了——他所见到的,只是他们的最后一段影像”(SWE, S. 294)。科士尼格感知到的外部世界对于他来说是一个已经被写完的剧本或者被讲完的故事,而他与周围这些芸芸众生都是剧本中命中注定的一个角色,其存在的意义已经被规定好。科士尼格重复和再现的只是一种符号,其所指的意义已经不在场了。

所以说文本中反复出现的“电影”这一隐喻，指的就是对这种意义不在场状态的矫饰。科士尼格与其周围的他者一样，虽然也能扮演人生电影中的小角色，但是这种“扮演”(spielen)并不是真正参与到外部世界，也不意味着他能参与当下时间，而是一种粉饰太平的伪装和逃避。(参见 SWE, S. 197)科士尼格作为奥地利使馆新闻官的所有存在价值，在于他能够按照政策制定的奥地利形象定位来确定自己的工作方向。任何属于他个人的看法与建议都没有意义，同时他自己也没有形成一个属于他自己的对奥地利的整体认识。这正是他过于依赖先验秩序获得存在意义的体现。他过分依赖工作中的规范与体制，并为能够有这样一套官方形象指南而感到高兴，哪怕他已然知道有些报道中出现的关于奥地利的反犹主义等问题属实，他依旧会写信予以纠正，只是因为这种报道与政策不符。科士尼格作为新闻官存在的所有意义与他个人没有任何关系，新闻官的意义早就先于他的存在写在工作的规范与政策之中了。科士尼格的存在是对这种规范的再现与重复。这种先验的秩序与规范横亘在作为主体的科士尼格与外部世界之间，科士尼格贪图秩序与规范之内的安逸与归属感的同时，察觉到自身存在的虚无，想要改变的同时又本能地惧怕与他人脱节，害怕承担改变自我和开始新生活的风险。所以他一直在重复虚无的当下——下意识清除和否定自我——充实的当下这一模式。从这个层面上讲，科士尼格处于自我隔离的状态之中，无法真正进入外部世界，也就是说他无法真正参与到他存在的当下时间。

总的来说，科士尼格作为《真实感受的时刻》中的主人翁，在文本所描述的一天半的经历中，大多数情况下并没有真正经历过真实感受的时刻。他的存在与外部世界之间是互相隔离的，虽然他仍旧生存在当下的时间之中，但是他的存在是对先验秩序的复制粘贴，他当下时间的意义是对过去的重复与再现，这就导致他的主观时间被暂停，当下时间的意义成了符号性的复制。科士尼格被囚禁在暂停的虚无当下之中，不断地循环过去预设好的，但是于当下来说已经不在场的意义。

## 1.2 符号性重复：语言危机

主体的囚禁与隔离状态要追溯至主体对于“常人—自我”的过度依赖：先验秩序与价值系统在主体阐释自我和认识世界的过程中，本应只是一种手段，是为主体提供在世存在定位的一种辅助。但是科士尼格将这种手段变成了自身存在的目的，原本处于主体地位的科士尼格与外部世界之间的主客关系颠倒，对科士尼格的存在意义做出规定与预设的不再是科士尼格本身，而是先于主体存在的秩序与价值系统。正如上文所说，这种秩序与价值系统有多种形式，可以是工作的规范与准则，也可以是家庭关系中的责任，但对于个体来说都是以语言的形式存在的。作家与科士尼格在交谈的过程中提到："我（即作家）发现，和别人的共同点越多，自己对他们的认同感就越少。每次听人说'学习目标：团结一致'，就想吐。一个女人站在去厕所的楼梯上絮叨自己，我真想问她：你这个小脸婆，有什么权利说**我**这个字？"（SWE, S. 231）从作家的话中可以发现，个体的身份认同首先表现在有一个明确的"我"，也就是说个体存在的意义首先应该表现在自我与他者之间的差异。而作家之所以觉得这个絮絮叨叨的女人不配说"我"这个字，是因为在作家的眼中，这个女人并没有找到她作为一个个体与他者之间的差异性。她和科士尼格的存在状态一致，都是将自我存在意义的阐释权交付于一个适用于集体的先验秩序与价值系统，最终得到"团结一致"的效果。但是这种情况下，主体在以匿名的状态获得集体庇佑的同时，也不得不重复相应的准则与秩序，消弭与他者之间的差别，因此就有丧失自我的危险。这种丧失自我的存在状态对应的就是科士尼格存在的虚无，反应在主观时间感受上就变成了暂停的虚无当下。此处尤其需要注意的是，作家对于这种存在虚无状态的阐述：他是通过这些人的语言来批判这种对先验秩序的机械性复制。触发他对这种复制粘贴的厌恶与恶心的，首先也是他周围的人对自我的剖析，也就是个体通过语言对存在的把握与阐释（参见 SWE, S. 232）。从这个层面上讲，科士尼格遭遇的虚无存在可以理解为，主体丧失了通过语言来阐释其当下时间存在的能力。主体理解世界与认识自我,首先需要借助语言。而语言作为先验秩序和价值系统的集合,正是科士尼格存在危机的根源。语言先于科士尼格而存在,因而他虽然也在试图借助语言履行存在,但实际上是在复制语言对他的预设,重复这一秩序之下的他者。

> 他还是得开始思索自己。怎么想?我出生于……,我的父亲是……,母亲曾……幼年的我有时认为……还有其他思索自己的方式吗?科士尼格突然想,如果我现在死了,只会留下一片烂摊子!——于是他用拔出笔帽的钢笔写遗书,每一个字,甚至每一个数字,他都写得完完整整,尽可能地拖延时间,因为写字让他觉得安全。笔尖沙沙地刮着纸面,此时此刻,死亡似乎正在大步离去。他把遗书装进一个信封,外面写上“在我辞世后打开”,因为他想逃避“死”这个词。(SWE, S. 199)

从引文中可以很明显看出,科士尼格对自我与外部世界的认识与理解,都需要借助语言来完成。他的自我反思离不开语言的辅助:他是谁?生于何时何地?父母又是谁?他经历过什么?科士尼格是在借助语言将自我的存在状态变成一个可以反思的对象。但问题在于,他在自我反思的过程中用到的语言属于先验秩序,在规范他思考方式的同时也适用于他者。他反思自我的方式是被定义的，他对自我存在意义的阐述也是可以与他者互换的。而科士尼格对此毫无应对之策，语言是他唯一可行的反思和认识自我的方式。也就是说他对于存在的本体论思考，可以看作是主体对自我在语言层面的阐释。不仅如此，科士尼格对于语言的反思与考量还涉及他对于外部世界的感知，其中最关键的是对时间的感知。科士尼格认为写字可以让他感到安全，甚至认为书写可以驱散死亡，这正是因为科士尼格的存在是语言上的存在。只要科士尼格可以通过语言表达和阐述他的存在，他就能够履行自己的时间，获得存在意义。从这个层面上说，语言是科士尼格审美体验的手段，“可以让科士尼格的反思、重复以及描述自我和描述他者的过程成为可能”。[①] 所以只要科士尼格仍然可以书写自我，只要他没有为自己的存在用死亡一词画上句号，他就仍然是活着的。他作为主体，可以观察和感知外部世界，此时他获得的是这个世界的表象(Erscheinung)。而如果要真正地理解这个世界的表象，就需要他借助语言的“次序”(Reihenfolge)(SWE, S. 209)。“他把看到的一切一件件口头数落出来——这样他才能真正感知其存在。”(SWE, S. 200)由此可见，外部世界以及包括自我对于科士尼格来说，只有

① Bandeili, Angela: *Ästhetische Erfahrung in der Literatur der 1970er Jahre. Zur Poetologie des Raumes bei Rolf Dieter Brinkmann, Alexander Kluge und Peter Handke*. Bielefeld: Transcript 2014. S. 309.

在他能够用语言表达、描绘与阐释的时候，才是存在的。所以说失语的状态对于科士尼格不啻于一场死亡："他躺着。既无语又无力，身上发出恐惧死亡的恶臭。"（SWE, S. 247）科士尼格又一次从梦中惊醒，再一次被迫直面其存在的虚无时，感受到死亡的恐惧。这是因为他虽然可以明确地知道自己还活着，但是他已然失去了阐释自身存在的语言。"无语"的状态，此时以一种十分具象化的身体上的感官体验表现出来。

从这个角度出发可以发现，汉德克借助科士尼格的主观体验，从现象学的角度区分了"感知"（wahrnehmen）与"感受"（empfinden）这两个概念。"感知"指的是主体可以通过观察获得世界的表象的能力。但是表象对于主体来说只是零散的，互相之间没有联系。因而主体需要一个"次序"来建立这些表象之间的关联性。"感受"指的就是主体可以通过语言为零散的表象赋予秩序与关联。换言之，只有当科士尼格能够用语言来描述、表达一个事物时，这个事物对他来说才是存在的，才是可以"感受"的到的。而只有当他能够"感受"这个事物时，他对于感受的对象以及这个感受的对象对于他来说，才能获得在场性。比如，他在六点左右的时候奔跑到奥赛码头的大桥上，"'塞纳河，你在这里啊！'穿过大桥时，他居高临下地说，'继续不声不响地流吧——我终究会知道你的秘密！'然后他想：我正在体验。他突然觉得很开心，放慢了脚步。[……] 他惊讶地想：我是一个能高兴的人。"（SWE,

S. 203)科士尼格在整个故事中为数不多的几次表达，都伴随着他对当下状态的体验，其中最明显的是科士尼格的情绪，这是科士尼格作为主体对当下时间的直接体验和参与。科士尼格的“感受”意味着他不仅可以在此时此刻感知到外部世界，而且能够打破自身隔离状态，与事物相遇。他在这种情况下，获得在场性，对当下时间的参与意味着他能够履行自己的存在。

所以说《真实感受的时刻》这一书名中的“时刻”，指的就是主体能够将其在当下时间中感知到的外部世界的表象，通过语言表达和阐释出来，以达到认识世界和认识自我的目的。而认识世界对于科士尼格来说，意味着发现这个世界的“观念”。正如上文所述，事物身上的“秘密”指的是事物存在的本原状态，而科士尼格在这些事物之上发觉的“关于秘密的观念”指的则是，事物向科士尼格敞开自我、展现本质的过程。所以科士尼格会体验到被外部世界接纳，打破自身隔离状态，履行当下时间的感觉，但是需要注意的是，这种敞开与展现的过程并不以语言为媒介，“观念”属于上帝的范畴[①]。因此对于主体来说，仅有“观念”是绝对不够的，因为不论作为主体的个人如何感受“观念”的绝对在场，个体都无法想象这个“观念”，更遑论去认识和理解“观念”这种世界的本质[②]。这

---

① 参见：Benjamin, Walter: *Über die Sprache überhaupt und über die des Menschen*. Stuttgart: Philipp Reclam 2019. S. 10.

② 参见：同上书，S. 11.

也同时能够解释为什么作家在和科士尼格对谈的过程中表示,“我[作家]很了解那些观念,但是在观念中我并没有安全感。我并不鄙视观念,只是鄙视那些以观念为保护伞的人”(SWE, S. 233)。正是因为“观念”本身作为存在本原的绝对在场,拒绝语言作为象征符号系统对其进行阐释的行为,所以作家才会觉得他虽然可以在顿悟中感受到世界的本原,但是这种充实的状态仅仅停留在“感受”这一层面之上,并不代表他能真正理解和认识这个本原,所以他在“观念”之中并没有安全感。而科士尼格也在经历顿悟的时刻之后很快又重新回到虚无的状态之中。这种充实的瞬间对于科士尼格和作家来说都是无法持续的。

也就是说,科士尼格此时感受到的时间虽然是充实的、被履行的,但他无法延续这种充实。这种无法延长的瞬间(Moment ohne Dauer)可以称为卡尔·海因斯·博雷尔(Karl Heinz Bohrer)意义上的古典现代派的“忽然性”(Plötzlichkeit),是“没有指涉的忽然性”(Plötzlichkeit ohne Referenz)。[①] 需要注意的是,这种瞬间与歌德在《浮士德》文本中借由浮士德的呼唤表达的瞬间,有极大区别。歌德意义上的瞬间带着对永恒的诉求(Ewigkeitsanspruch),是个体对自身存在的超越,是超验理论意义上的瞬间。这

---

① Bohrer, Karl Heinz: *Ekstasen der Zeit. Augenblick, Gegenwart, Erinnerung*. München: Carl Hanser 2003. S. 74.

种超验的瞬间也包括以顿悟(Epiphanie)的形式出现的宗教神学意义上的事件,比如荷尔德林(Friedrich Hölderlin)在《帕特莫斯》(*Patmos*,1801)中对圣灵降临的描述以及海德格尔在《荷尔德林与诗的本质》(*Hölderlin und das Wesen der Dichtung*,1937)中发展延伸出来的"现在"(Jetzt)。其中最明显的特征是,这种瞬间本身预示着永恒的存在,因而也就暗含着个体超越自我的可能。但是对于科士尼格来说,这个瞬间并不是形而上学层面上的更高一层秩序的显现,而是事物的本质以其绝对在场的形式向作为主体的科士尼格展现自身的过程,也就是说此时意义的绝对在场就变成了主体在"现象学层面的感知"(phänomenologische Sensation)[①],因而也就同时消解了主体在感知层面上空间与时间的对立。所以在这个瞬间之中,无法产生相应的观念上的象征与隐喻的原型。科士尼格在这个瞬间之中会感知到"栗树叶子、化妆镜碎片和头绳似乎仍在合拢——其他事物也在随着它们一起合拢……知道什么都剩不下"(SWE, S. 224)。"合拢"的状态本身就意味着,科士尼格在这个瞬间对于世界的感知,从空间与时间的范畴上来说,是完全消解的。这就证明科士尼格经历的这个瞬间其实是拒绝主体的阐释和理解的瞬间。所以科士尼格在经历了瞬间的充实之后,仅仅只是发

① Bohrer, Karl Heinz: *Ekstasen der Zeit. Augenblick, Gegenwart, Erinnerung*. München: Carl Hanser 2003. S. 76.

觉自身存在的另一种可能性的状态,知道自己可以改变自身的存在状态而已,对于要如何实现这种变化以及这种变化究竟应该是什么样的状态一无所知,因此他在经历过瞬间的充实状态之后仍旧会回归到虚无的当下时间之中。

总的来说,语言是科士尼格存在的本质,科士尼格的思维方式与感知能力都要受到语言的掌控。只有在语言奏效的情况下,科士尼格才能感知世界,才能确定自己的存在和身份。但是对于语言的普适性和规范化的过度依赖让科士尼格从主体变成了被先验语言秩序书写和规定的客体,而科士尼格存在的全部意义就简化为"成为他者"。这个"他者"是先验秩序规定下的符号,因而是恒定的和普适的,不仅可以与他人互相交换,而且可以与主体存在的每一个时间点相互交换。所以科士尼格对于自身在当下时间的语言上的阐述也就成了一种符号性的重复,不再随着客观时间的变化而发生相应的变化,也就是说时间对于科士尼格来说也失去了效力。这种失效的状态体现在两个层面:第一,科士尼格主观上无法感知时间,甚至在他还没有察觉到的情况下时间就已经消逝了。"他思忖着自己的年龄,不但计算年份,甚至还算到了月、日,一直算到他站在蒙马特高地上的那一分钟为止。原来他已经活了这么久!"(SWE, S. 185)科士尼格的这种瞬间感觉与狂喜之中的瞬间虽然在形式上具有一致性,但是这与狂喜之中的充实状态完全相反,科士尼格根本没有进入和参与到当下存在的世界之中,而他的主观时间又被禁锢在虚无的当下时间内，所以哪怕客观时间发生沧海桑田，对于科士尼格来说依旧只是虚无的重复而已。他的当下时间虽然从客观存在的角度上讲有着日、月、年的维度变化，但是对于科士尼格的存在来说，仅仅是先验他者规定下的符号性重复，与外部世界无关。所以科士尼格才会觉得他的目光“在接收任何对象之前，就已经被一层不可见的隔阂消解了。一切都是触不可及的”(SWE, S. 169)。从这一点可以看出，语言从主体认识世界的辅助变成了横亘在主体与外部世界之间的障碍，语言的失效消解了主体所处当下时间的意义，使其缩减为虚无状态之下的时间点。这种无法绵延的瞬间无法为作为主体的科士尼格提供相应的生存空间，所以才会让科士尼格度年如日。

第二，失效的时间除了这种虚无的体验，还表现在科士尼格的主观时间变长。这并不意味着科士尼格拥有通过语言阐释其主观时间意义的能力。他的主观时间并没有获得意义上的深度，而是指科士尼格的时间暂停下来，不再继续随着客观时间的变化往前发展。“公寓的通道如此之长，他走到一半就演不下去了，表情变得很空洞，只能挤出一张笑脸。”(SWE, S. 229)表面上看这是在描述公寓的内部空间，实际上说的是对于科士尼格来说，走过通道需要的时间被延长了。而且科士尼格此时在“扮演”自己，他的表情、动作都是为了掩盖自己已经无法完成先验秩序预设给他的角色这个事实。他无法履行当下时间,不能随着客观时间的变化丰富或者说改变自己的存在状态。这更加印证了他所经历的当下以及未来的每一个时间点都是虚无的重复与强调。主观时间的暂停状态与客观时间的均质变化产生强烈对比,“投奔它已成了一个笑话,重归旧世界又不可想象,安身其中等于人间地狱!”(SWE, S. 187)这种尴尬和胶着的主观时间相较于客观时间来说,变“长”了,主体对于空间的感知其实是其主观时间感知的隐喻。这种“长”的时间可以概括为无聊。无聊(Langeweile)一词在德语中可以拆分成 lange Weile,即“长”的时间,也就是说主体感知到的冗长虚无的、需要被打发的一段当下时间[①],强调的是主体对于自身当下存在虚无状态的反感与厌恶。无聊的产生同时意味着科士尼格正在反思自身在当下时间的存在状态。因而只要科士尼格无法改变由语言危机导致的虚无的存在状态,只要他无法走出暂停的当下时间的囚禁,重新获得通过语言阐释和理解当下存在状态的能力,他就完全无法真正摆脱无聊,无法真正打破上文中所论述的循环模式。

## 1.3 打破时间禁锢:从角色扮演到暴力与叙事游戏

在意识到自身存在的现状后,科士尼格的第一反应

① 参见:Völker, Ludwig: *Langeweile. Untersuchungen zur Vorgeschichte eines literarischen Motivs*. München: Fink 1975. S. 28.

是逃避，并试图通过“假装”来掩盖他丧失掌握时间能力的现状，“**熟记**表演，**就像伪装一种生活**”（SWE, S. 197）。科士尼格的这种行为主要还是因为，他不仅对时间的囚禁束手无策，还贪恋角色扮演带来的集体归属感和安全感。这就能解释为什么科士尼格一方面不断地否定自身的存在，表现出厌倦、无聊、愤怒甚至是暴力倾向；而另一方面又表现出对原本的那个被先验秩序规定的自我存在状态的留恋与不舍。例如他甚至在家人与朋友面前喝酒的时候都会想要擦掉嘴唇和手指留在酒杯上的印记（参见 SWE, S. 237）。这是一种很典型的否认自我存在的方式，其目的在于否认自己已经意识到存在虚无状态这一事实，也就是另一种形式的逃避。但是正如上一节中论述的那样，科士尼格其实已经意识到他根本无法假装，不能再继续扮演先验秩序为他写好的角色。这种虚无的重复在拒绝他参与当下时间的同时，将他的主观时间无限制拉长，从根本上消解主体存在的时间与空间维度。所以科士尼格在假装扮演角色的过程中，虽然也能感受到集体的归属感，但是这仅仅是“一种疲惫沉重的疑虑之后出现的虚伪的回归行为，然后这将成为不可预见的孤立降临之前的最后一个集体瞬间”（SWE, S. 270）。科士尼格在观察广场行人时，发觉这种伪装自我的存在方式并不是独属于他一人的，而是现代人生活中普遍存在的顽疾。“回归行为”之所以是虚伪的，而且由此产生的幸福感亦无法长久，是因为，主体如果只想要依赖复制先验秩序的方式获得对集体的认同，他就永远无法真正满足认识自我存在本原的欲望，只能不断地借助“旧电影”中的角色符号填补意义缺失的状态，因而也就会重新陷入“不可预见的孤立”之中。

科士尼格在逃避现实、留恋虚假归属感的同时，还表现出对他者与自身的暴力倾向与暴力行为。文本中关于科士尼格的暴力行为比较重要的一段描写，是科士尼格与作家及其女友弗朗索瓦之间的一次打架。

> 科士尼格尖叫出来，将核桃吐到作家脸上。开始脱衣服。他仔仔细细地解开领带，然后严谨地把裤子沿裤缝折好挂在椅子上。其他人都站了起来。[……]他扑向了她。他们叠在一起倒下去。科士尼格盲目地抓起一只碟子，将剩余的肉汁抹在自己的脸上。其间他不小心碰到了作家的腿。“你别插手！”他说，向他扑过去。他站起来，两人开始打架，打得很慢，一来一回，死盯着对方，不发一语，像孩子打架一样，规规矩矩。慢慢吞吞。终于，科士尼格发觉自己有了哭出来的冲动，因为他如释重负，不用在万念俱灰的悲痛中伪装自己。啊，我哭了，他满足地想。(SWE, S. 239f)

虽然表面上看，这是科士尼格在实施暴力、攻击他者，发泄自己内心深处的不满与绝望，但仔细观察后发现，科士尼格在诉诸暴力之前，有一个十分奇特的动作——

他以十分严谨而克制的动作脱下了属于他社会身份的外衣，回归到“童年时代”。这种退行(Regression)意味着科士尼格对自身当下存在的否定与厌恶。西装外套是他作为新闻官的衣着规范，是他的社会角色对他存在状态的要求与规定。所以脱掉衣服的行为意味着，他在试图清除先验秩序附加到他身上的存在意义；而回归孩童的状态体现的则是，科士尼格对于存在本原状态的渴望。从这个角度上讲，他对作家及其女友的攻击就可以理解为科士尼格对于想要改变自身存在状态的尝试。科士尼格在试图通过切实的“行动”来打破自我与世界的隔离，消解虚无时间的循环。科士尼格在此处只是将肉汁抹到自己的脸上，他和作家你来我往的打架也像小孩子的游戏一样，暴力的目的不是真的为了伤害他人，而是为了创造一个有别于当下虚无时间循环状态的游戏场域，使得科士尼格能够在与作家“你来我往”的游戏中，弥补在现实生活中与外部世界之间联系的缺失。所以，与其说科士尼格的暴力幻想是他对他者的残暴攻击，不如将其理解为弗洛伊德(Sigmund Freud)在《快乐原则的彼岸》(*Jenseits des Lustprinzips*，1920)中提到的人在孩童时期重复的“离开—回来—游戏”(Fort-Da-Spiel)。[①] 科士

① 参见：Freud，Sigmund：*Jenseits des Lustprinzips*. In：Mitscherlich，Alexander u. Richards，Angela (Hrsg.)：*Psychologie des Unbewussten. Sigmund Freud Studienausgabe Band III*. Frankfurt am Main：S. Fischer 1982. S. 213 – 272. Hier S. 225.

尼格与作家的“暴力”游戏，弥补了他在现实生活中得不到的、属于外部世界中的他者的回应。在游戏的过程中，科士尼格完全可以参与到当下时间。游戏作为一种行为，不仅是发生在科士尼格当下时间的事件，而且是他可以参与和创造意义的事件。因此，这种暴力行为更多的是主体获得当下性、直接性与在场性的尝试。这一点与大多数对当下的定义不谋而合。[①] 所以说在游戏的过程中，科士尼格与作家及其女友构成了一个属于游戏范畴的集体性，一定程度上消解了他作为个体的孤独，为他提供了游戏这段时间的安全感。科士尼格在游戏中重构的世界里是完全在场的，他不仅参与其中正在发生的事件——暴力行为，而且还倾注了极大的情感，到最后甚至哭了出来。

然而他最终感受到的满足与如释重负，只存在于游戏的幻想世界，并不能回归真实："与游戏相对的并不是严肃，而是真实。"[②]换言之，科士尼格实现的愿望的满足只是停留在游戏层面的幻想世界之中，虽然这同样体现出科士尼格作为主体对于自身存在状态的反思与纠正，

---

① 参见：Baschera，Marco u. Bucher，André（Hrsg.）：*Präsenzerfahrung in Literatur und Kunst. Beiträge zu einem Schlüsselbegriff der aktuellen ästhetischen und poetologischen Diskussion*. München：Wilhelm Fink 2008. S. 7 - 13.

② Freud，Sigmund：*Der Dichter und das Phantasieren*. In：Alexander Mitscherlich，Angela Richards（Hrsg.）：*Bildende Kunst und Literatur. Sigmund Freud Studienausgabe Band X*. Frankfurt am Main：S. Fischer 1969. S. 169 - 180. Hier S. 171.

但是他必然需要离开游戏回归真实，仍然需要面对真实的外部世界之中仍旧虚无的循环时间。就像科士尼格脱离游戏的场域，回归现实之后，转身对自己的妻子说："今天下午，我在使馆和一个连名字都不知道的女孩子一起睡在地上。"(SWE, S. 240)科士尼格的自白正是游戏对他的影响，他不再伪装自己，而是向妻子揭示自己存在的本来面目。但问题在于，科士尼格的话并不是为了敞开自我，接纳他者，进而构建与他者之间的联系，而是为了重新开始一场游戏："他[科士尼格]又重复了一遍，要明明白白说出自己话里的恶毒。"(同上)科士尼格对自己过去经历的总结其实是对作为他者的妻子言语上的暴力，为的是重复进行他与作家之间的"离开—回来—游戏"，他想要通过言语上的挑衅获得来自妻子的回应，将他对世界的参与延续下来。换言之，这种参与和介入只存在于科士尼格的暴力游戏之中。他回到现实世界，依旧必须面对倦怠与虚无。所以说科士尼格的暴力幻想仅仅是他为了参与介入当下时间，改变自身存在状态，又或者可以理解为打发当下虚无时间的一种行为(Handlung/Tat)。汉德克在他最新出版的《第二把剑》(*Das zweite Schwert*)中，对此给出了明确的解释："而且如果我在叙述我的暴力幻想的时候，将其中指涉这个特定女人的暴力行为给删去的话，那是因为我杀人的这个行为(Totschlagen)——一瞬间，但是那又怎样！——从未在任何地方比现在更接近'就是现在！我现在做这件事儿了！’”[①]第一人称叙事者在这个地方提到的“这个特定女人”最开始的时候指的是一位撰写报道时不顾及真相的女记者，最后演变成“她，这个作恶者，她和她的同类”[②]。但是实际上这个被第一人称叙事者称为“撒旦”的头号公敌，并未在生活中与第一人称叙事者发生任何接触。而叙事者针对这个女人的复仇行动，最后变成用自己的叙事拒绝这个女人以及她的同类。所以说针对这个女人以及她的同类的暴力欲望并非是“真实”的仇恨，而是在隐喻丧失表达真实能力的语言。而第一人称叙事者所说的“杀人的行为”(Totschlagen)，除了暴力行为的这层意思，更多的是用来表示“打发时间”，其目的并不是要将暴力幻想诉诸行动，而是想要介入当下时间：“我现在做这件事儿了！”暴力幻想或者说暴力行为对于叙事者来说只是参与当下发生的事件，是为了确认自身的在场性，打破时间囚禁和虚无时间循环的一种行为。但是仍然需要注意的是，单纯地介入当下以及解构现有的存在状态并不能真正地解决科士尼格以及《第二把剑》中的叙事者的困惑。离开暴力的游戏语境，主体仍需解答一个问题：我亟需改变现状，但是如何改变以及我应该改成什么样？

科士尼格尝试重建自我存在的行为——逃避与暴力游戏——只是在进一步论证其主体性的消解。而上述问

① Handke, Peter: *Das zweite Schwert. Eine Maigeschichte*. Berlin: Suhrkamp 2020. S. 91.

② 同上书，S. 156.

题涉及的关键点在于科士尼格能够遇见充实的瞬间，但是这种充实的瞬间并没有能够将作为主体的科士尼格的存在包含在内，而是成为无法延长的瞬间。也就是说科士尼格需要将这种没有指涉的瞬间体验消化重构，使其成为他对于自身存在时刻的感知与理解。存在的瞬间与主体体验和观察到的无数普通日常生活现象的瞬间之间的区别在于，存在的瞬间超越了真实。而如果要完成这种建构就需要以下三个因素：

> 存在瞬间的决定因素是忽然性(Plötzlichkeit)、震惊(Schock)与整体性(Ganzheit)。想象力的体验发生在震惊之中，而震惊的忽然性则需要通过语言表达的过程来把握，由此才能生成“整体性”，而这个整体性则被描述为“表象背后的真实”(Wirklichkeit hinter den Erscheinungen)。[①]

博雷尔在此处提到的整体性以及表象背后的真实，与文中作家的观点不谋而合。作家在和科士尼格的谈话中强调，人在观察世界的过程中会得到“表象”，但是如果要认识“表象”背后的事物本质就需要用到语言。表象背后的本质正是博雷尔意义上的整体性。需要注意的是，

---

① Bohrer, Karl Heinz: *Ekstasen der Zeit. Augenblick, Gegenwart, Erinnerung*. München: Carl Hanser 2003. S. 78.

博雷尔与作家一样，都认为事物的本质需要主体借助语言来实现，因而也就能理解为什么作家一再强调，他其实并不完全赞同科士尼格耽于“观念”的行为。这正是因为“观念”本身是拒绝主体阐释的，因而主体也就不能真的从语言的层面把握它，而如果主体始终无法用语言来把握和理解这个观念的话，他就仍然无法实现对自身的理解和认识。所以作家最后才会劝诫科士尼格：“如果一切只是玩笑的话，你[科士尼格]这种态度也说得过去——但事情严峻了，你总得开口说话才行。”(SWE, S. 245)科士尼格被循环的虚无当下囚禁，正是因为语言作为阐释存在意义的先验秩序失效。个体的存在成为他者的复制，当下时间被简化成对过去时间的重复，而相比之下客观的本原时间则不以人的意志为转移，由此生成主观时间与客观时间的偏差，使得个体陷入孤立的虚无时间点之中，失去生存维度。哪怕他曾经经历过事物本质向他敞开的瞬间，他也无法进入外部世界。然而科士尼格在经历一系列尝试失败之后，发觉他仍然需要从语言本身出发，寻找和构建自身存在的意义。

> 他[科士尼格]在排水渠里捡到一封被踩烂的信，一边走一边看。“四年前的一天，我在转瞬之间突然变得对一切都无动于衷。由此，我一生中最恐怖的一章开始了……”他突然想到，自己从来没有一个真正的敌人，没有一个他想毫不留情地毁灭的人。

> 我要尽可能地与人为敌！他怀着一种奇特的快乐想法。望着脚下被炎热烘软的石子路面，他突然觉得自己像一个陌生故事中的主角……(SWE, S. 295)

此处虽然只是给出了信件的开始，但是这个开端所展现的故事结构，与《真实感受的时刻》中以第三人称叙事者的角度记录下来的科士尼格这一天半的经历重合。这封信可以理解为，科士尼格四年后，以第一人称的角度，通过语言对他这一天半的经历所进行的重构，然后又以书信的形式出现在当下的科士尼格手上。书信中明确交代了故事开始的时间、人物以及事件，所以说这封书信是“事件的组合”(Zusammensetzung der Geschehnisse)，是被叙述的故事情节，是对已经发生的“行为的模仿”(Nachahmung von Handlung)[①]。从这个层面上讲，科士尼格的这封书信，首先是将已发生的经历通过回忆构建成主体可以反思的对象，然后将其通过语言以叙事的形式进行模仿，在语言的秩序中把握自身的存在状态。科士尼格的尝试正对应作家对他提出的要求——开口说

① 亚里士多德在《诗学》(*Poetik*)将 Mythos 定义为事件组合(Zusammensetzen der Geschehnisse)。Aristoteles: *Poetik*. Griechisch/Deutsch. Übers. u. hrsg. von Manfred Fuhrmann. Leipzig: Reclam 1997. S. 11.威廉・奈斯特尔(Wilhelm Nestle)在他的《从秘索思到逻格斯》(*Vom Mythos zum Logos*)中，也将秘索思(Mythos)阐释为故事，是与逻格斯(Logos)代表的理性相对的神话。参见 Nestle, Wilhelm: *Vom Mythos zum Logos*. Stuttgart: Kröner 1940. S. 24 - 48.

话，并希望在此基础上找到校准行为方式、自我定义以及对世界的感知的基线[1]。表面上看科士尼格借助叙事为自身重构了一个完全转变了的世界：他在其中既是叙事者，又是观察者，同时也是被叙述事件的参与者。这是一个他完全可以参与其中的世界。

还需要注意的是，书信中的叙事虽然以科士尼格为第一人称叙事者，但是被叙述出来的事件并不能完全等同于科士尼格真实的经历，而是他借助回忆对过去发生的事件所进行的模仿与再现，是被转化的“构成物”(Gebilde)。这种“向构成物的转变”(Verwandlung ins Gebilde)[2]过程，正是伽达默尔(Hans Georg Gadamer)所说的游戏真正实现作为艺术的转化过程。其主要的意义在于，在转变的过程中通过叙事实现真实(Wirklichkeit)向真理(Wahrheit)的扬弃[3]。也就是说科士尼格的这封书信，作为对过往经历的模仿叙事，可以看成是科士尼格认识自身存在的一个过程。从这一点上可以看出，汉德克在科士尼格身上体现出对伽达默尔关于“艺术存在的建构意义”这一观点的认同。而叙事作为艺术手段，可以作为主体解

---

① 参见：Koschorke，Albrecht：*Wahrheit und Erfindung. Grundzüge einer allgemeinen Erzähltheorie*. Frankfurt am Main：S. Fischer 2012. S. 23.

② Gadamer，Hans Georg：Hermeneutik I：*Wahrheit und Methode. Grundzüge einer philosophischen Hermeneutik*. 6. Aufl. Tübingen：Mohr Siebeck 1990. S. 116.

③ 参见：同上书，S. 118.

构当下自身虚无的存在状态，重新建构自我的游戏。而科士尼格作为游戏的参与者，一定程度上实现了打破自我隔离状态，走出虚无时间循环的目的。因此文本最后科士尼格才会呈现出轻松的状态，并拥有明确的目标：

> 在一个炎热的夏天黄昏，一个男人穿过巴黎的歌剧院广场。他的双手斜插在看起来簇新的西装裤袋里面，方向明确地朝和平咖啡馆走去。那件西装是浅蓝色的，那男人穿着白袜子和一双黄鞋。他走得很快，走动时系得松松的领带被甩来甩去……(SWE, 296)

如果说上文中出现的科士尼格写给自己的书信只是一个影射，那么此处叙事者特意强调的“浅蓝色的”西装与“黄色的”鞋子，则不可避免地让人联想到歌德笔下的维特与维特的遗书[①]。和维特一样，科士尼格也是用这样一封信，为自己的人生与存在状态作出总结。但是不同点在于，维特的信以倾诉作为叙事主体的“我”，在当下的情感与存在状态为目的，此时的“我”是绝对在场的，但是与之相对的是其倾诉对象的缺席。也就是说维特的孤独与绝望，在这场以情感为内容的交流过程中，无法真正抵

---

① 参见：Goethe, Johann Wolfgang von: *Die Leiden des jungen Werthers*. Stuttgart: Reclam 2000. S. 150. 维特自杀时所着衣装是他第一次与绿蒂共舞时穿的衣服，一直是维特的心爱之物：高筒靴、蓝色燕尾服和黄色背心。《真实感受的时刻》中，科士尼格的着装虽然不和维特一模一样，但是在配色上很容易让人联想到维特。

达倾诉对象。因为当友人读到这封遗书的时候，维特已然逝去。科士尼格的信件与维特的遗书主要区别在于时间性：科士尼格的信，是未来的他与当下时间的自己进行的交流，而书信的模式在保存了媒介物质性的情况下，使以书信叙事为形式的交流得以实现。科士尼格在读完信件，真正离开叙事游戏的场域，回到现实生活之后，会重新拥有生活的目标，获得轻松的状态，正是因为这封来自未来的信给了他介入外部世界和参与当下时间的信心。

但是并不能将科士尼格的信心武断地看作汉德克对于叙事游戏创造力的推崇。文中科士尼格在读完信件之后出现了近似于分裂的观点：他在意识到“自己从来没有一个真正的敌人”的同时，认为自己“要尽可能地与人为敌”。而且他在读完信件的同时也发觉自己其实又是另一个陌生故事的角色而已，其存在意义已经被预设好了，这就让科士尼格的存在状态又一次回到了语言危机状态下的虚无循环之中。这主要是因为科士尼格这封信的前提是他已然经历过这几天的彷徨与无助。这封信从一开始就已经是对过去经历的总结归纳，这本意是为了在时间层面上获得对过去存在状态“完整性”的把握，“过去”也因此获得了本体论层面的地位。但是这同样不可避免地造成叙事时间与被叙述时间之间的偏差：这封信的存在本身，就意味着科士尼格在此时此刻并没有真正拥有通过语言把握自身当下存在的能力。他此时在脱离叙事游戏的场域回到现实世界之后，其实依旧必须得面临虚无时间的循环,他尚未真正找到认识世界和认识自我的方法。小说扉页部分引用了霍克海默的“说到底,暴力和愚蠢难道不是同一回事吗?”,其中“暴力”指的就是科士尼格想要尽可能地与人为敌的想法。而他之所以要这样想,正是因为他的“愚蠢”——他并没有真正认识自我。所以从这个层面上讲,他的敌人并不是他者,而是自己。“他突然觉得自己像一个陌生故事中的主角……”(SWE, S. 295)此处的省略号将故事的结局,以及这个故事可能对科士尼格造成的影响完全省略。这个结尾很明显也在强调,他其实在此刻并不知道叙事的游戏最终可以通往何处,以及他最后能不能实现自我的当下存在。科士尼格仍然对叙事抱有犹疑不定的态度。但是当他真正回到现实世界,面对已经安排好的时间时,他的态度有了极大的转变:在他阅读这封信件之前,对于已经被预设和安排好了的时间一方面抱有绝望与厌倦的情绪,但是另一方面又期待通过这种安排来填满和杀死时间。但是现在他仅仅只是有些“无趣”与“郁闷”(同上),随后甚至在去往咖啡馆的路上和人打招呼。此时的科士尼格是以一个行为的施动者身份,主动地参与到当下现实世界的事件之中的,这正是阿尔布雷希特·科斯科克(Albrecht Koschorke)所说的“适应在世存在”(Sich-Einrichten in der Welt)[①]。所以说科

---

① Koschorke, Albrecht: *Wahrheit und Erfindung. Grundzüge einer allgemeinen Erzähltheorie*. Frankfurt am Main: S. Fischer 2012. S. 23.

士尼格最终回归现实世界,并没有选择沉溺于叙事构建的虚假世界之中,也不再否认其自身存在于当下时间的状态。因而也就不存在上文中提到的"文学上的神秘主义",汉德克也未曾在文本之中表现他对叙事的绝对信心,反而是借由科士尼格的犹疑不定来呈现他对叙事的质疑。而科士尼格最终还是回归现实生活,学会适应其在世存在,在一定程度上也说明,舍普与特莱谢尔等人的研究将科士尼格状态的反复解读为个体对于虚无的倦怠,将他在寻求自我的道路上经历的痛苦看作市民阶级脱离社会现实的无病呻吟,是有失偏颇的。

《真实感受的时刻》中,汉德克借由科士尼格的书信所展现出的"叙事"行为,是主体在面对虚无时间的循环时,通过想象用语言重塑一个自成体系的世界,为主体观察和反思自我提供场域的一种游戏行为。这种游戏行为的创造力在于,叙事游戏打破了原本线性的、不可逆的时间与空间结构,将四年后科士尼格对自身存在状态的语言上的阐释和认知放在当下的科士尼格面前,为他寻找自我存在和认识世界的道路上提供了参照物:如果逃避和暴力无法奏效的话,叙事或许可行。这同样也是文中站在语言制高点上的作家一直以来对科士尼格的劝诫。但是文本并没有真正解释以下问题:为什么汉德克在60年代的文本中尚且质疑语言表达事物本质的能力,而70年代时却在尝试叙事行为的同时,对主体借助语言触碰事物本质与真实的能力抱有信心,尽管这个"信心"打了折扣？如果说叙事是主体通过语言把握自身存在的行为，其目的是为了获得对自身存在以及对世界的一个整体性认识的话，那么这个叙事行为永远只能在事后才能进行。而且这种对于整体性的追求，同样也意味着汉德克此时把“过去”放到了存在本原的地位之上。回到过去或者说归乡之旅（Heimkehr），就成了汉德克此后作品几乎不可避免的主题之一。汉德克在其归乡三部曲《缓慢的归乡》《圣山启示录》《去往第九王国》，与《儿童故事》（*Kindergeschichte*，1981）以及他的剧作《过村庄》（*Über die Dörfer*，1981）都将归乡作为叙事的目的。“故乡”从隐喻的层面上将“过去”变成本体论意义上存在的源头，指代已然消逝或者说被遮蔽的世界本质。而回到故乡正是主体“退行”过程中自我解构的目的。《真实感受的时刻》中科士尼格的“退行”最终落脚到叙事游戏之上，这意味着汉德克至少在70年代时，仍然秉持着伽达默尔的观点：主体可以从叙事游戏中获得审美体验。

主体离开叙事游戏场域之后仍然需要回到现实世界。科士尼格回到现实之后，仍旧觉得自己是一个陌生故事中的角色。他以第一人称叙事者的视角履行的叙事行为，虽然是对维特式遗书的反转，但是仍旧不可避免地让人怀疑：他的叙事游戏真的能让他实现对自我和外部世界的整体性认知吗？如果叙事游戏没有实现整体性认知，那就意味着汉德克的叙事之旅，实际上是对歌德的《威廉·麦斯特的学习时代》这类成长小说的颠覆，是对秩序的反叛，与归乡所暗含的汉德克对文学传统的复归相悖；但如果叙事游戏最终实现了对秩序和整体性的追求，就完全无法解释为什么上一刻还是科士尼格存在危机根源的语言，在下一刻就能够为主体构建自我。不仅如此，叙事的整体性必然以叙事行为时间与被叙述时间的偏差为前提。这就意味着科士尼格此时此刻的存在意义，只有在将来才能得出结论。叙事行为指涉的时间是过去。这虽然为主体提供了认识世界和认识自我的信心与希望，比如科士尼格在最后是能够与外部世界发生交流的；但也同时说明，叙事本身就意味着不在场性，被叙述的过去并不是主体真正经历的过去，而是被再现和模仿出来的时间，也就是说，回到过去或者说归乡这一行为本身就已经意味着它不可能实现。

所以说《真实感受的时刻》以主体对时间的主观感受出发，讨论其存在危机的起因，最后以游戏的方式对暴力与叙事进行试错，确定叙事行为是一个可行的方案，有可能帮助主体度过因为语言危机引起的虚无时间的循环。至于究竟应该如何实现这种叙事？以及上文提到的悖论究竟最后指向何处？如果叙事行为只能阐述过去时间的意义，那么主体当下的存在意义要到何处找寻？要解答上述问题就需要将汉德克归乡三部曲之后的文本纳入考虑范围。

# 第2章 《痛苦的中国人》——“门槛状态”与被清除的时间

如果说《真实感受的时刻》中，汉德克仅对叙事游戏的认知能力有一个大致的猜想，那么他在1979年获得卡夫卡文学奖的致辞，则表明他对叙事的创造力有了明确的认识：

> 我认为，我作为一个写作的人的义务，是为热心的读者或者说是“读者民族”（Volk der Leser，我特别愿意这样称呼），讲述那被隐藏的、一直自我藏匿的、人力所及的（menschenmöglich）、好的世界。当然，我有时会觉得自己是一个悲喜交加，甚至于可以说是一个可笑的角色。——但是，能够在短暂易逝的瞬间中体验另一种生活的法则（das Gesetz eines ANDEREN Lebens），通过想象，平缓且坚定地构建存在的可能——单就这一点来说，就已经符合

我对文学之急救和必要性的设想了。[①]

在汉德克看来，他所设想的文学　　此处可称之为叙事游戏——的本质应在于，能够通过想象力（das Imaginäre）用语言虚构（fingieren）出一个"似乎"（Als-ob）的世界，使主体得以摆脱现实世界中先验秩序的束缚，认识或者说触及被遮蔽的事物本质，展现不同的生存方式的可能性。汉德克在致辞之中强调的"另一种生活"与沃尔夫冈·伊瑟（Wolfgang Iser）在《虚构与想象——文学人类学视角》（*Das Fiktive und das Imaginäre. Perspektiven literarischer Anthropologie*，1991）中所涉及的文学文本游戏的观点相符合：文本游戏之所以能成为游戏，其原因正在于它能展现已不在场的事物或者说尚未存在之物。[②] 文学文本的游戏作为主体在意义缺失状态下的一种替补（Kompensation），正是汉德克所说的"文学之急救和必要性的设想"。需要注意的是，伊瑟对于文本游戏的解读，是基于语言结构中能指与所指之间的偏差关系，即现实日常生活中语言符号作为能指本身就已经意味着所指的不在场。这种撕裂关系也正是《真实感受的时刻》中科士尼格遭遇语言危机的根源：他通过

---

① Handke, Peter: *Rede zur Verleihung des Franz-Kafka-Preises*. In: Ders., *Das Ende des Flanierens*. Frankfurt am Main: Suhrkamp 1982. S. 155 - 163. Hier S. 158.

② 参见：Iser, Wolfgang: *Das Fiktive und das Imaginäre. Perspektiven literarischer Anthropologie*. Frankfurt am Main: Suhrkamp 1991. S. 432.

语言对自身存在的阐释，无法到达所指，因而他无法把握自身的当下存在。世界的本质与自我的存在状态对于科士尼格来说就是被遮蔽的事物本质。“这些无法显现自身，无法让人知道和把握的事物只有通过*展现*[①]才能进入到意识层面；因为意识对于感知是不设防的，同样也极少会影响主体对其产生的设想。[②]”所以《真实感受的时刻》中科士尼格最后尝试的叙事游戏，才会是改变自身虚无的存在状态中最具可行性的方案。科士尼格最后只有通过语言进入到文本游戏之中，才能借助想象力来展现存在可能的状态，体验另一种可能的生存方式。所以说《真实感受的时刻》遗留下来的问题——什么样的叙事可以使得主体度过语言引起的存在危机，走出虚无时间的循环——就变成了主体如何进入文本游戏，如何在想象与虚构中呈现原本拒绝阐释的对象，并达成认识自我与认识世界的任务。而这个问题又可以简化为，叙事或者说文学，能否在语言的能指无法到达所指的情况下，仍然具有认知功能？

从语言危机的角度讨论诗学语言的认知功能，首先要追溯到霍夫曼斯塔尔笔下的 Chandos 爵士。爵士与科士尼格遭遇的情况相似：两者都遇到世界向其敞开自身

---

① 斜体为原文中的强调。

② 参见：Iser，Wolfgang：*Das Fiktive und das Imaginäre. Perspektiven literarischer Anthropologie*. Frankfurt am Main：Suhrkamp 1991. S. 512.

的时刻，但是此时个体虽然经历了绝对在场的意义[①]，但是其掌握的概念性语言无法言说和阐释这种神性的认知；而诗的语言（Sprache der Dichtung）[②]则能更好地表达和延续这种神性。从这个意义上讲，Chandos 爵士写给培根的这封信就与科士尼格四年后写给自己的信有异曲同工之处：两者都是在借助叙事的方式讨论诗学语言的认知功能，都是“关于诗的诗”（Dichtung über Dichtung）[③]。需要注意的是，两者对于语言的反思与批判主要针对的是具体的个体的“语言实践”[④]，其讨论的重点在于个体阐述自我在当下时间的存在意义过程中实施的语言行为。概念性语言以普适性为前提，将个体观察到的世界的表象（Erscheinungen）固定到一个点上（Endpunkt）。而诗意的思维则可以将表象从概念中解脱，赋予其未来。[⑤] 汉德克在《真实感受的时刻》中展现出对“诗的语言”在认知功能上的信心，这意味着他已经离开语言怀疑论的范畴[⑥]。

---

① 参见：Hofmannsthal, Hugo von: *Ein Brief*. In: Ellen Ritter (Hrsg.): *Sämtliche Werke. Kritische Ausgabe. Band 31. Erfundene Gespräche und Briefe*. Frankfurt am Main: S. Fischer 1991. S. 45–55. Hier S. 50f.

② Bomers, Jost: *Der Chandos-Brief. Die Nova Poetica Hofmannsthals*. Stuttgart: M & P 1991. S. 80.

③ 同上。

④ Günther, Timo: *Hofmannsthal: Ein Brief*. München: Wilhelm Fink 2004. S. 43.

⑤ 参见：Handke, Peter: *Die Geborgenheit unter der Schädeldecke*. In: Ders., *Als das Wünschen noch geholfen hat*. Frankfurt am Main: Suhrkamp 1974. S. 77.

⑥ 参见：Göttsche, Dirk: *Die Produktivität der Sprachkrise in der modernen Prosa*. Frankfurt am Main: Athenäum 1987. S. 81.

正如上文所述,“诗的语言”或者说叙事的游戏,能够为主体在想象的基础上虚构出一个非现实的世界,为主体探索生存方式的另一种可能提供场域。这种在语言层面上“成为他者”是汉德克在其写作伊始就在讨论的主题。《大黄蜂》中的第一人称叙事者就是经历了从逐渐失去对自己身体的控制到最后成为无名之辈的过程[①]。《卡斯帕》中,“我想成为一个像他者一样的人”[②],是主人公试图打破语言对个体的规训,实现破界与重组的宣言。但是汉德克在 20 世纪 60 年代文本之中讨论的反叛仍旧局限在概念性语言的范畴之内,其写作的重点在于呈现主体被语言隔离在世界之外的困境,呈现概念性语言表达真理的无能为力。但是主体究竟如何“成为他者”,或者更准确地说是主体如何在质疑与批判作为其存在本质的语言的同时,找到新的语言层面的存在方式,是汉德克在 60 年代的文本之中尚未涉及的问题。但是正如上一章论述的那样,汉德克 70 年代的作品中也没有真正解决这个问题,而是将重点放在展示主体在“成为他者”的欲望和无法摆脱的虚无存在之间摇摇欲坠的生存状态,具体表现为主体无法满足这个欲望时,主观时间被暂停。比如《真实感受的时刻》中科士尼格陷入虚无时间的循环,其

---

① 参见:Handke, Peter: *Die Hornissen* (*1966*). Frankfurt am Main: Suhrkamp 1983. S. 232. S. 274.

② Handke, Peter: *Kaspar* (*1968*). In: Ders., *Theaterstücke in einem Band*. Frankfurt am Main: Suhrkamp 1992. S. 87 - 190. Hier S. 97.

时间被暂停在当下;《无欲的悲歌》中母亲在面对从外部社会简单复制粘贴的存在状态之时感受到无聊。当然汉德克在 70 年代的作品中除了描摹主体的存在危机状态,还尝试打破先验秩序的束缚,暴力成为其中常见的手段之一,诸如《守门员面对罚点球时的焦虑》(*Die Angst des Tormanns beim Elfmeter*, 1970)中的谋杀行为、《真实感受的时刻》中的自杀以及《短信长别》中的暴力行为。但是不论是暴力还是叙事的游戏最终都只是停留在汉德克对救赎可能性的猜想之上。

如果说汉德克卡夫卡文学奖的获奖致辞是对“诗的语言”的宣言,那么《缓慢的归乡》就可以看作汉德克对这种语言创造力的具体呈现:《缓慢的归乡》中汉德克把重点转为具体呈现主体回归存在本原的过程。这种回归之路正是《真实感受的时刻》中的“退行”——回到被称为“故乡”的过去。主人公索尔格(Sorger)的主观时间感受与科士尼格极为相似:他在阿拉斯加进行地质研究时,也曾经历自然向他敞开的时刻。索尔格和科士尼格均在自然向其敞开的时刻,感知到绝对意义的在场性。但是问题在于,他与科士尼格一样都被这种在场性排除在外,他“不是孤独地生存在这个世界上,而是没有世界的孤独”[①]。他同科士尼格一样都无法延续获得顿悟的瞬

① Handke, Peter: *Langsame Heimkehr*. Frankfurt am Main: Suhrkamp 1984. S. 102. 后文引用简写为 LH。下文中同部作品中的引文将随文在括号内标注出页码,不再另行做注。

间，都会在经历这种充实的瞬间之后再一次陷入存在危机。索尔格最终重新“有了言语(Wort)，时间成了光明”(LH, S. 173)，其契机发生在他踏入邻居家的门槛之时：“又置身于世界的游戏之中(Wieder im Spiel der Welt sein)。”(LH, S. 141)“门槛状态”对于索尔格来说，是一个让他重新回到世界之中的机会。他在此前经历的生存危机根源在于：他被困在概念性语言之中，对自我与世界的认识不是来自于真实的感受与经历，而是源自语言的预设，他与科士尼格一样，过于依赖先验秩序对个体存在的设定与阐释，最终导致自我与外部世界互相隔离。所以说他的“孤独”是“没有世界的孤独”。因为索尔格在通过概念性语言阐述自我在当下的存在之时，已然将其自身的存在与外部世界的变化隔离，这从根本上消解了他存在的时间与空间维度。但是“门槛状态”最终给了索尔格一个回到世界之中的可能性，最直接的影响是他发现，“他的名字甚至暗示了名字的所有者(以及许许多多的同名之人)来自哪个省”(LH, S. 141)，而且他能够获得真实感受的时刻，成为这个世界的“接受者(Empfänger)”(LH, S. 143)。门槛作为两个空间之间的过渡地带，意味着索尔格离开自我隔离状态，获得破界与重组的可能。他的名字能够与其所有者重新建立联系，此时能指与所指之间重新建立联系，索尔格也因此重新获得进入外部世界的机会，不再依赖他者赋予的生存感，而是“承担起尽可能坚持不懈参与的责任”(LH, S. 177)。对当下世界的参与，意味着索尔格能够借助语言重新阐述其在当下的存在意义。这种语言即“诗的语言”，与概念性语言的区别在于主体能够借助“自由的想象”(die freie Phantasie)来获得“叙事的真相”(Wahrheit des Erzählens)①。

归家三部曲中的《圣山启示录》即是顺着《缓慢的归乡》的思路，来讨论叙事的认知功能。第一人称叙事者在观赏雅各布·范·鲁伊斯达尔(Jakob van Ruisdael)的油画之后，观察到“幽暗苍茫的背景前，方形的柴火堆与被锯下来的圆木是唯一的亮点”(LSV，S. 108)。阿尔弗雷德·库莱瑞奇(Alfred Kolleritsch)在研究汉德克与海德格尔之间的互文关系时认为，此处特意强调的柴火堆中被锯下来的圆木，指的是真理的发生(Geschehen der Wahrheit)，永不间断②。而且对于第一人称叙事者来说，真理的发生并不是“自负专断的主体之功”③。叙事者是在极度的迷醉与专心(参见 LSV，S. 108)之中体会到真理的发生过程。这种迷醉(Versunkenheit)表现在，第一人称叙事者最终在故事之中成为不可见之人。而这里

① 参见：Handke，Peter：*Die Lehre der Sainte-Victoire*. Frankfurt am Main：Suhrkamp 1984. S. 78. 后文引用简写为 LSV。下文中同部作品中的引文将随文在括号内标注出页码，不再另行做注。

② 参见：Kolleritsch，Alfred：*Die Welt，die sich öffnet. Einige Bemerkungen zu Handke und Heidegger*. In：Gerhard Mezler，Jale Tükel (Hrsg.)：*Peter Handke. Die Arbeit am Glück*. Königstein：Athenäum 1985. S. 118.

③ Heidegger，Martin：*Der Ursprung des Kunstwerks* (*1935/36*). In：Friedrich-Wilhelm von Herrmann (Hrsg.)：*Holzwege. Gesamtausgabe 1. Abteilung：Veröffentlichte Schriften 1910－1976*. Band 5. Frankfurt am Main：Vittorio Klostermann 1977. S. 1－75. Hier S. 72

的不可见指的并不是完全的消失，或者说是被困在风景之中，而是可以隐匿在塞尚的作品之中(LSV, S. 54)。在作品中隐藏自我的行为看似是一种被动的自我保护，其实是为了将自我清空，为实现(Verwirklichung)真实(Wahrheit)留出足够的空间(参见 LSV, S. 66)。

如果说汉德克在《真实感受的时刻》中只是通过科士尼格来自遥远未来的一封信，来暗示叙事或许是语言危机中的一种救赎；那他在《圣山启示录》中对诗的语言的追求就已经是一个十分明确的声明了。但是应该如何来实现这种叙事？对比归乡三部曲与《真实感受的时刻》可以发现，叙事均发生在"门槛状态"之后，叙事主体在进入到这个过渡阶段之后才从与世隔绝的状态之中走出，比如《圣山启示录》中的第一人称叙述者就是在森林与村庄的门槛地带(Schwelle)(参见 LSV, S. 54)中察觉到"第一个人类的足迹"。所以"门槛状态"在叙事主体试图克服存在危机，走出虚无时间循环的过程中究竟扮演着什么样的角色？为什么主体经历了"门槛状态"之后就可以重构断裂的能指与所指之间的关系，完成叙事？如果说"门槛状态"也是主体的存在状态的话，门槛状态之中主体的主观时间感知是怎样的？主体在经历了"门槛状态"之后完成的叙事有什么样的特点？为什么这样的叙事可以超越语言危机？而如果要回答上述问题，就需要将酝酿于《缓慢的归乡》期间的《痛苦的中国人》作为考察对象。因此本章的出发点即《痛苦的中国人》中"门槛专家"(Schwellenkundler)(CS, S. 24)对自己的“门槛状态”的叙事(CS, S. 19),以及从叙事过程中主观时间感知的变化为依据讨论叙事的认知功能。

与汉德克 60 年代多使用十分激进的语言实验来唤起读者对这种存在状态的反思,以及其在 70 年代时采用传记色彩浓厚的风格来描摹个体在存在危机中的绝望与挣扎以及对救赎的探索与渴望不同,汉德克在 80 年代创作之时进行了大量的海德格尔研究①,将重点放在讨论个体通过诗的语言,将自我从概念性语言的桎梏之中解脱的可行性。所以关于《痛苦的中国人》以及针对汉德克 80 年代作品的相关研究都会涉及汉德克对海德

① 对汉德克与海德格尔之间关系的研究不仅涉及《痛苦的中国人》一个文本。阿尔弗雷德·库莱瑞奇认为可以在汉德克的《铅笔的故事》(*Die Geschichte des Bleistifts*, 1982)中找到对海德格尔作品的直接引用,可以在《圣山启示录》中找到与海德格尔在《艺术作品的起源》中阐述的艺术与真理之间的关系:诗学创作不仅可以保存主体的经验,而且可以让世界的开放性得以持续下去,并且也为他人提供认识世界本质的可能性。(参见 Kolleritsch, Alfred: *Die Welt, die sich öffnet. Einige Bemerkungen zu Handke und Heidegger*. In: Gerhard Mezler, Jale Tükel (Hrsg.): *Peter Handke. Die Arbeit am Glück*. Königstein: Athenäum 1985. S. 118.)但是必须要说明的是库莱瑞奇将汉德克与海德格尔进行平行研究并不是为了证明汉德克对海德格尔的依赖关系,而是更多地将汉德克看作海德格尔语言哲学思想上的同路人。亚历山大·胡波(Alexander Huber)也在《到达的尝试——汉德克的区分美学》(*Versuch einer Ankunft. Peter Handkes Ästhetik der Differenz*, 2005)中将汉德克的多部作品看成一个整体,来研究海德格尔对汉德克的影响。他认为除了《存在与时间》,海德格尔的《林中路》(*Holzwege*, 1950)、《荷尔德林诗的阐释》(*Erläuterungen zu Hölderlins Dichtung*, 1951)、《在通向语言的途中》(*Unterwegs zur Sprache*, 1959)和《路标》(*Wegmarken*, 1967)对汉德克都有影响。但上述文献对《痛苦的中国人》研究相对较少。因此不在正文中赘述。

格尔语言哲学的解读与阐释。比如鲁尔夫・君特・莱纳认为从《痛苦的中国人》中可以观察到海德格尔在《艺术作品的起源》《筑・居・思》《在通向语言的途中》等作品中阐述的语言哲学对于汉德克的影响[①]；此后他与托马斯・尼诺(Thomas Nenon)在《在诗与思的门槛——汉德克在〈痛苦的中国人〉中的本体论转向》(*Auf der Schwelle von Dichten und Denken. Peter Handkes ontologische Wende in „Der Chinese des Schmerzes"*, 1994)一文中，结合汉德克《铅笔的故事》(*Die Geschichte des Bleistifts*, 1982)，详细地列举了汉德克在其作品中对海德格尔的引用，认为汉德克继承了海德格尔的语言哲学：《痛苦的中国人》中"存在的维度"不仅是主人公感知与叙事，同样也是其行动的出发点[②]；反之当主体过于依赖先验语言秩序来阐释自身的存在意义时，会导致主体的存在变成对他者预设的机械复制，取消主体的存在维度，使其与世隔绝[③]。但是两位作者在文章最后得出的结论相对来说过于仓促和草率：文章最后认为，汉德克与海德格尔对于"诗的语言"以及艺术作品的本质论述中，强调的

---

① 参见：Renner, Rolf Günter: *Peter Handke*. Stuttgart: Metzler 1985. S. 166f.

② Nenon, Thomas u. Renner, Rolf Günter: *Auf der Schwelle von Dichten und Denken. Peter Handkes ontologische Wende in „Der Chinese des Schmerzes"*. In: *Modern Austrian Literature* Vol. 27 (2). 1994. S. 113－127. S. 115.

③ 参见：同上书，S. 114.

重点是对语言结构的拆解与重组，是在消解传统形而上学意义上的意义中心[①]。但是这一结论很明显存在对《痛苦的中国人》的误读。例如主人公洛泽的名字 Loser 指的不是失败者或者暗示有事发生，而是指倾听（lauschen）（CS, S. 32）。他的任务就是倾听事物语言本质的呼唤[②]，“将已经被遗忘的真相重新召唤出来”[③]。这一点莱纳在他的论著《后现代状况——现代派以来的理论、文本与艺术》（*Die postmoderne Konstellation. Theorie*, *Text und Kunst im Ausgang der Moderne*, 1988）也做过详细论述：洛泽实际上是海德格尔意义上的诗人，汉德克文中洛泽的倾听与呼唤实际可以理解为海德格尔意义上对于语言本质的倾听。[④] 汉德克在作品中通过诗的语言来召唤被遮蔽的本质，即解构语言能指与所指之间的关系，是上文中“退行”的表现之一。莱纳还注意到《痛苦的中国人》是洛泽对自身经历与感知的叙事，主体在此时有能力在解构语

---

① 参见：Nenon, Thomas u. Renner, Rolf Günter: *Auf der Schwelle von Dichten und Denken. Peter Handkes ontologische Wende in „Der Chinese des Schmerzes"*. In: *Modern Austrian Literature* Vol. 27 (2). 1994. S. 113 - 127. S. 116.

② 海德格尔：《演讲与论文集》，孙周兴译，北京：生活·读书·新知三联书店，2005 年，第 153 页。

③ 参见：Kim, Hyun-Jin: *Wiederfindung der Sprache. Das neue Verhältnis des Sprach-Ichs zur Welt bei Peter Handke seit dem Werk Der Chinese des Schmerzes*. Freiburg: Breisgau 2002. S. 164.

④ 参见：Renner, Rolf Günter: *Die postmoderne Konstellation. Theorie, Text und Kunst im Ausgang der Moderne*. Freiburg: Breisgau 1988. S. 369 - 387. Hier S. 376.

言之后再现其感知到的外部世界。所以莱纳在《德语当代文学的后现代状况》(*Die postmoderne Konstellation in der deutschen Gegenwartsliteratur*, 1989)一文中认为,汉德克在80年代的文本呈现出重新回归模仿原则的趋势,是经历了60年代与70年代中对模仿原则的解构之后,对古典文学的复归①。所以说汉德克在80年代的叙事文本之中或者说至少在《痛苦的中国人》中并没有否认意义中心,反而是将主体在过去时间的经历与感知,作为构建自我、确认自我在世界中定位的基准线,也就是说他在80年代中始终将过去放到了本体论的位置上,而且对于主体通过诗的语言认识世界和认识自我抱有足够的信心。

除了从本体论的角度来解读汉德克的叙事之外,不少研究文献也将汉德克在创作中文本的生成过程作为研究的出发点,研究"创作者充满乐趣的痛苦"(Schöpferlustschmerz)②:阿道夫·哈斯林格的《汉德克的手稿——论涂写的作用》(*Autographisches bei Peter Handke. Zur Funktion des „Nebengekritzels"*, 2006)和卡特琳娜·皮克托(Katharina Pektor)的《"但是我如何

① 参见:Renner, Rolf Günter: *Die postmoderne Konstellation in der deutschen Gegenwartsliteratur*. In: *Die Postmoderne – Ende der Avantgarde oder Neubeginn*. Hrsg. Von Carl-Schurz-Haus / Deutsch-Amerikanisches Institut (Freiburg), Georg-Scholz-Haus (Waldkirch). Eggingen: Ed. Isele 1989. S. 49 – 74. Hier S. 66.

② Handke, Peter: *Am Felsfenster morgens (und andere Ortszeiten 1982 – 1987)*. Salzburg/Wien: Residenz 1998. S. 12.

接近 L 的故事?”——关于汉德克小说〈痛苦的中国人〉的创作历史》(*„Aber wie nähere ich mich L.'s Geschichte?“ Zur Entstehung von Peter Handkes Erzählung Der Chinese des Schmerzes*, 2009),这两篇文献主要从技术层面来研究艺术创造过程,比如汉德克手稿中出现的涂写与笔记,可以作为对作者在写作之时出现的偶然性的想法或者联想的记录,为作者最终定稿提供更多的素材等等。[①] 但是上述文本的生成过程与小说中的角色洛泽的主观时间感知关系不大,故此后不再赘述。

与哈斯林格和皮克托不同,约翰娜·波斯纳德(Johanna Bossinade)在她的《现代文本诗学:处理方式的发展——以彼得·汉德克为例》(*Moderne Textpoetik: Entfaltung eines Verfahrens. Mit dem Beispiel Peter Handke*, 1999)中虽然也讨论现代诗学中意义生成的过程,但是其重点则放在主体在语言危机之中的感受,以及个体对生存意义的追求。波斯纳德以汉德克的《圣山启示录》与《痛苦的中国人》为例,分析现代文学文本中梦的移置(Entstellung)、符号的转变以及性别的隐喻结构。波斯纳德认为“汉德克倾向于在文本中把语言的内在力场置于意义链条之后,而讽刺的是他又在这些意义链条

---

① 参见:Haslinger, Adolf: *Autographisches bei Peter Handke. Zur Funktion des „Nebengekritzels“*. In: Adolf Haslinger, Herwig Gottwald, Andreas Freinschlag (Hrsg.): *„Abenteuerliche, gefahrvolle Arbeit“. Erzählen als (Über) Lebenskunst. Vorträge des Salzburger Handke-Symposions*. Stuttgart 2006. S. 111 – 123. Hier S. 117.

之中强调语言力量的丧失。"[①]她认为汉德克在80年代的文本中仍旧在概念性语言的范畴中批判和否定概念性语言，最后只落脚到文本形式的开放性之上，但是在波斯纳德看来，这种开放性恰恰将个体对真理的追求和对存在意义的追问置于悬置状态。虽然这种悬置状态的确与《痛苦的中国人》中洛泽的经历吻合，但不可忽视的事实是，整个文本其实是洛泽在经历过门槛这种悬置状态之后完成的叙事。这是一个已经完成的叙事行为，本身就已经能够证明洛泽对存在意义的追求有了一个明确的结论。文本的开放性虽然可以一定程度上理解为悬而未决，但是放到洛泽的身上则更应该解读为意义不断生成的过程。

所以说洛泽作为叙事主体对自身存在意义的解构与重构的过程，一直以来都是研究的重点。这也就能解释为什么作为意义解构与重构过程的过渡阶段——"门槛状态"会成为众多研究的对象。卡洛琳·马科林(Caroline Markolin)在《"请闭上眼睛……"——彼得·汉德克〈痛苦的中国人〉中文字与叙事的诗意寻觅》(*„Schließ die Augen ...“ Die poetisierte Suche nach Schrift und Erzählung in Peter Handkes Der Chinese des Schmerzes*, 1994)一文中直接从洛泽的"门槛状态"入手，分析文本中体现出

① Bossinade, Johanna: Moderne Textpoetik: *Entfaltung eines Verfahrens. Mit dem Beispiel Peter Handke*. Würzburg: Königshausen & Neumann 1999. S. 228.

来的汉德克对文学文本生成过程的反思：与阿道夫·哈斯林格的观点一样，马科林也认为《痛苦的中国人》是一个关于“门槛”的故事[①]，主要讲述的是主人公和第一人称叙事者洛泽一步步走出隔离状态，踏上寻求个体与世界之间联系的道路。那么整个故事的意义首先就体现在，它可以将叙事者在门槛状态中对自身与世界之间联系这种体验保存下来。《痛苦的中国人》就不再只是一个关于门槛的故事，还是一次“关于门槛的写作和通过门槛状态进行的写作”[②]。马科林与约根·埃及普希恩（Jürgen Egyptien）持相似观点。他们都将这部小说看作汉德克对“写作这一行为在诗学上的隐喻”（poetologische Metaphorisierung des Schreibaktes）[③]，或者像哈斯林格一样，将其称为一次“美学事件”（ästhetisches Ereignis）[④]。这一类研究的共

---

① 参见：Haslinger，Adolf：*Peter Handkes Der Chinese des Schmerzes. Eine Annäherung*. In：Friedbert Aspetsberger（Hrsg.）：*Zeit ohne Manifest? Zur Literatur der 70er Jahre in Österreich*. Wien：Österreichischer Bundesverlag 1987. S. 141.

② 参见：Caroline Markolin：*„Schließ die Augen ...“ Die poetisierte Suche nach Schrift und Erzählung in Peter Handkes Der Chinese des Schmerzes*. In：*Moderne Austrian Literature*. Vol. 27，Nr. 2（1994）. S. 113－127. Hier S. 114.

③ Egyptien，Jürgen：*Die Heilkraft der Sprache. Peter Handkes Die Wiederholung im Kontext seiner Erzähltheorie*. In：Hugo Dittberner（Hrsg.）：*Peter Handke. Text ＋ Kritik 24*. München 1989. S. 42－58. Hier S. 49.

④ Haslinger，Adolf：*Peter Handkes Der Chinese des Schmerzes. Eine Annäherung*. In：Friedbert Aspetsberger（Hrsg.）：*Zeit ohne Manifest? Zur Literatur der 70er Jahre in Österreich*. Wien：Österreichischer Bundesverlag 1987. S. 141－149. Hier S. 144.

同点是，将“门槛状态”作为洛泽在存在危机状态下通过叙事重构自身存在意义的隐喻，对本章有很大启发。但是这类研究文献大多都将“门槛状态”作为一个空间上的概念，比如埃及普希恩认为，门槛状态是与“永恒的当下”(nunc stans)对应的空间概念[①]。阿尔弗雷德·库莱瑞奇从海德格尔哲学的基础出发，将门槛看作“体验存在的中心地”(der zentrale Ort von Seinserfahrung)[②]。

这种角度具有一定的合理性，毕竟“门槛”本身作为一个空间性的意象确实多次出现在文本之中，代表的的确是具体的空间地点，比如文本多次提到的桥、门、房间的门槛等。洛泽在业余时间花费极大精力去做的事情也是发现历史上村庄的过渡地带或者房子的门槛。但是这难以解释以下问题：第一，“门槛”作为《痛苦的中国人》的核心主题最终落脚到叙事与叙述者身上：“叙述者就是门槛”(CS, S. 242)。如果按照上述文献的观点，门槛状态是“永恒当下”的空间修饰语，而且是主体可以体验存在的空间，也就意味着当叙事结束之时，洛泽无法再继续感知存在。但是当叙事行为结束，洛泽走进“宁静、狡黠、静

---

① 参见：Egyptien, Jürgen: *Die Heilkraft der Sprache. Peter Handkes Die Wiederholung im Kontext seiner Erzähltheorie*. In: Hugo Dittberner (Hrsg.): *Peter Handke. Text + Kritik 24*. München 1989. S. 42 – 58. Hier S. 50.

② Kolleritsch, Alfred: *Die Welt, die sich öffnet. Einige Bemerkungen zu Handke und Heidegger*. In: Gerhard Melzer, Jale Tükel (Hrsg.): *Peter Handke. Die Arbeit am Glück*. Königstein: Athenäum 1985. S. 111 – 125. Hier S. 120.

默、庄严、徐缓且宽容”(CS, S. 255)的世界之中,同样感知到了绝对的存在。文本的尾声花了大量的笔墨,全部采用现在时来呈现洛泽作为观察者感知到的世界,这就让前后相继的动作与行为以及洛泽感知到的所有的事物成为对于洛泽来说同时在场的存在——“绝对当下”。而这种同时性与在场性的体验发生在“门槛状态”之后。这就与上述文献的结论正好相反。

第二,正如上文中分析的那样,汉德克在80年代的文本之中尝试实践70年代文本中论述的帮助主体度过语言危机引起的存在虚无的方法——叙事,也就是说汉德克80年代文本之中对于叙事的定义与70年代文本相同,即主体通过诗意的语言为自己塑造一个脱离现实世界的游戏场域,给自己提供进入世界、参与游戏的当下时间,以及反思自我的可能性。叙事游戏的目的始终都是让主体获得存在意义,走出虚无时间的循环,参与当下,产生新的意义。但是问题是,《痛苦的中国人》中前三个章节“观察者被分心”“观察者介入”“观察者寻找一名证人”,是洛泽用过去时讲述他从耶稣受难节到复活节这三天之间的经历,其中间或夹杂着洛泽在叙事的同时对过去经历的反思与总结;尾声则全部是洛泽为观察者视角的、其眼中绝对的现在时。那么到底哪一部分叙事才算是洛泽作为叙事主体对于自身存在当下时间的阐释与解读?是洛泽对过去经历的总结与反思?还是说洛泽进入绝对现在时观察到的世界?洛泽从叙事的当下时间出发总结与反思已经发生过的事件。这样一种“事后叙事”中的自我反思与观察——这也是科士尼格尝试的叙事模式,指涉的时间是已经成为过去的、不在场的那三天经历。那么对过去时间的模仿与再现,究竟能不能作为洛泽当下存在的意义?与此相对的是洛泽尾声部分的叙事:洛泽在这个通过叙事塑造的绝对当下中,遭遇自我的消解,他成为一个不具名的观察者。整个叙事过程是从全景视角对这个包括洛泽在内的世界的观察,洛泽反而成为一个被观察的对象,可以被他者替换。这种情况是不是证明这个叙事模式塑造的绝对当下,实际上是在拒绝主体的介入?不仅如此,尾声的洛泽同时也丧失了叙事的能力,偶然出现的叙事的声调也很快消逝(参见 CS, S. 253),那么是不是能够认为洛泽在完成叙事之后,又重新陷入另一种形式的虚无时间?如果是的话,是不是能够进一步推导汉德克其实并没有真正满足自己在卡夫卡文学奖获奖致辞中,对于文学与叙事认知功能的期待?这种时间性的过渡与变化仅仅从作为空间概念的门槛来说是无法完全解释的。

最后,正如汉德克在致辞中所说的那样,写作的过程,正是叙事主体通过想象体验另一种生存可能的过程。因此作家的义务在于通过文字呈现出可能的存在方式,为读者展现被遮蔽的世界本质。在汉德克看来,叙事行为首先是叙事者对自身经历的诗意呈现,然后是作家通过文本与读者之间的交流。那么是不是可以从这个角度来理解，文本中洛泽作为观察者一定要在寻找到证人之后，才能开始叙事，正是因为叙事者需要儿子作为听众来构建一个共同体，借此完成交流的过程？还有一点需要注意的是，如果叙事最终需要为读者展现被遮蔽的世界，那么就意味着，在汉德克看来，叙事行为的意义最后要能够推己及人。换言之，主体对于自身在当下存在意义上的阐述，需要能够具有普适性和整体性，需要能够将叙事的结果——文本——流传下来。那么问题在于洛泽寻求证人的过程仅仅是他自己单方面的行动，儿子对他这一要求的回答是“我还以为我的父亲只是偶尔有一些执拗”(CS, S. 242)。儿子对于父亲找自己作为他叙事的证人这一行为其实并不认同，不仅如此，在此后整个叙事的过程中儿子与洛泽并无交流，所谓“读者民族”这一共同体并没有建立起来。那么是不是可以直接从这个层面上认为《痛苦的中国人》中洛泽根本没有完成叙事行为？因此，还是需要从洛泽作为叙事者的主观时间感知变化为切入点，研究他在“门槛状态”前后存在时间性方面的变化，才能说清楚上述三个主要问题。

## 2.1 丧失时间：无法终止的纸牌游戏

如果要理解《痛苦的中国人》中洛泽的“门槛状态”，首先需要明确洛泽在进入门槛之前的存在状态，才能以此为基线，确定洛泽在“门槛状态”前后的存在转变。最能够体现洛泽存在状态困境的场景，是他去僧侣山棋牌室，与画家、政治家和神父一起玩的纸牌游戏：

> 我们（洛泽与画家、政治家和神父）在山上的纸牌游戏其实很随意。只要有一个人走了神，其他人也就不再认真对待牌局了。但是我们都全神贯注。我很少像现在这样下定决心，甚至每一局都想玩。只是纸牌游戏已经产生不了任何乐趣了，只剩下毫无趣味地互相赢牌。但是我们根本停不下来。我们玩的时间越长，我们之间就变得越陌生，而不是像往常一样越来越亲密。这让我们失去寻找对手眼睛的能力。哪怕我们都在小心翼翼地维护游戏规则，我们的眼神与手势都成了老千的眼神与手势；这样出老千意味着：只需要假装大家都在游戏。这时，整个聚会都笼罩在一种普遍的迷失之中。我们中的每一个人都不觉得自己处在属于自己的位置上——但是对于我们本应该早就存在的地方来说，“一切都为时已晚”。（CS，S. 117）

首先需要注意的是，《痛苦的中国人》与《真实感受的时刻》的最大区别在于，《真实感受的时刻》是以一个第三人称观察者的视角来审视科士尼格存在状态的变化，因而叙事能够以旁观者的视角，第一时间察觉科士尼格存在的变化：他在经历了杀人的梦境之后察觉自己无法把握时间的困境，而《痛苦的中国人》并没有将洛泽的“变形”作为叙事的起点。文本的主要部分是洛泽以第一人称叙事者的身份，讲述自己作为观察者在耶稣受难节到复活节之间的经历，其中包括他对自身存在状态的观察、反思以及走出困境的各种尝试。因此，《痛苦的中国人》中叙事成立的前提是，被叙事的时间是洛泽经历过的时间，洛泽在其中不仅仅是外部世界的观察者与故事的参与者，同时也是叙事者，他在故事内部观察他在过去感知到的外部世界的同时，他也以叙事者的视角观察自己过去时间的存在状态，并对此作出反思。洛泽在故事的结尾中对儿子宣布：“我要给你讲个故事。我的故事叫做门槛故事。”(CS, S. 241)在洛泽看来，整个叙事行为本身或者说叙事的这个过程就是一个“门槛状态”。那么此时洛泽在以第一人称叙事者的身份观察和思考他在纸牌游戏中的体验时，仍旧讨论的还是他在“门槛状态”之前的存在状态。

其次，僧侣山的纸牌游戏是洛泽每个月定期参加的社交聚会，有详细的规则，有固定的可以轮换的地点，有确定的参加者。谁是游戏的参加者，谁是这一场游戏的旁观者都有明确的规定(参见 CS, S. 81)。这种用来打发时间的社交聚会，对于洛泽来说是一个可以通过模仿习得固定行为模式，并将之延伸到日常行为的游戏。“纸牌游戏”对于洛泽而言，从各种意义上讲都是一个“开放的土地”(das offene Land),而纸牌的吸引力在于,它可以将普普通通的碎片组合成为一个完整的国家,游戏的空间——纸牌桌此时正是这个国家的核心,它在游戏的过程中将自己的颜色、气味以及语言穿过棋牌室的边界,扩散都“周围的国家”(Umland)(参见 CS, S. 82)。“纸牌对我来说就像我的理想状态(Ideal)一样,它是一个可以让我展现、添加色彩的国土,最关键的是,在这片国土之中,我可以言简意赅地表达自己。”(CS, S. 83)由此可见,纸牌对于洛泽来说,其关键功能首先体现在游戏能够为他创造一个“整体性”,可以将互相隔离分散的个体组合成为一个整体,而且这个整体是一个与日常生活的严肃相对立的世界。洛泽第一次玩纸牌的过程对应的是室外的葬礼。游戏创造的“开放性的土地”,指的就是这种可以打破与摆脱现实生活中严肃的责任与约束,自由表达自我的场域。这正是格奥尔格·西美尔(Georg Simmel)在《社会学的基本问题》(*Grundfragen der Soziologie*, 1917)一书中对游戏作为社交聚会基本机制的功能方面的阐述:“现在所有的这些都脱离了原本生活的轨道,抛弃了原本附着这生活之严肃的物质,从自身出发做出决定,选择或者创造它可以证明自己和以纯粹的形式展现自身的对象;游戏就获得了欢乐,以及与单纯的玩乐不同的象征意义。”[①]所以

① Simmel, Georg: *Grundfragen der Soziologie (Individuum und Gesellschaft)*. 3., unveränderte Auflage. Berlin: De Gruyter 1984. S. 51.

说纸牌这种社交游戏之所以能够给洛泽带来快乐，不仅是因为游戏为洛泽创造了暂时摆脱日常生活轨迹，获得自由的机会。游戏同样也为洛泽创造了一个源于现实，但是又脱离现实的"理想社会的缩影"（Miniaturbild des Gesellschaftsideals）①。所以洛泽在这个空间中不仅可以自由地尝试阐述与他者之间的交流，而且能够"言简意赅"地表达自我。洛泽在游戏的世界之中，获得了理想中的存在状态，因而会产生游戏的乐趣。而且这种乐趣并不是简单的玩乐，而是存在意义上的满足，因为他在此刻得以摆脱外在先验秩序对自身存在的束缚，能够与游戏的其他参与者建立关联，模仿与塑造现实生活中与他者之间的联系，获得对自身存在状态的整体性认知。这个认知体现在洛泽最终能够用语言明确地表达自我。所以说洛泽的游戏，能够以一种合适的形式，再现现实生活的严肃，给予游戏参与者认识世界整体性和发现新的生存方式的可能性。

最后，与洛泽在幼时参与的纸牌游戏不同，他在僧侣山的棋牌室中参与的游戏中，完全丧失了产生乐趣的能力。纸牌游戏中的参与者仍旧维持游戏应有的期待结构与意义设定，比如参与者之间仍旧以赢牌为目的，牌局有固定的规则，即每次五个人参加，有一人轮空之后作为观

---

① Simmel, Georg: *Grundfragen der Soziologie* (*Individuum und Gesellschaft*). *3.*, unveränderte Auflage. Berlin: De Gruyter 1984. S. 64.

察者，游戏的空间是脱离日常生活严肃性的棋牌室。这样具有固定规则与秩序的游戏本应具有赫伊津哈（Johan Huizinga）所说的美学上的维度。“游戏会产生风格。[……]美学风格意味着伦理上的秩序与忠诚。”[①]但是洛泽所经历的游戏其美学意义逐步解体：游戏的参与者开始出老千，为了赢牌不择手段。规则的破坏意味着游戏的异化，游戏的参与者不能再以自身为出发点参与游戏，他不是为了进入一个脱离现实而又源于现实的场域之中，对现实世界进行反思，为日常生活中严肃的社会关系进行练习，而是单纯地被游戏的输赢所驱动，无法自主停下。所以在洛泽看来，出老千的人其实就是在假装大家都在玩游戏。这种无法自主的游戏正是法国哲学家乔治·巴塔耶（Georges Bataille）所说的“游戏的戏剧”[②]。游戏的参与者原本可以在自主的游戏中选择挑战未知与死亡，却在这场出老千的牌局之中选择了屈从于输赢生死的严肃，自主的游戏就演变成机械复制式的工作。游戏的每个参与者都觉得自己找不到自己的位置，正是因为参与者在丧失主体性的过程中，选择复制预设规则，屈从于物

① Huizinga, Johan: *Das Spielelement der Kultur* (*1934*). In: Knut Ebeling (Hrsg.): *Johan Huizinga. Das Spielelement der Kultur. Spieltheorien nach Johan Huizinga von Georges Bataille, Roger Caillos und Eric Voegelin*. Berlin 2014. S. 18 - 46. Hier S. 22.

② Bataille, Georges: *Spiel und Ernst*. In: Knut Ebeling (Hrsg.): *Johan Huizinga. Das Spielelement der Kultur. Spieltheorien nach Johan Huizinga von Georges Bataille, Roger Caillos und Eric Voegelin*. Berlin 2014. S. 75 - 112. Hier S. 93.

质性的追求。这些预设的规则与输赢为目的的追求相较于游戏本身而言是先验的秩序。因此，洛泽以及其他参与者如果想要实现其在游戏过程中的意义与价值，就必须要满足这种秩序。但是这种在游戏之前就已经预设好的秩序与目标，本身就意味着过去和不在场。参与者哪怕完美地扮演了秩序与规则要求的角色，也无法真正实现其存在的意义，因为他的参与与行动都是为了“将来”能够满足在“过去”被设定的目标。而游戏参与者的当下，就只剩虚无，其身体虽然在场，但是它要追求的这个意义与目标对他来说，“一切都为时已晚”。

所以说洛泽在进入“门槛状态”之前，其存在危机的显性表现是，他无法参与当下时间，和科士尼格一样，他虽然活在现在，但是他在此时此刻的存在意义早已在过去被决定好了。当洛泽还在经历现在的时候，这个时间点的意义对他来说已经消逝。所以他虽然一样是在玩牌，但是他的行为完全是为了实现过去决定的意义，或者说是为了在将来能够赢得牌局，但不是为了在当下时间，通过游戏中对现实的模仿来重新发现自我和世界的本质。不仅游戏在洛泽这里丧失了美学与认知方面的意义，而且洛泽作为一个游戏者本身也丧失了对自身于当下时间存在的把握，沦为他者的复制。也就是说，对于洛泽来说，他的整个存在就变成了一个在游戏中复制他者的角色，而且他为了实现自己的存在意义与价值，必须完成这个复制的过程，无法逃脱。

因此，相较于外部世界均质变化的时间来说，洛泽的主观时间是已经消逝的过去时间的循环。“在岸边那个和岩峰高度齐平的‘原石’(Urstein)那里，我有一次遇见了一个像我迎面走来的男人。他注视着那有些微倾斜的岩石以及其中被水流冲刷出来的洞窟，对我说：‘这个世界已经老了，不是吗，洛泽先生？’”(CS, S. 10f)所谓“老的”(alt)世界，指的就是洛泽观察和感知外部世界的行为意义都已经成为过去预设的情况下，这个世界对于洛泽来说就是一个“旧的”(alt)世界。僵化的价值系统将当下与未来归于过去的统治之下，过去覆盖了未来，而未来消失在过去的桎梏之中[①]。他向“过去”借贷，找“未来”透支，但是未曾给“当下”时间留有任何空间维度。

洛泽的这种丧失空间维度的“当下”，与上一章中科士尼格所面临的无法延展的时间是一致的：

> 某物尚未出现，没有它的话，无论转向任何事物都只会是一件过于着急的事情。就算十分草率地完成了转向，这个转向也是没有对象的。这个事物不再是这个世界之中的事物。“某物尚未出现”，意味着，在我的心里有一个空间，而这个空间一直是空的。我并不期待这个尚未出现的事物：我无法期待

① 参见：Theunissen, Michael: *Negative Theologie der Zeit*. Frankfurt am Main: Suhrkamp 1991. S. 52.

它——或者说我也不应该对其抱有期待。我的内心有一个虚无的空间——而无法填满这个虚无空间就意味着痛苦。(CS, S. 165)

洛泽在此处描述的“尚未出现”的事物，指的其实就是上文论述中所说的当下行为，或者说他作为主体在当下时间存在的意义。但是他不断尝试追求存在意义的过程，则因为他过分依赖先验秩序来阐释自身存在的意义，变成了一个重复丧失的过程。小说名《痛苦的中国人》中“痛苦”一词正是来源于此。而洛泽认为，他无法或者说不应该期待这个尚未出现的意义，也是因为这个意义在先验秩序的范畴内，与他存在的当下时间之间有偏差。

总的来说洛泽在尚未进入“门槛状态”时，和科士尼格的存在状态相似，都是将自己的存在意义依附于先验秩序之上，最终导致存在时间性与客观时间之间的偏差，使其一直在循环虚无的当下时间。但是洛泽的存在危机，不仅仅是他对先验秩序的过分依赖，更大程度上是因为，这种先验秩序像他在上文中提到的纸牌游戏的规则一样，失去效用。洛泽在叙事的过程中反思自身的存在状态，并试图为自身的虚无与危机寻找原因时，提到过“虚无的中心”这个说法：

或者是这个中心是一个能够让人产生眩晕错觉

> 的空间。[……]又或是这个中心是虚假伪造的空间。[……]但是房门上方的祈祷壁龛的意思只有:“你在这里是个不速之客。”[……]这些天里面见到的最让人生气的伪造之物正是这些所谓的“自然形成的”中心点了,它们被教堂的塔楼占据。[……]这些塔楼不论是洋葱形的还是尖顶的,亦或是圆柱形的,在我看来不仅仅是我们的妄念,还是僵化的幻影,来嘲笑我们所有的孤独与苍凉。没人需要它们,但是它们却以救世主自居。有时候在苦难的时候偶尔会有从天际而来的阳光与空气。难道不是这些救赎想要进入我们的世界,想要被我们追随,但是却被这些塔楼给遮蔽了?(CS, S. 175f)

洛泽在此处的反思,对理解产生他存在危机状态的原因十分重要。洛泽之所以觉得他在此处是个不速之客,是因为主观时间与客观时间之间的偏差导致其存在的时间性被暂停,从而丧失生存空间。也就是说,此处的“中心”指的正是他赖以阐释自身存在意义的先验秩序。但是在洛泽看来这个先验秩序已经失效,甚至被所谓的宗教代替。这里“教堂的塔楼”指的就是,这类妄想为个体的存在提供意义支撑的先验秩序,但是这类秩序在个体真正需要救赎的时候,不仅撒手而去,甚至遮蔽了这个世界本来的面貌,横亘在洛泽所说的个体与“从天际而来的阳光与空气”之间的正是这种形而上的秩序[①]。对于洛泽来说，意义中心是不在场的。虽然教堂的塔楼作为符号是在场的，但是塔楼指代的宗教意义上的救赎，对于个体来说是缺失的存在。不仅如此，残存的符号性救赎，在一定程度上也妨碍了洛泽找到认识世界和认识自我的道路。洛泽完全被失效的先验秩序绑架：一方面，他无法为自己的当下寻找即时的意义，因为意义价值系统本身已经失效；另一方面，他的当下是对过去预设的重复，他的主观时间也就和科士尼格一样被暂停在了当下，在失去未来的同时也失去了对当下的把握。

那么，为什么先验秩序在洛泽身上失效？洛泽在叙事的过程中对此也进行过反思。他去瓦尔斯的养老院看望母亲之后，在离开时穿过教堂的广场，从教堂的露台往下看的时候：

> 萨拉赫河在这里形成了与德国的边界：这是一条冰冷的山间河流，岸边是宽阔延伸的鹅卵石。平滑的石块可能会从这里被河水大量冲刷到对岸的灌木丛中。我所拥有的一切每一次是怎样被河对岸的那个国家掠夺殆尽的？——好像虚无就是从那里开

① 失效的先验秩序还体现在洛泽的梦境之中异域餐馆中对活人的分食。这个颇具食人主义色彩的场景在洛泽看来是“整个世界历史的核心”，而且“这样的屠杀永远都不会终结”(CS, S. 182)。隐藏在屠杀与暴力之后的混乱表明普世价值系统的解体。

始的，永远。(CS, S. 221)

与反思自身存在状态一样，洛泽在此处也是用隐喻的手法来说明，他的虚无应归因于德国对其存在的恣意掠夺。这种看似无厘头的表述，实际上是在表达自身形而上学意义上的无家可归。从洛泽的自述中可以知道他的父亲死于“二战”初期，从未见过洛泽；他的母亲始终浑浑噩噩，甚至在养老院见到洛泽的时候都叫不出儿子的名字，只是将他当作来给她送钱的邮差中的某一个，或者干脆将洛泽认成他的父亲。父辈的缺席意味着，他根本无法获得需要口口相传的集体性经验，需要日积月累才能实现约定俗成的价值系统在洛泽这里出现断层。洛泽本身在寻求自我存在意义的过程中，并没有找到参照物或者说基准线。战争导致经验的断层，进而出现先验秩序的解体，所以洛泽依赖先验的规则与秩序阐释自我存在的当下意义的行为，注定只能以永恒的虚无结尾。洛泽对存在的孜孜追求就变成了一种符号性的装模作样，这就是为什么洛泽与母亲交谈时，母亲询问他最近在干什么的时候会直接用到“作”(Getue)这个词(参见 CS, S. 219)。母亲在评价洛泽与父亲的时候这样说道：“你的父亲和你一样，你们都是拉锯人(Sägemensch)：你们在家乡与世界各地之间奔波，但是你们在任何地方都找不到属于你们自己的位置。”(CS, S. 220)“拉锯人”指的就是洛泽这种丧失生存空间的异乡人的存在状态[①]，他为实现自身的存在意义与价值疲于奔命，但实际上能够赋予他存在意义的先验秩序已然不复存在。战争导致当前世代(Epoche)与过往世代之间发生断裂，那么在此基础之上一切价值就都要重估[②]。所以洛泽在教堂中观察塔楼的时候，并不能借助在场的塔楼感知到上帝的救赎，反而认为塔楼作为一个虚假的符号阻隔了他寻找救赎，探索存在意义的道路。洛泽在描绘这种意义真空现象的时候提到上个世纪的一位作家在赞美

① “异乡者”的形象是汉德克作品中主人公常见的存在状态，用来描述处于生存危机中的主体追求自身存在意义的过程。需要注意的是，这种“异乡”状态有两层含义：其一强调的是主体在先验秩序失效的情况下失去用来阐释自我存在意义的依据，陷入存在虚无状态，失去在世存在的立足点的状态。异乡在这个层面上指的是存在归属感的丧失。第二个层面的含义则涉及海德格尔在《诗歌中的语言——对特拉克尔诗歌的一个探讨》(*Die Sprache im Gedicht. Eine Erörterung von Georg Trakls Gedicht*)中借由“心灵的本质”(das Wesen der Seele)这一概念来讨论通过诗学之路来找回存在本原过程中提到的“灵魂，大地上的异乡者”(Es ist die Seele ein Fremdes auf Erden)(Heidegger, Martin: *Die Sprache im Gedicht. Eine Erörterung von Georg Trakls Gedicht* [1952]. In: Friedrich-Wilhelm von Herrmann (Hrsg.): *Unterwegs zur Sprache. Gesamtausgabe 1. Abteilung: Veröffentlichte Schriften 1910 – 1976*, Band 12. Frankfurt am Main 1985. S. 31 – 78. Hier S. 35)。海德格尔从古高地德语 fram 一词来解释“异乡者”(Fremd)，认为 fremd 意味着“前往别处，在去往……的途中，与此前保持的东西相悖”，因此异乡者同样也意味着离开旧的种类(das Scheiden vom alten Geschlecht)(同上书，S. 68)。从这个层面上来说，异乡者虽然经历孤寂(Abgeschiedenheit)与痛苦(Schmerz)，但是同时这也是对生命的肯定(Lebensbejahung)。

② 参见：Heidegger, Martin: *Holzwege*. In: Friedrich-Wilhelm von Herrmann (Hrsg.): *Holzwege. Gesamtausgabe 1. Abteilung: Veröffentlichte Schriften 1910 – 1976*. Band 5. Frankfurt am Main: Vittorio Klostermann 1977. S. 223.

古罗马诗人卢克莱修（Titus Lucretius Carus）的时候说到的一句话："黑洞即无限本身"，这里的"黑洞"指的就是从西塞罗到马克·奥勒留的时代："当诸神不复存在，基督尚未诞生，唯有人类存在"（CS, S. 177）。此时，旧的先验价值系统解体，但是新的系统尚未产生，因为个体在这个阶段很难找到一个可以为自身在社会中立足提供支撑点的价值系统。所以"黑洞"一方面可以指洛泽丧失存在的时间与空间维度时呈现出来的虚无状态。这正与洛泽叙述的从耶稣受难节到复活节这段时间相对应。这个阶段从字面意思上指的是耶稣尚未复活，换言之这本身即是上帝完全抛弃人类的黑暗时刻。

但"黑洞"也并不全然都是消极的虚无，而是恰好给了洛泽一个审视自身存在状态的机会。此处正是洛泽与科士尼格之间于存在状态上的最大差别。汉德克在科士尼格身上着重强调的是，他作为一个主体如何消解其混乱的存在状态，实现退行的过程，这是一个解构的过程；而造成洛泽被困在虚无状态之中的先验秩序本身已经消解，原本用来维持社会运转的规则与秩序，在代际断层的背景下成为遥不可及的过去，一个可以一劳永逸地阐述世界本质并且为个体提供存在信仰依据的"宏大叙事"（Metaerzählung）在此基础上丧失其存在的合法性[①]。正

---

① 参见：Welsch, Wolfgang: *Unsere Postmoderne Moderne. Schriften zur Kunstgeschichte und Philosophie*. 7. Auflage. Berlin: Akademischer Verlag 2008. S. 172.

如与洛泽一同在棋牌室玩纸牌的政治家，以极度的理性为支撑，试图寻找能够让所有人都接受的规则，但最终失败；牧师试图通过不断地阐释游戏规则，寻找其中的漏洞与各种潜在的秩序，但是仍旧无法真正让画家与棋牌室的主人产生兴趣。不仅如此，游戏的参与者将游戏最终的目的——赢牌——作为超越游戏过程的和普遍规则的最终意义，这不仅未能勉强维持游戏的运转，而且最终促使大家开始出老千、破坏规则，最终游戏的迷醉变成现实生活的严肃，导致游戏的终结。以上在游戏过程中呈现出来的代表启蒙的政治家、代表唯心主义目的论的游戏参与者以及信仰阐释力量的牧师，最终都未能维持游戏世界的运转。这个现象正是法国哲学家让-弗朗索瓦·利奥塔（Jean-François Lyotard）在《后现代现状》（*Das postmoderne Wissen. Ein Bericht*，1979）中对“宏大叙事”丧失有效性的论述。[①] 而宏大叙事的失效对于洛泽来说，虽然必定会带来虚无，但是并没有真正让洛泽无所适从。在他看来，虚无的意义中心缺少的“并不是基督，也不是诸神或者说那些不死的灵魂，而是一些尘世的东西（etwas Leibliches）：一个感觉器官（Sinnesorgan），而且是关键的感知器官”（CS，S. 178）。从洛泽的反思中可以看出，他已然失去了向宗教（基督与诸神）、哲学或者是科

---

① 参见：Lyotard，Jean-François：*Das postmoderne Wissen. Ein Bericht. Bremen 1982*. Graz und Wien：Böhlau 1986. S. 13f.

学(不朽的灵魂)寻求救赎的想法。利奥塔所说的宏大叙事的失效,并不意味着先验秩序不复存在,比如在洛泽这里依旧存在的游戏规则、社会责任与义务、职业操守等,而是指这些秩序与规则在论证个体存在的合法性以及价值方面不再具有有效性。这就导致这种形而上学的秩序成为过去的时间残留下来的符号。而洛泽则在反思的过程中,已经明确地意识到这种符号性的秩序本身无法为他带来任何认知上的辅助,反而会阻碍他进入外部世界、探索事物存在本质的道路。所以进入"尘世"之中,从身体上感知和观察外部世界才是洛泽首先要追求的目标。

所以说《真实感受的时刻》以科士尼格对自身存在状态异化的感知为出发点,主要讨论的是主体在这种危机状态下自我救赎的尝试,比如逃避伪装、暴力游戏,最后发现叙事是一个有可行性的方式。而《痛苦的中国人》则是洛泽在经历一切之后对自身过往经历的反思。他不仅已经意识到自身的存在状态,并且也在反思的过程中认识到,这种丧失空间性的当下,应归因为代表先验秩序的宏大叙事失去合法性这一现状。所以《痛苦的中国人》中直接呈现出来的就是洛泽针对这一现状的策略——叙事。洛泽很少出现逃避与伪装,也没有呈现出科士尼格所表现出的反复性行为。所以说此时洛泽的"黑洞"正好为洛泽重构自身在当下时间的生存空间和存在意义提供新的开始。

总的来说,作为主体的洛泽过分依赖先验秩序对其自身存在意义的阐释，因而在代表先验秩序的宏大叙事失去有效性之时，丧失其存在的依据与在世存在的立足点。但是他的这种过分依赖一方面意味着他将过去就已经存在的规则与价值系统作为当下时间的全部标准，他在当下时间中所有行为的价值与意义都在于他是否能够完美地扮演过去赋予他的角色，也就是说，他在当下时间存在的全部意义都是向过去借贷而来的；另一方面，这个凌驾于个体之上，赋予个体行为与存在合法性的秩序已然无法真正为个体的生存提供依据，个体公然挑衅规则的权威，将规则简化成存在的目的，那么洛泽在当下时间的行为目的逐渐演变成为了一个在未来才能实现的目标。洛泽在寻求存在意义的过程中，找“过去”借贷的同时，又想预支“未来”，反而没有真正关注当下时间。这就不可避免地导致洛泽主观时间与外部世界客观时间之间的偏差，正是这种偏差消解了洛泽的生存空间，他成了一个无家可归之人。但是形而上学的无家可归并不一定意味着消极的虚无主义，同样也可以是“温暖的虚无”（die wärmende Leere）（CS, S. 11），是洛泽重构当下时间意义的开端，洛泽也因此不必像科士尼格一样得首先解除先验秩序附加在他身上的意义，实现对自身的解构过程，而是可以直接开始尝试叙事游戏，这正是令人感到“温暖的虚无”所具有的形式。那么洛泽的叙事究竟能不能真正解决主体的存在危机？能不能让主体走出当下时间的虚无，重新找到存在的意义？

## 2.2 重新拥有时间：作为“门槛状态”的叙事

洛泽的存在与外部世界之间是互相隔离的状态，他的存在是丧失了时间与空间维度的单纯符号。符号性主要表现在以下几个方面：对于家人来说，他只是扮演父亲与丈夫的角色，他没有离婚，他本人在不在家都无所谓，他甚至连妻子在做什么都不甚了解，对于儿女来说他就是一个普通的房客(参见 CS, S. 31)，或者只是一个前来拜访的客人(参见 CS, S. 32)。儿女也并不介意他的不在场(参见 CS, S. 34)，儿子在时隔半年之后再一次见到洛泽时，只有一句淡淡的“嗨?!”(同上)。在工作方面，他虽然在学校教古典语言，是正式员工，但是他借口需要完成论文，直接离开学校，可校方没有对此有任何表示。洛泽既没有离职，也没有被解雇或者休假，而且他用来作为借口的关于门槛的论文也已经完成(CS, S. 26)。也就是说，工作方面他也是一种悬置状态。尽管他这几天在咖啡馆中待了很长一段时间，但是他对于其他的客人或者说咖啡馆的主人来说，都是一个可以任意被他者代替的“客人”中的非特指的某一个。对于母亲来说，他是和父亲一样的某一类人。他面对自己的情人时，也无法做到身体与精神的完全在场。他自愿选择离群索居的生活时，独自一人租住萨尔茨堡郊外运河大桥边的房子，可是就连这个地址都是他的邻居告知他的。不仅如此，他时常接到电话或者收到很多邮件，但是鲜有人将他的名字说正确。所以说，对于他者而言，洛泽作为独立的个体是不存在的。他与周围其他人都未曾建立具体的、确定的联系，因而洛泽相对于他者来说是可以被随意替代的。

这种丧失存在的状态则首先体现在，他失去对自己身体的把握与控制：

> 瞥向镜子的时候，看不见眼睛了。我再也感觉不到自己身体的存在了：这意思是说，我无法再拥有光，亦感觉不到风，也没有办法感知寒冷与温暖；这是一种匮乏(Entbehrung)。我躺在那里，没有特殊的姿态(Haltung)，只是一个痛苦的赤裸的躯壳：一个没有人类的躯壳(eine Hülle ohne Mensch)。没了观察者(Betrachter)，也就没有剩下什么好观察的东西了。(CS, S. 171)

洛泽丧失身体控制权的过程表现为他无法感知外部世界，而这种无法感知则体现为“无法拥有”(teilhaben)或者说“无法参与”外部世界发生的事件。他的“匮乏”(Entbehrung)是他存在虚无的具象化表现，他的存在只剩下一个符号性的躯壳，而“一个没有人类的躯壳”拒绝他本人的在场性。所以洛泽目前为止面临的状态是，他被外部世界排斥，无法介入或者说参与外部世界，因而也就无法在先验秩序失效的情况下为自己寻找存在的意义。那么如果洛泽要解决这个问题，他必须要首先介入外部世界——正如小说的第二章标题所示——要以观察者的身份介入外部世界，然后在参与当下时间的过程中生产或者说寻找新的意义。

但是需要注意的是，洛泽所说的“观察者”(Betrachter)与外部世界之间的关系是互相依存的：对于洛泽来说，如果没有观察的话，就没有这个外部世界。观察对于洛泽来说，首先是与外部世界打交道的一种方式。

> 我应该如何更加准确地刻画这个我本来就缺失的感知(Sinn)呢？——察觉(Gewahrwerden)与想象力(Vorstellungskraft)的统一体(这两者是构成感知的最关键的部分)也许只有在希腊语中才能找到相对应的动词：这个词的第一层意思是“观看”(sehen)或者说“察觉”(bemerken)；但是这其中又同时有“白色”“明亮的”“光彩”“照亮”(Leuchten)和“闪烁”的意思。我此刻正渴望着这种“照亮”，但是这个又比任何一种观察(Betrachten)的含义都丰富。我会一直渴望这样一种在希腊语中被称为 leukein 的观察方式。(CS, S. 179)

从洛泽的反思中可以发现，他对于观察(Betrachten)的定义绝不仅仅局限于对外部世界的感知，他并不是简单地以一个局外人的方式观看外部世界。“察觉”(Gewahrwerden)一词指的是主体要进入外部世界之中,确保身体的在场性,与外部世界之间有直接的接触。与此同时,主体通过这种直接的接触,参与到外部世界的事件之中,获取信息,在意识的层面通过象征符号想象对这种信息进行加工处理,完成认知的过程。上文中提到的“照亮”一词,也可以从字面意思上理解为通过图像使某人明白某件事情,即 einleuchten。这种以主体与外部世界之间的直接接触为前提,以想象力为辅助的认知过程,正是对上文提到的利奥塔所说的宏大叙事失效状态的另一个角度的阐释。马克斯·韦伯(Max Weber)是这样定义“文化”(Kultur)这一概念的:“文化指的是人从自身的视角出发,从无意义的、无限的在世界之中正在发生的事件(Weltgeschehen)中所截取出来的有限的、有意义的片段。”[①]也就是说“文化”不仅仅是人造物的世界,还包括人类自身所创造出来的意义的世界(selbstgeschaffene Bedeutungswelt)[②]。那么文化的形成就可以被看作人在接触和感知到自然或者说是外部世界之后,将被感知到的事物转换成象征符号,进而认识、理解和掌握自然的过程。这正是洛泽在此处所描写的从物质层面与象征层面

① Weber, Max: *Die ‚Objektivität' sozialwissenschaftlicher und sozialpolitischer Erkenntnis*. In: Ders.: *Gesammelte Aufsätze zur Wissenschaftslehre*. Tübingen: Mohr 1968. S. 146 - 214. Hier S. 180.

② 参见:Baecker, Dirk: *Wozu Kultur*? 3. Aufl. Berlin: Kulturverlag 2001. S. 90.

对自然的双重把握——观察。也就是说,洛泽的“观察”并不是简单地观看外部世界,还要求主体在这个过程中与外部世界同时在场,与此同时,主体还要能够将其搜集到的信息转换成他所掌握的意义世界中的象征符号,从而认识外部世界[①]。这个对洛泽来说先验的意义世界指的就是利奥塔所说的宏大叙事。人类在象征符号生产过程的初期由于生产力有限,受制于自然,但是随着生产力的发展,人逐渐摆脱自然的束缚,在认识外部世界的过程中也更多地借助符号与理性,试图把一种统一的普适性的规则和秩序适用于日常生活的方方面面,进而获得一种整体性。这就导致认知的过程中认知主体与外部世界的脱离,象征符号成为横亘在两者之间的藩篱,在场性消逝,个体之间的差异与多样性也就逐步消弭于整体性的暴力之下。所以说洛泽的“观察”可以看作利奥塔式的对宏大叙事的反叛:洛泽在强调观察外部世界的同时,还将重点放置于“想象力”之上。这是与宏大叙事中的理智与科学知识相对的“叙事”,以语用的传递与讲述重构个体在元叙事中丧失的信任,在叙事者与听众构成的小的独

---

① 汉德克在《重复的想象》(*Phantasien der Wiederholung*, 1983)中进一步解释了这种独特的观察方式:“观察意味着:我与事物合二为一,并为此由衷感到喜悦。”(Handke, Peter: *Phantasien der Wiederholung*. Auflage 2. Frankfurt am Main: Suhrkamp 1996. S. 67.)汉德克在此处同样强调,“观察”并不只是说主体看见或者说感知到这个事物的存在,还要求观察者能够走出自我隔离的状态,进入到外部世界,与事物发生直接接触,建立互相之间的关联性,拥抱事物的本质。“喜悦”即来自对事物本质的认知。

立的特殊集体中通过叙事行为构建和订立规则，并随着具体语境的改变而改变自身的意义。在这个层面上可以将洛泽所述的“观察”过程看作利奥塔所述的元叙事合法性逐渐丧失的情况下，在个体认知过程中起到补充作用的“语言游戏”——叙事。

这就不可避免地要重新审视洛泽对叙事的定义。文中洛泽详细且直观地表达他对叙事的看法，主要有三个场景：洛泽细读维吉尔的《农事诗》、棋牌室中众人围坐在一起逐个讲故事以及小说的结尾。其中正面说明洛泽对叙事的态度与看法的是小说的结尾：

> 我坐在儿子办公椅旁边的凳子上，说道：“我有个故事想讲给你听。”然后接着说：“我的这个故事叫门槛故事。”在这个叙事者开始叙述他的故事前，他很自然地又停顿了一次，对自己说：“停！重要的是找到正确的顺序！”这期间他耷拉着眼皮，偶尔眯起眼睛，好像不可一世的样子。他以这样的句子作为结尾：“我需要你作为我的证人。”这个听者的回答是这样的：“我还以为我的父亲只是偶尔有一些执拗。”这个叙事者睁开眼睛，松开双手，分开双腿，坐直身体，深吸一口气，然后越过儿子的肩膀，急切地望向虚无(Leere)，就好像他在等一个人，或者正在回忆这个人，又或者在正聚精会神构思另一个故事。(叙事意味着：以前是；现在是；以后会是——也就意味

> 着：未来!）但他先是躺在了儿子房间的地板上，有人后来给他盖上了被子，他睡了一个晚上，然后是一整天，然后又睡了一个晚上。他做了一个梦："这个叙事者就是那道门槛。为此他必须停下来，保持镇静。门槛是什么意思呢?"(CS, S. 241f)

这个场景虽然是小说的结尾部分，但却是洛泽叙事的开端。此处需要注意的是，虽然洛泽开口说话，而且儿子也在场，是他的听众，但是这是一个单方面的言语行为。"我有个故事想讲给你听"——不是为了从儿子那里得到回应，他并没有期待儿子能够接着他的话询问他到底有什么样的故事可讲，而是为了确定儿子是在场的。之后短暂的停顿是为了找到叙事的正确顺序，并给出定义，规定叙事者与听众之间有共同认知的指涉物。洛泽在此处，是通过自己的言语行为——叙事的语言游戏，和儿子建立了一个相对平等的共同体。这种共同体与宏大叙事中先验秩序的统治地位有极大的不同。洛泽虽然有权在这个共同体中制定游戏规则，规定言语行为的指涉对象，但他的儿子不是被动的听众，而是"证人"。洛泽想要通过叙事构建的共同体中的秩序，是"在语言中对先验自我的一种压制"①。文中洛泽特意强调，他要的是一个

① Bohrer, Karl Heinz: *Ekstasen der Zeit. Augenblick, Gegenwart, Erinnerung*. München: Carl Hanser 2003. S. 64.

证人,不是一个法官:"自首!对,但不是向法官(Richter)自白。不是'投案自首',而是'寻找一位证人'。为了做什么呢?为了向他寻求意见。"(CS, S. 190)利奥塔在他的《争论》[*Der Widerstreit*(*Le Différend*), 1983]中进一步论述叙事这一语言游戏时,强调要接受异质语言游戏的不可调和,而不是将其置于规范化的统一范式之中。从这一点出发,他着意强调"争论"[Widerstreit (différend)]与"诉讼"[Rechtsstreit (litige)]之间的区别。"诉讼"必须交由更高等级的法官裁决,因为这种诉讼程序是在同一个语言游戏之中进行的,诉讼双方的权益是互相排斥的状态。而"争论"涉及的相关方之前并不存在你死我活的互斥性,互相之间的合法性亦不互相排斥,此时并不存在一个超验的秩序与权威。[①] 洛泽虽然是叙事行为的发起者,但是儿子与他之间地位是平等的。作为"证人"的儿子完全可以发起对洛泽这一叙事者的挑战与质疑。比如对于儿子来说,洛泽这种坚持叙事,且一定要求有一个正确顺序的行为,在他眼中只是父亲执拗的一种体现而已,他并没有在叙事之中体会到洛泽所追求的认知层面的功能。从这个角度上说,洛泽的叙事颠覆了传统讲故事的人与听众之间的权威关系。在叙事的过程中,叙事者洛泽虽然也制定了规则,并为叙事做出定义,但是这种

---

① 参见:Lyotard, Jean-François: *Der Widerstreit*. Übers. von Joseph Vogl. 2., korrigierte Auflage. München: Wilhelm Fink 1989. S. 9.

规则并不是一种先验的共识，而是指共同参与言语行为的人共同知晓的契约，这能保证叙事的有效性。但是洛泽仍旧需要为自己的叙事行为论证合法性，那么“证人”就是他的唯一选择。

而洛泽会选择儿子作为自己的证人也应归因于他对这种权威关系的解构。洛泽最终回归叙事之路的契机，是他在超市经历的“巨大的小经历”（gewaltiges kleines Erlebnis）（CS，S. 232）[①]：他在偶然间照镜子的时候，看到自己的脸。这个时候他察觉到，

> 不是像别人断定的那样，我的儿子长得像我，而是我，这个成年人，长得像我的儿子。祖先与后人之间的相似性往常的时候会让我觉得不舒服，或者说是让我无法忍受：但是现在这相似性正好相反。[……] 相似的不是面部特征，而是眼睛；不是眼睛的

① 此处所说的“巨大的小经历”是《痛苦的中国人》中经常出现的不配称的比喻（Katachrese），不是翻译错误。类似用法还有“这位美丽的说着话的女子”（eine schöne Sprecherin）不再继续问询，而只是站在门缝中大笑，异常真挚（ungeheuer herzlich）（CS，S. 218）等等。不仅如此，文中也会经常出现比较旧的表达方式，比如“管理”（walten）（CS，S. 252）以及“产生幻象”（Gesichte haben）等，又或者是大量堆积的名词结构，这些都让洛泽的叙事呈现出一种拼贴的效果。叙事者洛泽在试图让词语自己完成叙事，这正是他对于宏大叙事的反叛，但是问题在于这同样也降低了词语之间的紧密联系，直接降低叙事的结构密度。洛泽叙事的目的是想要重建自身与外部世界之间的联系，但是他在反叛先验秩序的宏大叙事之时，反而破坏了这种联系性，从这个角度来说，洛泽的叙事有矫枉过正之嫌。

形状或者颜色，而是眼神；是观察(Schauen)；是“察看”(das Geschau)。“我在这里看到我了我自己!”我这样想着，然后有那么几秒钟的时间我感到自己被刑满释放了。(CS, S. 233)

洛泽之所以无法忍受祖先与后人之间的相似关系，是因为这种承继关系塑造了祖先作为存在本原的主体地位。这不仅意味着，他作为后人，在这个逻辑层面上只是祖先的模仿与派生，同时也说明主体无法真正到达存在本原。因为祖先本身已经消逝在过去的时间之中，于当下存在的只是对本体的描摹，是指涉存在本原的符号。而在洛泽看来，他与儿子之间不是后代对先人的模仿，而是他作为父亲在儿子身上看到了他自己。洛泽在这种镜像关系之中发觉他脱离了对先验秩序的模仿。这也就意味着他不再依赖这种“他者”的秩序为自己的存在赋予意义，他在儿子的“观察者”的眼神之中看到了为自己的存在负责的信心。洛泽的负罪感来自他在已经失效的先验秩序之中无法寻找到存在的本原，也就是上文中论述的那样，无法归家，因而当他在儿子的身上看到了摆脱先验秩序窠臼的可能性时，意识到其实他可以通过“观察”——叙事行为——为自己的存在意义负责，从这个层面上讲，他“感到自己被刑满释放了”。因此，洛泽的叙事并不是对先验秩序的又一次模仿，也不是对已经失效的宏大叙事的怀旧，而是建立在言语行为参与者平等地位基础之上的语言游戏。这种语言游戏以参与者洛泽和儿子之间的契约为前提,因而是独属于这两人之间的言语行为,无法与他者通约,也就为洛泽重构自身存在意义、摆脱对他者的机械性复制创造条件。从洛泽始终称他的儿子为自己的证人可以看出,他的行为仍旧以获得存在的合法性为目的。但是这个对自身存在的认知,并不适用于他者,因而从这个层面上看,洛泽对叙事的设想以及追求是他作为个体与先验秩序对自身存在立法权的争夺。

因此,洛泽在文中着意强调"故事"(Geschichte)与"历史"(Historie)之间的区别就不难理解了。洛泽在细读《农事诗》的时候详细说明了他对二者之间区别的理解:

> 正义(Gerechtigkeit)在消逝之前,在这些物体的身上留下了自己的轮廓;这些事物与引起纷争的武器(Waffen)截然不同("武器"这个很常见的词在这里指代的是那些和平的工具),在诗文(Gedicht)中一劳永逸地摆脱了历史(Historie),与他者之间保持距离的同时又维持着自然而然的关联性。它们中的每一件都能为我打开通往另一个故事的大门,这个全然不同的故事通常情况下是用形容词来讲述的:缓慢生长的橄榄树,轻盈柔和的菩提树[……]对我来说,那符合事物本质的(gerecht)修饰语是可以让这些事物再现的(wiederholbar)。[……]而又因为这些诗句不能更加符合事物的本质(gemäß),所以它们

在我这个读者面前一再为诗文中的事物赋予新生。此刻在世界的某个地方，难道不是正有母山羊“吊着沉重的乳房十分艰难地跨过门槛吗”？（CS，S. 44f）

“历史”（Historie）与诗学都属于言语行为，但是“历史”或者说“历史小说”（historischer Roman）是准确的体验与对过去的精准还原[1]。“历史”叙事必然是叙事者在事件发生之后对整个事件的回顾。所以对事件的整体性认知是“历史”叙事的最终目的，其语言的基本形式是“然后发生了这件事和这件事”（Und-dann-geschah-das-und-das），这种过去式是为了描述和列举事件细节[2]。所以哪怕在历史叙事的过程中出现过去式与过去完成式这种时间上的区分，而且叙事者所处的时间属于当下时间，也不能否认，“历史”叙事在语言层面上，与已经发生的被叙述的事件一样都属于过去。所以，“历史”叙事是利奥塔所说的科学知识的一种，是后人站在当下的角度回溯时间通过语言展现过去，并为之赋予意义，确立合法性的过程。但是这种立法的过程必然发生在叙事者的当下，因而这只是发生在当下的，对过去事件的一种再现与模仿，不一定能够触动事物的本质。比如原本只作为“工具”的

① 参见：Aust，Hugo：*Der historische Roman*. Stuttgart：Metzler 1994. S. 10.

② 参见：Stekeler-Weithofer，Pirmin：*Philosophiegeschichte*. Berlin：De Gruyter 2008. S. 44.

物体，在历史叙事之中，有可能就变成了引起争端的“武器”，原本只是个装饰的万字符，就有可能变成战争与纳粹的代名词，是洛泽一切痛苦的根源（参见 CS, S. 97）[①]。不仅如此，历史叙事的重点在于，通过叙事将单个的事件进行时间与空间的定位，并不强调被叙述的事物之间的相互关联。因此“历史”作为叙事的一种可能性，并不能实现洛泽希望通过叙事重新介入外部世界，与他者建立联系的目的。不仅如此，“历史”叙事的前提是，被叙事的时间已经成为过去。历史作为一种类别的科学知识，本身指涉的时间或者说事件就是不在场的，而通过叙事描绘刻画的事件，只能停留在后人的语言符号之中。而个体在认识世界的过程中，会直接借用“历史”叙事提供的知识。虽然这在极大程度上降低人认识世界的投入成本，但是也会隔离主体与外部世界的直接联系。洛泽所厌恶的后人肖似先人的不平等关系，指的就是这种过于依赖宏大叙事对事物存在意义的阐释，在盲从之中忽略自身与外部世界之间的关联性，将自身的存在放置于先

---

① 文中洛泽在前往僧侣山的途中遇到的是万字符。万字符作为标记本身“具有一种十分纯洁的涵义，或者不过是个纯粹的装饰而已”。但是这个万字符却让洛泽感到无比愤怒与痛苦，这也最终导致他接下来动手“杀人”。虽然战争作为一个事件已经结束，但是历史叙事赋予这个符号罪孽的含义，对于洛泽来说，“这个标记是我所有抑郁情绪的来源——所有的阴郁、苦闷还有我在此生活时所有的强颜欢笑”（CS, S. 97）。历史叙事赋予万字符与农业劳作的工具等额外意义的同时遮蔽了其存在最初的状态，将其意义固化下来，成为战争的符号，与此同时也割裂了事物之间的关联性，使得主体无法真正接触事物的本质。

验秩序划定的安全区域之内[①]。

而与之相对的《农事诗》，则是洛泽叙事中追求的“故事”(Geschichte)。其主要特点是，维吉尔在叙事的过程采用的修饰语符合事物的本质。这正是叙事正义(Gerechtigkeit)，即合法性的体现。而正是由于叙事的语言符合事物的本质，后世的读者在阅读的过程中，也能够借助叙事的语言触及事物的本质。维吉尔的叙事行为虽然发生在过去，讲述的也是古时候的农耕劳作，但是维吉尔在叙事的过程中通过语言创造了一个开放性的场域，事物在这个场域之中展现其本质存在，所以作为读者的主体在阅读的过程中自然也就能够进入这个开放的空间之中，接触到事物的本质[②]。此时，作为能指的语言符号

---

① 文中洛泽对于先验秩序隔离主体与外部世界之间的关联性的反思，还体现在地方政党竞选广告牌的“座架”(Gestell)上(参见 CS, S. 65)。洛泽认为，这些广告牌的“座架”阻碍了人们在散步的过程中观察运河之水的权利，是对自在自为的自然之物的一种“伪装”(Verstellen des Wassers)(CS, S. 67)。“座架”(Gestell)在洛泽看来，遮蔽自然的本质，阻隔了人通往存在本质的道路。因此，完全可以将此处的“座架”看作对海德格尔的引用。所谓的“座架”在此处具体隐喻的是政治所代表的价值系统。政治本应该为人的生存谋取福利，但是却在异化的过程中掠夺了人通往自然本质的权利(参见同上)。

② 《农事诗》用语言来阐释事物的存在，这就体现出事物的“先行自身”(sich-vorweg-sein)的生存性，以及事物存在的事实性，即“已经在……存在”(schon-sein-in)；而《农事诗》的开放状态体现出事物的“沉沦”(即“依于……而存在”(Sein-bei))。《农事诗》中事物存在的过去、现在和未来实现统一，其存在以在场的方式敞开，并在其中为个体保存了通往另一个故事，也就是不断生成新的意义的可能性。这正是海德格尔所说的事物存在的完整性结构样式，是存在诗意的栖居之地。(参见：海德格尔：《面向思的事情》，陈小文、孙周兴译，北京：商务印书馆，1996 年，第 12 页。)

与其所指的存在本质是统一的,同时在场的。所以洛泽阅读《农事诗》时,他是作为语言游戏的平等参与者,进入维吉尔通过叙事创造出来的游戏世界。游戏的当下时间正是洛泽可以参与的当下时间。洛泽在读到山羊跨过门槛的场景时,会认为这个场景发生在此时此刻,正是因为他的阅读行为让他参与到游戏的当下之中,也就是说,他此时此刻正在经历这个场景。从这个角度上讲,洛泽得以走出时间的禁锢,参与当下时间,介入外部世界,为洛泽重新创造属于当下时间的存在意义提供条件。因此洛泽才会认为,“《农事诗》的诗句将我的时间拨回,或者说是让时间进入不同的意义之中”(CS, S. 43)。这种“不同的意义”指的是,洛泽不再依赖他者为自己的当下存在赋予意义,也不再为了获得短暂的集体感与归属感去机械性复制他者的存在符号,而是在阅读的过程中进入叙事游戏的开放性场域,遇见事物的本质。所以《农事诗》对于洛泽来说并不是一个单纯用来打发时间的工具,而是可以让洛泽重新“拥有时间”的成功叙事范式。

> 我现在有时间了。这些陈述与疑问互相分离。这种拥有时间(Zeithaben)不是一种感受,而是一种解决办法:一种能够解决所有互相矛盾的感受的办法。它意味着:冲击与拓展;无拘无束与全心投入,缴械投降与顽强抵抗;宁静与进取。这种状态很少出现:通常所谓的天降恩赐,其实是时间眷顾。这与

“门槛”的传统解释相符：从匮乏到富有的过渡。因为有时间，才有风过美景，才有色彩缤纷，才有草木微颤，才有青苔攒动。（CS, S. 39f）

从洛泽的描述中可以看出，“拥有时间”并不是日常用语中所指的“有时间做某事”，或者说指拥有工作之余的闲暇时光，而是特指一种存在的过渡状态——“门槛状态”（Schwellenzustand）。这是一种开放性的场域，可以承载或者说为不同的存在方式提供自我展示的时间与空间。需要注意的是，这种“门槛状态”或者“有时间”的状态，与《真实感受的时刻》中科士尼格的“感受”（Empfindung）是不一样的。科士尼格的“感受”是主体在经历事物向其敞开的瞬间时，对绝对存在的意义的一种感知，是一种被动的体验，而“门槛状态”则意味着主体有机会介入外部世界，重建与外部事物之间的联系，重新发现这个世界。原本外部世界对于洛泽来说就是客观存在的，但是当他被困在先验秩序的枷锁之中，只剩下复制他者存在符号时，外部世界的任何事物对于他来说也只是可以随意替换的毫无意义的符号。而“拥有时间”的状态则意味着他重新获得了生存的时间，他在当下时间的存在也因为他能够介入外部世界而产生新的意义，所以他才能重新发现美景与生机。因此，这种“空的存在”（Leer-Sein）（CS, S. 11）并不是消极的虚无主义之中对生命意义的完全否定，而是创造了一个让万物在它面前回到自己的位置上的可能性(参见同上)。这种不需要先验秩序中日常经验与社会规范来给自己下定论的自由状态,正是海德格尔在《存在与时间》(*Sein und Zeit*, 1927)中所说的那种,可以表达"此在"存在完整性(Ganzheit des Daseins)的形式[①]:"作为依于……而存在的先于自身存在"[Sich-vorweg-schon-sein-in-(der-Welt) als Sein-bei (innerweltlich begegnendem Seienden)][②]。本原的完整存在并不是线状的前后相继的时间点之集合,而是过去、现在和未来在此时此刻同时显现。比如未来(Zukunft)在这里指的其实并不是一个尚未实现的"现在"(Jetzt),而是一个"此在"以存在最原本的形态向自己走来的时间[③]。过去、现在和未来在这种状态下表现出来的是其现象学特征:来到自身、回到自身和当前中自为地显现自身。从这一点可以理解为什么洛泽在开始叙事的时候,目光越过儿子的肩膀,看向远处时,好像既是在"期待"一个人,又是在"回忆"一个人。代表未来的"期待"与代表过去的"回忆"在叙事的过程中,交织于洛泽与儿子同时在场的"当下"。而这个叙事行为的当下就是洛泽能够"拥有"的时间。他在给自己的叙事下定义的时候认为:"叙事意味着:以前是;现在是;以后会是——也就意味着:未来!"也就是说,叙事行为的当下

① 参见:Heidegger, Martin: *Sein und Zeit*. 17. Aufl. Tübingen: Niemeyer 1993. S. 180.

② 同上书,S. 192.

③ 参见:同上书,S. 325.

不是客观时间中过去、现在和未来这种泾渭分明且互不关联的时间点，而是一种整体性的时现①，能够让主体在叙事的时间中回到存在的本原，重新获得“富有”的存在意义与生命本身的色彩与活力。从这个层面上讲，洛泽所说的成功的叙事是完全可以将他从时间的禁锢之中解脱出来，使其重新拥有时间。

总的来说，洛泽眼中的理想叙事的模式应具有如下特点：第一，叙事是以反叛宏大叙事，为自身存在立法为目的的语言游戏，因而这样的叙事可以给予叙事主体机会，摆脱先验秩序对其在当下时间存在的书写与规定，走出在虚无时间中机械性重复他者的恶性循环，重新参与当下时间，创造属于自己的新的意义。第二，叙事者与听众都是语言游戏的参与者，互相之间是平等的关系，语言游戏的规则与定义不是叙事者依靠单方面的权威规定，听众只能遵守，而是双方一致认可的契约。因而参与者可以提出质疑，这同时也说明游戏的场域——叙事——是开放的、自由的。第三，这种开放自由的叙事游戏不受客观历史时间变化影响。过去、现在与未来同时显现在叙事的当下时间之中，使被叙述的事物能够在这种整体性的时现中，显现其存在的本质。因而叙事者、读者或者说听众，在叙事、书写或者说阅读、倾听的过程中，能够在

① 参见：Heidegger, Martin: *Sein und Zeit*. 17. Aufl. Tübingen: Niemeyer 1993. S. 329.

语言中与事物的本质相遇，经历能指与所指的统一，获得充实的时间。第四，叙事最关键的还是语言。维吉尔的《农事诗》之所以能够让洛泽在阅读的当下重新经历被叙述的事件，说到底，是因为他在叙事中使用的语言，是符合事物本质的语言。正是因为叙事语言符合事物的本质，也就是说叙事者在通过语言展现事物本质时，并没有额外附加受先验秩序书写规定影响的意义，正如工具也可以只是工具，而不是因为经历战争的残酷之后就一定只能是武器。在叙事的语言之中回归存在最初形态的事物，就能在叙事游戏提供的开放自由的场域之中，重建互相之间的关联性。而这种与外部事物之间的联系正是洛泽一直以来的追求。

## 2.3 绝对当下：拒绝主体的事后叙事

如果说洛泽借由对《农事诗》的分析，表达的是他理想中的叙事范式，那么他要实践和论证这种猜想时，就不得不面对一个问题：究竟是什么样的语言才是符合事物本质的语言？《痛苦的中国人》的主体部分是洛泽以第一人称叙事者的身份，对其自身在复活节前后的经历进行的叙事；尾声主要讲的则是，洛泽在完成叙事之后以观察者的身份对外部世界的重新体验。所以如果要讨论洛泽是否以及如何实现维吉尔式的叙事，就必须将小说的尾声纳入考虑范畴。

之所以可以将小说的尾声作为洛泽完成叙事之后的存在状态，是因为其特殊的时态。小说主体部分是洛泽以第一人称视角，通过回忆复活节前后的经历，在儿子面前完成的叙事。被叙事的时间属于过去，所以小说多数情节描述都是采用过去的时态，偶尔出现过去完成时来表示时间上的区别。小说偶尔出现的现在时则是洛泽在叙事行为发生的当下对过去经历的总结与反思。换言之，洛泽不仅是被叙述事件的参与者，同时也是这个事件的讲述者。小说的尾声全部以现在的时态出现，洛泽则以观察者的身份出现在被叙述的世界之中。但是此处叙事的视角不再是进入到世界内部的观察者视角，而是全知的外部视角。洛泽作为观察者变成了被观察的对象。尾声的叙事直接放弃了情节之间的互相关联，洛泽仿照《农事诗》，通过修饰语来把握被观察到的事物本质，想要通过自己的叙事构建一个自由开放的世界，重建自我与世界之间的联系，但是呈现出来的结果并不尽如人意：

> 这座桥在这个平原上形成了一个几乎无法被人察觉的突起；往来经过的机车总是还要踩一脚油门，有些骑自行车的人要抬一抬屁股，汽车驶上桥面的时候，车前大灯斜射向天空。紫色的燕子压着水面低空飞过，水中长着大片的草丛，就像游离的小岛一样。深处犬牙交错的枫叶好像是蝙蝠的翅膀。(CS, S. 245f)

此处洛泽叙述的画面乍一看好像是《农事诗》中修饰语与名词的组合。但是画面中的桥梁、机车、骑自行车的人与汽车,包括水面上的紫燕,水中的草丛还有深处的枫叶之间,除了都属于同一个空间之外,本身没有必然联系。比如,既然桥面起伏根本无法让人察觉,那么在桥面上往来的车辆是不是踩油门或者说是不是发生颠簸,本身就与桥身无关。燕子掠过水面、水中草丛的生长形态以及深处枫叶的伸展态势互相之间也没有必然联系。不仅如此,这些动态的画面都是以现在时记录下来的。观察与记录同时发生。洛泽的确在试图摆脱先验秩序对被观察到的事物额外附加的含义,主动介入外部世界。但是另一方面,洛泽以全知视角记录下来的画面仍然只是对外部世界的模仿。机车踩油门,燕子飞过等是发生在同一个空间与时间之中的独立的事件。这些事物在叙事的语言之中并没有呈现开放的状态,也没有展现出自身存在的本质,更没有《农事诗》中将读者从一个事物引向下一个事物的那种互相之间的关联性,洛泽在此处的叙事仅仅是将对外部世界的模仿进行简单的拼贴。这虽然塑造了一种同时性的体验,但是同样也让词语失去与其他有关词汇之间的关联性,反而造成了割裂。这进一步强化了洛泽的自我与世界的隔离状态。因为他所描述的这一系列时间之中,他都只是以一个旁观者的角度"观察"事件的发生与进展,他通过现在时塑造的同时性与他本身的存在状态无关。不仅如此,这种分散隔离的事件在同时性的基础之上，对于洛泽来说则丧失了互相之间的差异：

> 就好像流动的水只不过是背景中高山石脊的另一种形态——它的另一种时间形式，它变化之后的图像，它更加自由的形态，它的半身；就好像山前草地上两只嬉闹玩耍的狗只是这高山的一种转换形态，是山在细胞分裂或者说是变形成形态渺小但却像春天一样生机勃勃的事物。这两只嬉戏的狗又变成了紧紧相拥的情侣，而这情侣又变成了带着兜帽的孩子。(CS. S. 246)

此处洛泽在描述他所见到的场景时，用到的是“Es ist, als sei”(就好像……)，这在极大程度上能够让洛泽所观察到的世界摆脱现实，进入到叙事游戏的想象世界之中，是洛泽此时的主观体验。叙事的想象世界中，各个事物之间虽然互相独立，但是流水、高山、狗、情侣与孩子之间只是形态上的不同，没有本质的区别。虽然在洛泽的描述中，上述事物是先后出现的，但是各个事物之间互相转变的状态，取消了时间的线性结构。换言之，时间在洛泽通过叙事塑造的世界之中是失效的，事物以绝对当下的永恒状态存在于这个世界之中。事物之间以“更加自由的形态”互相转换的过程，并不是洛泽对现实世界图像的模仿，而是指更加符合事物本质的形态。被观察到的事物在洛泽的叙事中展现其存在本原的状态，此时表示能指的“表象”与表示所指的存在本原是统一的，因而他可以感知到绝对的当下性，他观察到的事物也呈现出同时性。比如洛泽观察周围事物的颜色时发现，“有时候这个元素有回忆的色彩（die Farbe der Erinnerung）：无可比拟，只出现在回忆过程中。”（CS, S. 248）“回忆的色彩”意味着这个事物在过去其实就已经出现过了，而且回忆的过程已然结束。观察者能够在观察到这个事物之后产生回忆，这就说明他观察到的这个“表象”必然与他在回忆中保存的“图像”类似或者存在共性，否则这个事物就是无法认知的。但是这个回忆的结果在观察者的眼中却是一个过程，是可以持续到未来的行为。这就意味着过去、现在和未来，在此时此刻以一种整体性的形式展现在洛泽的面前，而且这种整体性的展现是以“回忆”和“观察”这一行为方式呈现出来的。也就是说存在状态对于洛泽来说并不是一个可以盖棺定论的规定，而是一种悬而未决的、正在发生的过程。这是洛泽所说的“门槛状态”。从这一点出发，可以认为，洛泽在叙事的过程中至少摆脱了先验秩序对自身存在的规定，开始脱离或者说改变在阐述自身存在状态过程中对先验秩序的过分依赖，转而依靠自己。也就是说，叙事所呈现出来的这种能指与所指的统一意味着，被叙述的事物脱离外部先验秩序对其意义的书写与规定，这正是洛泽期望通过叙事实现的目的。

但是这样的叙事在洛泽阐述或者说寻找其自身在当下存在的意义时效果并不理想。比如“观察者找了不太常见的单词来描述水的动作、树、风和桥的行为：‘运河、光、草场、木板桥：它们统御(walten)’”(CS, S. 252)。“观察者”在此处指的是洛泽。虽然这个场景是洛泽为他所观察到的事物命名，但是需要注意的是，表示事物为自身存在负责的“统御”一词，与“观察者”的等待状态形成对比：“这个站在桥头的人，也叫作‘守桥人’或者说‘人口统计员’，一直保持不引人注意的状态；如果有人问起他在这里做什么的时候，他可以回答说：‘我等待(warten)。’”(CS, S. 251)这个“站在桥头”的观察者同样说的也是洛泽。Walten与warten组成押头韵的修辞，更加突出洛泽此时的存在状态——他无法为自己的存在负责，只能等待，直到他的存在被当下的世界所接受：“有一次，他站在这里，说：‘我存在。’”(同上)这里所说的“存在”是洛泽对自身存在状态的刻意强调，他并没有把存在状态看作一个静态稳定的图像来进行描摹，而是把它作为一个变化的行为方式。所以当有人问他在做什么的时候，其实是在询问他的存在状态。从这个角度上，可以将“等待”与“存在”都理解为洛泽对此时此刻自身存在状态的阐释。但是这句笛卡尔式的哲学论断，不仅没有因为洛泽的刻意强调为其存在增加确定性，反而使主体的存在发生延宕。也就是说，此时洛泽需要借助外部世界来验证自身的存在。所以洛泽才会想要以观察者的身份，为被观察到的事物寻找合适的语言符号。他想要借助这个可以连接他与外部世界的语言符号，构建自身与外部世界的关联性。这两处表述中的主语十分重要，人称代词“我”在尾声的叙事中只出现了两次，都是洛泽在刻意规划和定义自我的身份，是对自身存在状态的阐释。但是这种阐释往往被迫中止，“但是时不时地也会出现一个叙事的声音：‘我父亲当年……’”(CS, S. 253)。这并不是《真实感受的时刻》中科士尼格收到的那封信里的省略，并不意味着叙事还会继续，只不过是因为篇幅的缘故而省略。此处的省略号是指叙事在此处中断，被匆匆而过“咯吱作响的购物车、摇摇晃晃的婴儿车和嗡嗡作响的电动轮椅”(同上)代替。这种形容词加名词的并列结构正是上文提到的洛泽对《农事诗》的模仿，但是这种相近的表述在绝对当下世界之中的同时性里，并没有建立像《农事诗》中事物之间的关联性，反而让被叙述的事物之间出现复制现象与分散性。也就是说，可以自由呈现出自身存在的过去、当下与未来形态的是洛泽之外的其他事物，而洛泽在这个阶段无法通过语言完成对过去的呈现，又或者说，绝对存在的当下拒绝洛泽对其意义的阐释。尽管洛泽曾经试图阐述他观察到的世界：

> 这个桥，他想，实在是太小了，所以出于战略的原因可能就必须(müsste)要炸掉它。这样的话，这个桥上就永远不可能挂起旗帜。如果坦克开上去，

> 它估计当场就会塌下去。就连大自然也不会在这座桥的身上展示自己的威力：如果遇到洪水，阿赫河上游——运河发源地——的闸口就会干脆闭闸。（CS, S. 252）

尾声中，除了上文中已经讨论过的事物形态之间的转换场景之外，仅剩下两处洛泽试图理解和阐释被观察到的事物（还有一处出现在尾声的开始，主要用来强调要与被观察事物保持步调一致，也就是说要放缓脚步），且全都以虚拟式的形态出现。上述引文即是最典型的例子：桥实在太小，用到的是现在时，这是洛泽对桥梁状态的观察与判断；接下来出现的 müsste 与 würde 的第二虚拟式的形式都是洛泽基于历史叙事对当下存在的阐释。其中人类介入自然的两种形态：残酷的战争与运河的治理都是先验秩序对被观察事物的意义书写。不仅如此，洛泽在描述这个桥梁的时候，用到 die Brücke 这种定冠词加名词的结构。类似的名词性结构在正文部分多次出现，并且在一定程度上呈现出将外部事物拟人化的倾向，比如“这场雾成了我归家的陪伴者”（CS, S. 63）。与这种拟人修辞相对的则是洛泽在叙事的时候将真实存在的具体的人同样冠以定冠词，使之成为某个群体的原型，反而呈现出物化的倾向。比如在洛泽的口中出现了“这个客人”（CS, S. 239）、“这个老师”（CS, S. 120）、“这个女人”（CS, S. 137）以及“这个叙事者”（CS, S. 241）。这种拟人化与拟物化的对比，结合上文所说的能够“统御”的事物以及只能“等待”的自我，能够更加明显地强调洛泽主体地位的丧失，或者换一种表达方式就是洛泽从叙事主体转变成被观察和被书写的对象，他丧失了阐释存在意义的权利。

综合起来看的话，洛泽的叙事的确能够让他摆脱先验秩序对其存在意义与价值的预先设定，走出在先验秩序失效的情况下虚无时间的桎梏。所以说洛泽的叙事，基本验证了《真实感受的时刻》中，对于叙事可能作为个体在虚无存在之中的救赎这一猜想，但是他依旧无法拥有时间。他的叙事所塑造的世界是过去、现在和未来的整体性时现，事物在这种整体性中展示其本质。此时洛泽观察到的事物的表象与事物的本质是统一的。但是这种绝对存在的在场性不仅拒绝洛泽对其进行阐释，还拒绝洛泽参与其中。洛泽的叙事尝试要么戛然而止，要么被替换成并列的形容词加名词结构。这种结构不仅没有展现出事物的本质，反而使得叙事变成松散的没有主线的拼贴。表象与本质相统一的是洛泽以外的事物。这种意义的绝对在场，拒绝洛泽借助语言这一媒介来转述其本质，因而洛泽的叙事往往进行不下去。而洛泽作为叙事主体反而需要等待一个他者为其赋予新的存在意义。从这一层面上讲，他虽然在儿子面前叙述了自己过去的经历，但是这个经历在最后塑造出来的救赎本质上拒绝他的参与。所以说洛泽的叙事只是部分地完成了他的目标，即将自己从因为先验秩序失效而导致的虚无时间中解放出来，但是最终仍旧回到无法拥有时间、无法参与时间的状态。从这个意义上说，洛泽以参与当下，关注自身在当下时间的存在意义为目的的叙事，最终使得洛泽从参与外部世界行为的施动者，变成被观察被反思的对象。他在解构先验秩序的同时也杜绝了自己阐释自身存在意义的机会。他虽然仍旧活在这个被观察被叙述的世界之中，但是他在当下世界的存在意义仍旧处于一种被清空的状态。尾声的结尾部分的代表和谐的“宁静、狡黠、沉默、庄重、缓慢与耐心”(CS, S. 255)指的并不是洛泽，而是这条中世纪以来就一直存在的运河。洛泽作为叙事行为的主体反而在这种和谐的关系之中消逝。

所以汉德克在《痛苦的中国人》中对叙事的尝试与实践，最后演变成一场令人尴尬的讽刺与悲剧：洛泽在叙事中刻画出的乌托邦式的充实时刻，并没有为叙事主体洛泽保留任何位置。他在叙事中通过模仿维吉尔的经典叙事范例，尝试通过语言符号解构宏大叙事中超验自我对个体的束缚与禁锢，但是最终不得不面临一个问题：主体本身是参与时间和介入外部世界的出发点。如果主体消逝，那么在参与当下、创造新的存在意义、走出虚无状态也就无从谈起。也就是说，洛泽最后的存在状态并不是消极意义上的虚无主义，他的这种“空”的存在说到底还是在讨论一个问题：叙事或者说语言与文字作为一种符号媒介，究竟能不能呈现存在？洛泽所追求的存在已经不再只是一个整体性的、唯一的永恒意义，而是一个在当下时间发生的事件。但是洛泽的问题在于，他的叙事是一种事后叙事。这种叙事的前提是被叙述的对象事件——洛泽复活节前后的挣扎与痛苦——发生在叙事这一行为之前。那么无论是对于叙事的证人还是叙事主体，被叙述的这个过去在叙事的过程中被再现出来，这是一种对过去时间的模仿。而洛泽通过这种模仿获得对自身存在的认知，则是基于在叙事中被再现出来的过去时间。但问题是通过叙事被再现的时间并不等同于洛泽经历的真正的过去，其中包含着他对过去的回忆与加工，还有他在叙事当下时间对其过去的反思与考问。从这个意义上说，洛泽通过叙事将过去的这段时间从过去、现在和未来的线性时间变化之中提取出来，通过语言符号，将其变成了绝对的当下。而且这个当下与主体无关，而是意义的绝对在场，这种在场性反而拒绝了洛泽通过语言来阐释和理解自身存在的行为。换言之，这种事后叙事的方式将过去时间作为存在本原，将存在作为整体性的绝对当下，并不符合洛泽对存在作为正在发生的事件这一理解，因而也就无法完全实现理想中的叙事目标。所以说，《痛苦的中国人》作为汉德克对叙事的一次尝试，一方面得以让叙事主体摆脱虚无时间的束缚，为重新创造意义做准备，但另一方面也不得不面对必须要改变叙事方式的现状，因为这种事后叙事的方式并不能顾及意义在当下时间的生成过程，只是为叙事主体提供了一种“门槛状态”。

## 2.4 否定的当下性：绝对当下的反讽

如果将汉德克在 70 年代和 80 年代的文本中心主题做一个总结的话，可以将其大部分叙事作品看作对自我与外部世界之间矛盾关系的消化与超越。其出发点是，主体需要借助语言这一符号媒介，才能理解和认识自我与外部世界。主体首先要能够观察并感知外部世界，获得事物的表象，然后通过语言进行阐释，最终靠近或者认识事物的本质，以此来确定自我在世界中的定位以及其存在的意义。这种现象学层面上的认知过程可以从以下几个层面来理解：第一，主体对外部世界的观察以主体与外部世界的同时在场性为前提，也就是说，主体存在的意义指涉的是主体在当下时间的存在状态。第二，主体借助语言符号阐释其观察到的表象，这一意义生成的叙事过程正是主体建立自我与外部世界之间关系的过程，可以看作主体对当下时间的参与以及对外部世界的介入。因此汉德克笔下的叙事者往往也自称为观察者。第三，叙事主体对自身意义的追求重点在于当下的存在状态，也就是说存在对于汉德克的主体来说并不是一个绝对的、唯一且永恒不变的模板，而是一个不断生成变化的过程。

所以当主体经历《痛苦的中国人》中先验秩序失效的

危机状态时，往往会陷入主观时间与客观时间之间的偏差。主体在获取自身存在意义的过程中所依赖的约定俗成的规则与标准，对于群体来说具有普适性，这种普遍概括的表达与阐释磨平个体之间的差异，让个体的存在成为他者的机械性重复。而且这种重复涉及的时间不是当下，而是过去。这种先验秩序是先于某个特定的主体而存在的，主体根据话语规则对自身存在的定位，也就是先验秩序在过去的时间就已经预设好的角色。这就导致主体虽然生活在当下，但是其存在的意义是重复这个在过去就被安排好的角色。主体无法真正离开当下时间，但同时也没有能力在先验秩序失效的情况下，向过去的时间借来生存感，因而产生主观时间与客观时间的偏差。这就是汉德克在《世界的重量——从 1975 年 11 月到 1977 年 3 月的日志》[*Das Gewicht der Welt. Ein Journal* (*November 1975 - März 1977*)]所谈到的“基本问题”(Grundproblem)：在做一件事情之时，动作与意识之间的一种平衡障碍。主体在脑海中总是比他要完成的某个确切的动作提前几步。正是这种“意识与动作时间小小的偏差”导致了日常生活中常见的动作比如洗漱、跑步、吃饭，甚至包括写作，对于主体来说都产生了陌生化的效果：

> 当我真的做一件事情的时候，比如，现在去看这个孩子的时候，我其实已经在一段时间之前在脑子里就在扮演这个动作了，就好像是在真正去看这个

孩子之前，先表演一个关于看的哑剧；在真的发自内心的欢笑之前，先表演一个关于笑的哑剧——这种时间偏差（Ungleichzeitigkeit）经常会妨碍产生相应的感觉，甚至会因为这过于快速的关于笑的表演，产生一种漠然（这里得提一下，这种情况在其他很多人身上都会发生）。有时候我需要在这种感觉完全到来之前，表达我自己的想法——这就让我的这种表达带着一种表演的成分，显得虚情假意。脑海之中的这种过快的、先于动作发生的意识让我失去了脚踏实地（Erdgebundenheit）的感觉，进入到一个令人痛苦的虚无空间之中（Leerraum）。所以我经常会强迫症似的去闻我手头的东西——就是为了能够拥有一种当下性（Gegenwärtigkeit），为了能和这些事物共存于同一空间，而不是被抛弃到虚无空间之中。①

第一人称叙事者所说的时间差是《真实感受的时刻》中科士尼格所经历的时间囚禁，也是《痛苦的中国人》中洛泽丧失存在时间与空间维度的根源。主体在尚未摆脱先验秩序对自身存在意义的规定时，无法真正越过时间的囚禁，这就等同于将主体与外部世界隔离，因此主体才

① Handke, Peter: *Das Gewicht der Welt. Ein Journal (November 1975 – März1977)*. Salzburg: Residenz 1977. S. 44f.

会丧失“脚踏实地”的感觉，进入到令人痛苦的“虚无空间”之中。需要注意的一点是，这里所说的“虚无的空间”并不是实际意义上的生存范围，而是指主体在时间囚禁之中丧失存在维度的状态：主体无法从已经失效的先验秩序之中延伸出属于自身当下存在的意义，过去的本体论地位受到质疑，未来对于主体来说尚未到来，过去则已然消逝。叙事者既无法挪用“不可追”的过去为当下存在赋予意义，又没能预支“尚未到来”的将来，所以他只能活在当下的时间中，却无法真正拥有时间。

而叙事作为主体通过语言介入当下世界的行为，在汉德克看来完全可以帮助主体摆脱时间的虚无，使其重新拥有时间。汉德克对叙事的自信也体现在贯穿于这两个文本的复活节背景：不论是科士尼格还是洛泽，他们都在经历过以自我解构为目的的暴力之后，对自身的存在现状有了一定程度的认知，并且明确救赎的方向。科士尼格对于叙事的猜想在洛泽身上得到实践。但不论是科士尼格寄给自己的信，还是洛泽以儿子为证人的叙事行为，都以把充实的时间延续或者说流传下去为目的。可以持续下去的充实的时间——绵延的时间（longue durée）——这一概念来自于以费尔南·布罗代尔（Fernand Braudel）为代表的法国历史学派。卡尔·瓦格纳（Karl Wagner）对此做出如下描述：

“幸福”所带来的暂时性的顿悟，或者说得更加

> 大胆一些："救赎"(Heil)或者说是"民族"(Volk)带来的顿悟应该可以通过叙事这种方式保留在想象力之中，形成一种形式上的"法则"(Gesetz)。这种叙事形式不是 19 世纪小说中的为了预设的意义而安排情节的"故事"(story)，当然也不是对这种安排的游戏。这种理想的叙事形式不依赖于任何一种传统的叙事体裁，但是可以实现对传统体裁的转换与超越。①

瓦格纳在这里所说的"幸福"，指的正是文本之中叙事主体或者说主人公所经历的意义的绝对在场，而叙事在汉德克的文本之中则扮演着将这种充实的状态延续下去的功能。不仅如此，这种可以在叙事中持续下去的时间，是摆脱了先验秩序的预设与安排的自由时间，因此从这种意义上来说，是对传统成长小说体裁的转换。洛泽在叙事之前一定要寻找的是一位"证人"，而不是"法官"，正是因为他放弃了传统叙事过程中叙事者的支配地位，将叙事从一个高高在上的布道者的独角戏转换成为他与证人共同反刍过去的过程。

但是汉德克的叙事在这个层面上远不能称为对传统叙事的超越。瓦格纳显然忽略了《痛苦的中国人》与《真

---

① Wagner, Karl: *Ohne Warum. Peter Handkes Spiel vom Fragen*. In: Gerhard Fuchs, Gerhard Melzer (Hrsg.): *Peter Handke: die Langsamkeit der Welt*. Graz: Droschl 1993. S. 201 - 214. Hier S. 201.

实感受的时刻》中叙事时间与被叙事时间之间的偏差。这两个文本之中的叙事都发生在事后，都是主体通过语言对过去时间的再现。那么叙事主体在叙事过程中对过去的反刍，则与真实世界中的过去发生断裂，作为能指的被叙事时间无法真正回溯作为所指的真实世界中的过去。这个时候的叙事者既不能参与被叙事的时间，也无法真正回到过去，他通过叙事阐述的存在也不属于当下时间。叙事将过去再现出来，这就让叙事者的过去在一定程度上以文字的形式保存下来，不再消逝。再现一词意味着，这个被叙述的过去可以与当下时间并行，而叙事者的将来在这种被保存的过去中失去效用，不会在带来任何新的事物①。因此，汉德克的这种叙事形式，在一定程度上，将主体重构存在意义的过程导向了关于救赎的神话（Mythos）②。洛泽在尾声部分的叙事合法性，就建立在它是被洛泽讲述和重复，被儿子作为证人传递下来的语用学意义上的交流过程。这同样意味着，这种神话式的叙事是将过去的时间作为存在的本原，强调的是伯格森意义上的时间的"绵延"（longue durée）。这就等同于叙事者在反叛先验秩序，试图摆脱形而上叙事的异化影响

---

① 参见：Gumbrecht，Hans Ulrich：*Zentrifugale Pragmatik und ambivalente Ontologie: Dimensionen von Latenz*. In：Hans Ulrich Gumbrecht，Florian Klinger（Hrsg.）：*Latenz. Blinde Passagiere in den Geisteswissenschaften*. Göttingen：Vandenhoeck & Ruprecht 2011. S. 9－19. Hier S. 18.

② 参见：叶秀山：《从 Mythos 到 Logos》，载《中国社会科学院研究生院学报》，1995 年第 2 期，第 19 页。

时，在原本宗教祭坛的神龛上重新供奉新的神明。就像汉德克在《重复的幻想》(*Phantasien der Wiederholung*, 1983)开篇中所说的那样，在此时出场的不是耶稣，而是荷马。[1] 叙事或者说文学被塑造成新的神话，存在的本原被这种神话式的叙事从日常生活的时间之中提取出来，放置于绝对存在的永恒之中，而这种永恒则与处于现实生活的叙事主体无关了。从这个意义上讲，绝对存在的讽刺在于，为了重新拥有时间的叙事在最后反而拒绝了叙事主体本身。

所以这并不能证明汉德克从语言批判直接转向了语言神秘主义。汉德克在《痛苦的中国人》中对于叙事的讨论实际上只能证明：在宏大叙事合法性失效的前提下，语言作为能指符号，无法真正到达完整的最终意义。主体存在的意义是一个不断被延缓、衍生与变化的过程，而事后叙事的方式作为一种对真实世界的再现，实际上并不能真正展现意义的在场。汉德克意义上的个体存在，是一个不断生成变化的事件，是德里达(Jacques Derrida)意义上"延异"(différance)的过程。这并不是一个静止的此在，而是差异的延迟踪迹(Spur)。汉德克在文本之中，借由叙事者对存在意义做出的定义，实际上超越了传统在场与不在场的对立关系，而是"一种差异的系统性游戏，

---

① Handke, Peter: *Phantasien der Wiederholung*. Frankfurt am Main: Suhrkamp 1983. S. 7.

是关于差异踪迹的游戏，是它的空间化，借由这个空间，不同的因素建立互相指涉的关系”。[①] 从这个角度出发，科士尼格与洛泽对于先验秩序的反叛，说到底仍旧是对自我与他者之间差异的追求。二者不论是通过身体上的行为暴力，还是以叙事的方式通过语言来介入外部世界，都是为了产生差异。

不仅如此，从这个层面上也能理解为什么汉德克在70年代和80年代尝试的事后叙事的方式最终会陷入循环论证的模式：延异作为差异的游戏，即是叙事行为发生的条件以及结果，同样也是其自身存在的条件；而被叙事的时间与叙事时间之间的偏差，同样即是叙事行为发生的条件与结果，又是其自身存在的条件。因为“差异”作为一个动词，一方面指的是比较和区分的结果，即已经存在的事实，另一方面指的则是区分这一行为过程。所以延异将业已存在的差异事实作为前提的同时，也在区分的过程中论证这个差异。同理，汉德克在上述两个文本之中表现出来的叙事过程，同样也是以被叙事的时间与叙事时间之间的差异为前提，即事后叙事（Nach-Erzählen），同时又用叙事行为过程论证这种差异。这种自相矛盾在封闭静止的事后叙事中从根本上来说就是不可解的。因此也就不能把汉德克的叙事神化看作神秘主义，而应将其

① Derrida, Jacques: *Positionen. Gespräche mit Henri Ronse, Julia Kristiva, Jean-Louis Houdebine u. a.* Graz: Böhlau 1986. S. 67f.

阐释为语言在呈现在场与不在场之间的游戏时遇到的困境。正如德里达在《书写与差异》(*Die Schrift und die Differenz*, 1967)中所论述的那样:“事实是事物在被命名的那一刻会同时存在,但是又会同时失去其存在。”[①]汉德克意义上的存在是一个正在发生的过程,是在场与不在场的一种延宕,所以《痛苦的中国人》中洛泽正是在儿子面前完成叙事的那一刻,失去了他对于当下存在的把握。

因此从这个层面上来讲,汉德克在他70年代与80年代的叙事尝试中,完成了德里达式的对存在本体论的解构:唯一的意义中心已然不存在,那么对于个体来说,能够流传下来,可以为一个家族或者说一个群体提供参照物的神话式叙事——或者用列维-施特劳斯(Lévi-Strauss)的话来说是一种参照性神话(Referenzmythos)[②]——无法拥有绝对主体与绝对中心,因而无法真正回答个体对于存在源头的困惑,也无法真正为个体提供一个解决当下时间困境的办法。所以即使汉德克在《去往第九王国》中试图转换叙事媒介,希望借助文字来记录延异的踪迹,试图把握当下存在,但是依旧不可避免地陷入乌托邦式的幻想之中。如果说事物的本质存在总是在在场与不在场之间延宕,而踪迹则是指涉这种延异过程,那么建立在差异基础之上的文字或者说书写行为本身就已经

① Derrida, Jacques: *Die Schrift und die Differenz*. Frankfurt am Main: Suhrkamp 1976. S. 110.

② 参见:同上书,S. 432.

具有“不在场性”“间接性”与时间之上的偏差，因而也就能记录延异的过程。只有通过文字书写才能表达出延异(différance)与差异(différence)的区别，才能记录存在敞开和发展的过程。[①] 因此，在《去往第九王国》中，科巴尔视书写行为为“世界帝国”向他敞开的过程：

> 我观察他如何用分外缓慢的笔触，为一个已经完成的字母添上些许阴影，观察他如何用几笔精细到毫厘的线条为一个粗重的字符透气，观察他书写下一个字符的样子，就好像这个字符早就已经存在，而他只不过是在描摹，在空白的区域用魔法将其显现。这个时候，我都会在这些逐渐生成的文字之中窥见王权的象征——那是一个隐匿的、不具名的，但是却更加宏伟的——最关键的是——无穷的世界帝国(Weltreich)。[②]

这里所说的“世界帝国”，正是借由书写行为向科巴尔展现出来的“踪迹”的游戏，是文字在记录和揭示由延异造成的差异系统，以原文字的形式展现存在本原的过程。汉德克借由科巴尔所表达的书写行为，在强调文字

---

① 参见：Derrida, Jacques: *Die differance*. In : Ders. : *Randgänge der Philosophie*. Wien: Ullstein 1999a. S. 31－56. Hier S. 51f.

② Handke, Peter: *Die Wiederholung*. Frankfurt am Main 1986. S. 50. 后文引用简写为 DW。下文中同部作品中的引文将随文在括号内标注出页码，不再另行做注。

呈现踪迹过程中的积极功能的同时，也为语言这个静止的封闭的符号系统加上了时间的维度：语言在此时不再只是重复和模仿先验秩序对当下的规定，而是书写者将自身对外部世界的感知，借助最基础的词典，将自然的语言转换成为人类的语言。这个过程是指，主体直接把他在当下时间对外部世界感知所得到的表象或者说“世界图案”（Weltbilder），转换成“单词童话集”（Sammlung von Ein-Wort-Märchen）（DW, S. 205）。书写的过程虽然借助了词典的规则，但是其指涉的仍旧是书写者的当下时间。所以书写行为发生的时间正是书写者参与当下的时间，这在一定程度上也让科巴尔从时间的禁锢之中解脱，将注意力从对过去的怀旧中转向对当下的关注，重新认识世界的细节。（参见 DW, S. 199）但是科巴尔的叙事仍旧是一种“事后”才发生的、对自身过去经历的整理与消化的过程。科巴尔对当下的关注以及他的书写过程都发生在过去，但是却以回忆的方式再现于叙事的当下之中，脱离客观时间束缚的同时，也将科巴尔自己隔在了这个“当下”的时间之外：

> 一个不确定的、没有时间的（zeitlos）、超越历史的民族（außergeschichtlich）——或者更确切地说是一个存在于永恒的、只受四季支配的当下的民族，一个不受制于天气、丰收和牲畜疾病的此世，同时存在于每一个历史学（Historie）的彼岸、在其之前、之后

或者在其身旁。(DW，S. 202)

科巴尔通过文字召唤的时间，正是洛泽在后记之中观察到的时间：绝对的当下。科巴尔叙事的目的也不仅仅是用文字记录本原的踪迹，而是为了借助文字的物质性，将这种永恒的、不受时间支配的叙事王国或者说民族流传后世，成为可以为后世提供参照物的神话。科巴尔在文本最后歌颂叙事带来的永恒时提到的“第九王国”正是南斯拉夫的神话传说。科巴尔家族虽然可以借助第九王国摆脱原罪，但却重新与宗教意义上的耶稣复活语境建立联系。“但愿我们有一天能够重逢，在金碧辉煌的复活节轻便马车中，在去参加第九王国的第九位国王婚礼的路上——上帝，请聆听我的祈祷！现在我看到他虔诚的愿望可以转换成尘世的满足：文字。”(DW，S. 317)叙事者需要有一个后继者来继续叙事这一行为。叙事要继续下去，而其后继者只能在已经完成的、超验的“第九王国”之中找到叙事者。这表明，汉德克将神话和宗教的救赎主题转换为诗学的语境，而叙事在此过程中则替代了上帝，成为新的神话，借由一个具体的家族故事来表现现代生活中主体在存在危机之中可能拥有的出路。

所以说汉德克在80年代的叙事文本中尝试的叙事模式虽然在一定程度上实现主体与外部世界的和解，并且验证了书写行为作为能指与所指不断互相替补的游戏在接近存在本原过程中的有效性，但是“时间意识的中断,或者说是为了实现想象力的纯粹当下性而造成的当下时间的缺席,都不可避免地导致事件进程的不确定性,让人无法从中得出任何结论”。[①] 叙事本来是为了打开通往世界的道路,参与当下,但是叙事实际上中断了时间,将被叙事的时间从时间流中截取,做成永恒的标本。那这个时候叙事者又会重新回到对时间无从下手的状态。洛泽与科巴尔的叙事都是建立在对过去的回忆与重复的基础之上,但是这种回忆与反思则中断了事件发生的经过,换言之,暂停了时间。此外,两者的叙事的目的除了获得对存在的把握之外,还想要通过叙事的后继者将叙事主体对自我与世界的认知流传下来,更确切地说是作为需要被模仿和遵守的权威确定下来。那么,洛泽费尽心思想要与儿子建立的“平等地位”只停留在洛泽的想法层面上,在实际操作的过程中,被叙事的时间将作为证人的儿子裹挟进回忆的时间之中,这是一个“无所不在的宏大的故事”[②],在这个故事之中,听众完全无法从主观上体验到当下的时间,他在这个故事之中是不在场的。叙事在展开的过程中,并没有像叙事者所期待的那样,提供当下的时间体验,而是在“向回忆撤退的道路上一去不复返”[③]。所以就算是文本之中提及外部时间的变化,比如

---

① Bohrer, Karl Heinz: *Das absolute Präsens. Die Semantik ästhetischer Zeit*. Frankfurt am Main: Suhrkamp 1994. S. 156.

② Ricœur, Paul: *Zeit und Erzählung. Band II: Zeit und literarische Erzählung*. München: Wilhelm Fink 1989. S. 184.

③ 同上书,S. 183.

说《痛苦的中国人》中作为暗线背景的复活节时间，以及《去往第九王国》中科巴尔的年龄变化，这些都无法改变一个事实，那就是两人的主观时间吞噬了外部线性时间，最终陷入到绝对的当下之中。叙事者在这个无限的心理维度中根本无法获得可以言说的存在。比如洛泽在最后得到了自我与世界的和解，这个世界是睿智的（Verschmitztheit），但是它是沉默的（Verschwiegenheit）（参见 CS, S. 255）。叙事者召唤出的世界虽然能带来安宁，但是这个不可言说的世界却杜绝了叙事的可能。科巴尔想要通过叙事构建出来的第九王国，本身也意味着叙事的终结，这个乌托邦式的绝对当下最终只能是幻象。所以说汉德克在其 70 年代与 80 年代的文本之中所尝试的叙事模式，其实并没有达到他的目的。汉德克均未在这两个时期的文本之中完成解决主体“基本问题”的目的。主体在叙事的过程中体验到的这种绝对的当下，在萨缪尔·贝克特（Samuel Beckett）看来，是一种对超越时间的本质的神秘体验[①]，这不是对当下现实的直接体验和感知，而是一种强迫式的回忆状态。陷入这种状态的人则会与现实脱节，成为道德和社会意义上的孤独之人[②]。因此，通过叙事打开通往世界之路的尝试，以绝对的当下告终。

---

① 参见：Beckett, Samuel: *Proust. Essay*. Frankfurt am Main: Luchterhand Literaturverlag 1989. S. 75.

② 参见：Bohrer, Karl Heinz: *Das absolute Präsens. Die Semantik ästhetischer Zeit*. Frankfurt am Main: Suhrkamp 1994. S. 164.

若绝对当下的反讽是“事后叙事”中不可避免的事实，那么是不是换一种叙事方式就可以避免？汉德克在《去往第九王国》之中已经论证了书写行为作为接近事物本原状态的可行性，那么是不是可以猜测这种新的叙事方式可能与书写有关？主体应该如何实现这种既可以清除过去存在的混乱状态，又可以将叙事主体的视线聚焦到当下的时间之上，同时又可以放弃乌托邦式的、向不可及的未来寻求救赎和意义的尝试？或者说，叙事语言究竟能不能实现肯定的“当下”——这一作为在“曾经”和“将要”之间的，用来定义存在时间性的概念？

# 第3章 《我在无人湾的一年》——共时书写与被履行的时间

如果说汉德克20世纪80年代的叙事作品中主要呈现出来的是叙述危机下文学的困惑，那么他90年代的叙事作品则可以看作汉德克对这一困惑的反思与和对救赎的探索。当然，汉德克90年代的作品之所以会引起众多关注，不仅仅因为作品中涉及叙事范式的转换，他对大众传媒与政治、战争的直接关注也让自身一度处于风口浪尖，争议极大。比如他在1996年出版的《多瑙河、萨瓦河、摩拉瓦河和德里纳河冬日之行或给予塞尔维亚的正义》(*Eine winterliche Reise zu den Flüssen Donau, Save, Morawa und Drina oder Gerechtigkeit für Serbien*, 1996，下文简称《冬日之行》)就直接以冬日旅行中所见所闻来解构媒体对南斯拉夫战争的报道；1999年的剧作《独木舟之行或者关于战争电影的戏剧》(*Die Fahrt im Einbaum oder Das Stück zum Film vom Krieg*, 1999，下文简称《独木舟之行》)更是直接将这场战争以及有关这场战争的不同论断包括罪责分摊等，呈现给观众与读者。汉德克对于战争与政治的批判与阐释不在本书的讨论范围内，但是从中仍旧可以看出汉德克这个时期写作的重点：以作家的身份反思文学创作的认知功能。《冬日之行》与《独木舟之行》虽然涉及题材敏感，但是汉德克并没有在文本结尾处给出确定的观点，只是通过写作来展示冲突事件的方方面面，为读者与观众塑造出一个敞开的世界，尤以《独木舟之行》最为明显。文本中两位导演本身是为了讨论关于南斯拉夫战争的电影如何拍摄，这是剧作的第一层：如何以电影叙事的方式展现战争。而两位导演为了讨论电影执行，让主创们在小剧场中轮流出场，为其展现有关战争的不同甚至相悖的观点，并讨论战争罪责归属问题，此时两位导演则成了戏剧表演的观众，这是剧作的第二层：如果电影叙事遭遇困境的话，是不是可以换一种方式来展现真实世界，比如戏剧？这正是汉德克以作家的身份对文学边界的探索与质问，并以文学的形式呈现出这种反思的过程。出版于1994年的小说《我在无人湾的一年——一则新时代的童话》（下文简称《无人湾》）正是汉德克这一时期写作特点的呈现。文中讲述的是第一人称叙事者格雷高尔·科士尼格追求自我在世存在的过程。而这个过程以科士尼格完成创作的形式体现出来。值得一提的是，小说出版于1994年，但是故事发生在1997年的未来。这很难不让人联想到《真实感受的时刻》中同名的科士尼格收到的来自未来的信。文中主要讲述的是深陷创作危机和生存危机的编年史家科士尼格，为了完成一本书的创作，专门空出了一年的时间，隐居在巴黎近郊的“无人湾”，尝试不同的叙事方式，最终找到他认为的符合事物本质的叙事方式的过程。这种通过叙事的方式来反思叙事的过程还表现在，以科巴尔为代表的“事后叙事”方式与科士尼格新的叙事方式之间的辩论；以及科士尼格在以想象为基础对他七位友人的旅行经历的叙事——“新时代的童话”，与友人归来之后对自己远行经历的讲述做对比，呈现出不同形式的叙事模式。这种对比与反思正是汉德克对文学或者说叙事认知功能边界的探索。

正如上文论述的那样，汉德克在 80 年代的叙事文本中已然认识到“事后叙事”对于意义“整体性”的诉求最终会使得叙事成为拒绝主体的神话。那么他要做的就是让叙事主体摆脱绝对当下中的全知视角感知的束缚。① 主体在观察外部世界的过程中，应将重点放置在随着时间逐个展现的现象之中，而不是追求直接掌握事实的整体。“从不同的角度和光线下观察每一个独立的、自在自为的事物，都是一次冒险；这种观察或许有一天，不，马上就会，将观察者引向下一个未知的事物。对整体的把握与观察——眼界——是徒劳无益的，也让叙事毫无收获。”②

① 参见：Handke, Peter: *Gestern unterwegs. Aufzeichnungen November 1987 bis Juli 1990*. Salzburg / Wien: Jung und Jung Verlag 2005. S. 16.

② Handke, Peter: *Am Felsfenster morgens (und andere Ortszeiten 1982 - 1987)*. Wien / Salzburg: Residenz 1998. S. 213.

所以在《无人湾》中从一开始科士尼格就已经决心告别这种会让叙事陷入神秘主义的"整体性"虚妄，科士尼格的叙事，"不是为了幻想一个看似无懈可击的过渡与一个不可避免的结果"(NB, S. 490)，而是为了与这种神秘主义告别：

> "必须要抽干神秘主义的沼泽！"有个人在梦里这样说道。"但是没有这沼泽的话，我们该怎么办呢？"梦里另外一个人这样问道。不管在我之前是不是将这个新世界当作神显时刻，还是当作第二个世界、一个不一样的世界，现在当我准备好迎接这个时刻的时候，这个新世界几乎每天都会以我感知的微小部分来触碰我。新世界随着再现与反思，飞向我，这说明我可以迎接这个时刻了。空中三角形的鸟类迁徙阵就这样变成了我腋下的两个通风球。(NB, S. 25)

虽然说"神秘主义的沼泽"干涸过程发生在一个梦里，而且这样的梦一定程度上也是对其真实性与可信性的质疑，但是依旧可以从这个片段之中看出汉德克叙事重点的转移：来自新世界的触碰并不是之前在70年代和80年代作品中出现的顿悟时刻，并不是神显现象，而是指主体在日常生活中与周围事物相调的过程，比如以"微小部分"，而不是宏大的绝对存在这种形式与主体相遇。这种"相遇"指的仍是上文中所述的主体的"观察"，是可以让事物"毫无疑问地展现自我"的一种方式，而且这种方式“尚未被渗透，没有被察觉，还未成为公共财产”（NB，S. 26）。所以说科士尼格的“观察”是对洛泽的“观察”行为的一种承继，意味着主体可以进入到外部世界之中，并在其观察的过程中体验到世界向其敞开的过程，这种敞开尚未受到他者的规训，没有预设目标，也不受过去意义的束缚，是只属于科士尼格的当下。那么科士尼格在“当下”观察到的事物和他对外部世界的感知就成了他的生存体验：“空中三角形的鸟类迁徙阵”。鸟类迁徙与汉德克在日志之中所述的“麻雀的叫声”“晨曦中的落叶”①一样，都代表着最简单的在世存在。这种典型的修饰语加名词的表述方式，正是维吉尔的《农事诗》中呈现事物原初状态的叙事形式，也就是说，科士尼格叙事中的世界与更高层次的意义系统无关，而只是对当下世界的关注。从这个意义上讲，科士尼格脱离了神话叙事中对观察整体性的诉求，改变自我存在状态的机会：“改变你自己！——只通过当下的意义，不管其他——通过对当下此时此刻在场事物的关注。”②如果说科士尼格追求自我存在主要通过语言把握当下的存在状态，而这种状态的改变源于叙事者对叙事中在场事物的专注，那么自我实现的时间在这种情况下就与世界时间的实现合二为一。这就保证了科士尼格的生存体验：“生存时间（Lebenszeit）与人这

---

① Handke, Peter: *Gestern unterwegs. Aufzeichnungen November 1987 bis Juli 1990*. Salzburg / Wien: Jung und Jung Verlag 2005. S. 14.

② 同上书，S. 346.

种事物的当下(Gegenwart)密不可分,而且这个当下照亮了过去和未来”①。从这个角度讲,科士尼格摆脱了虚无时间,他的时间不再是由过去、现在和未来构成的线性时间轴中孤立且互相重复的点,而是充实的、可以被参与的当下。

由此可见,《无人湾》不仅仍然处于汉德克探索叙事边界与潜力的主线之上,仍将主体面临的“基本问题”——“世界的不可触及、难以理解、无法靠近,以及[我]被隔离的状态”(NB, S. 182f)——作为讨论中心,而且呈现出对过往叙事的反思与转换。所以如果要回答,究竟叙事能不能正面呈现存在的在场性与当下性这个问题,就必须把《无人湾》纳入讨论范围。不仅如此,科士尼格在《无人湾》中已然能够实现维吉尔式的叙事,可以在语言之中呈现存在的发生过程,表达“最简单的在世存在(可以和路过的老人与孩子一样,听着麻雀的叫声,看着扎达尔晨曦中的落叶)”②。科士尼格在叙事的过程中并没有更换语言,可是却能实现洛泽无法实现的“纯粹的当下”和远离神话的、有效的“今天”(NB, S. 99),也就是说科士尼格是能够用语言或者说叙事来正面呈现存在的在场性的。那么科士尼格究竟是如何实现这种叙事的?他又是如何解

① Theunissen, Michael: *Negative Theologie der Zeit*. Frankfurt am Main: Suhrkamp 1991. S. 302.

② Handke, Peter: *Gestern unterwegs. Aufzeichnungen November 1987 bis Juli 1990*. Salzburg / Wien: Jung und Jung Verlag 2005. S. 14.

决存在的在场性与当下性对于语言作为符号的排斥？他是如何解决叙事时间与被叙事时间之间的偏差？或者可以把这个问题转换成科士尼格一直在反思的问题："现在：哪一种语言适合我的写作？"(NB, S. 126)

大多数关于《无人湾》的研究都会将重点放到其中叙事范式的转变之上，借此探讨汉德克对于语言和文学的反思。但是不少研究最后都忽略了汉德克通过叙事来呈现他对叙事本身的反思这一中心思路，反而把重点放到了科士尼格偶然经历的顿悟时刻之上，最后将汉德克在90年代的叙事尝试看作神秘主义的又一次胜利。比如说沃尔克·施密特(Volker Schmidt)在《彼得·汉德克与艾尔弗雷德·耶利内克作品中语言批判的发展——根据所选叙事文本与剧本的研究》(*Die Entwicklung der Sprachkritik im Werk von Peter Handke und Elfriede Jelinek. Eine Untersuchung anhand ausgewählter Prosatexte und Theaterstücke*, 2007)中，把科士尼格写作的成功作为神秘主义"世界之爱"(Weltliebe)(NB, S. 609)的一个结果，而整个小说则是用来叙述瞬间体验的场域，展现个体发现或者说是感知到存在真相时的狂喜，以及由此产生的个体存在状态的变化，并借此来表达存在发生的过程。[1] 赫尔维希·戈特瓦尔德(Herwig Gottwald)在《关于姓

---

[1] 参见：Schmidt, Volker: *Die Entwicklung der Sprachkritik im Werk von Peter Handke und Elfriede Jelinek. Eine Untersuchung anhand ausgewählter Prosatexte und Theaterstücke*. Heidelberg 2007. S. 92.

名、瞬间之神与重复——汉德克对神话元素的处理》(*Von Namen, Augenblicksgöttern und Wiederholungen. Handkes Umgang mit dem Mythischen*, 2006)一文中也认为,汉德克文本中经常出现的"转变"(Verwandlung)这一主题与主人翁经历的顿悟体验有关。[①] 科士尼格隐居在无人湾时,的确在自然中漫步的时候体验到事物向其敞开的时刻。但是这与宗教神秘色彩的顿悟,或者说绝对存在的降临之间,有很大差别。科士尼格在观察外部事物的同时,将被感知到的事物通过自由能动的想象力进行加工和书写。事物原初的状态正是在这个同时发生的观察、书写与想象的过程中呈现在文字之中,并没有发生顿悟时刻中对阐释行为的排斥,而是汉德克在 90 年代初在反思叙事方式的论述中提出来的第三条路:这是一条在理智与不理智的狂舞之外的路,是"关于原初—事物(Erst-Ding)的叙事或者说是阐释"。[②] 所以说仍然将汉德克在《无人湾》中的叙事作为个体对顿悟瞬间的体验是十分不可取的。汉德克意义上的"原初—事物"指的不是一个整体性的封闭式的意义系统,而是叙事主体在不受先验秩序约束的情况下,感知日常生活事物,并在叙事的过程中为被感知的

① 参见:Gottwald, Herwig: *Von Namen, Augenblicksgöttern und Wiederholungen. Handkes Umgang mit den Mythischen*. In: Klaus Amann, Fabjan Hafner (Hrsg.): *Peter Handke. Poesie der Ränder*. Wien: Böhlau 2006. S. 135 – 153. Hier S. 143.

② Handke, Peter: *Langsam im Schatten. Gesammelte Verzettelungen 1980 – 1992*. Frankfurt am Main: Suhrkamp 1992. S. 55.

事物提供呈现自身本原存在的空间与时间。这种现象学层面上的叙事并不是为了获得对事物的确定而又具体的定义，而是为了展现存在发生的过程，记录延异的踪迹，继续延续汉德克在 70 年代和 80 年代没能突破的叙事游戏。

从这个层面上讲，汉德克在 90 年代的叙事目的并不是史诗中对于意义整体性的把握，因而科士尼格的“转变”(Verwandlung)也不一定非要是一种成长小说层面上的自我发展与完善。但是亚历山大·霍诺尔德(Alexander Honold)在其论著《大地的叙事者——汉德克的地点、空间与风景散文》(*Der Erd-Erzähler. Peter Handkes Prosa der Orte, Räume und Landschaften*, 2017)一书中，仍然以传统叙事的视角观察讨论汉德克新的叙事范式，最后认为《无人湾》是“妄想般的滑稽：不论是虚构的还是真实的作家都会想到，正是在人们审慎的追求并进行美学生产的那一刻，这试图包罗万象的史诗成为梦幻泡影”。[①] 这很明显是忽略了汉德克对叙事方式改变，以及对过往叙事形式的反思。汉德克在 90 年代初就已经在《试论点唱机》(*Versuch über die Jukebox*, 1990)中讨论和研究“过往时期的叙事形式”[②]，另一方面在其他的文本中尝试新的叙事形式，比如说《我在无人湾的一年》、《黑夜中我走出寂

---

① Honold, Alexander: *Der Erd-Erzähler. Peter Handkes Prosa der Orte, Räume und Landschaften*. Stuttgart: J. B. Metzler 2017. S. 398.

② Handke, Peter: *Versuch über die Jukebox*. Frankfurt am Main: Suhrkamp 1990. S. 70. 后文出自同一著作的引文，将随文标出该著名称简称 VJ 和引文出处页码，不再另注。

静的家》(*In der dunklen Nacht ging ich aus meinem stillen Haus*, 1997)、《图像的丧失》(*Der Bilderverlust*, 2002)和《臭拉维业之夜》都是对史诗叙事典范的戏仿。[①] 汉德克所追求的新的叙事方式,其目标在于能让主体参与到当下的时间之中,完成自我身份构建的过程,"体验作为法则的另一种人生"(Gesetz erfahrenen ANDEREN Leben)[②]。《无人湾》中科士尼格反复提及的"转变"指的就是这种存在状态的变化,是个体为了生存的奋斗与挣扎,这种变化更多的是一种与自我的和解,不一定非要实现席勒意义上"完整的人"[③]。

此外,还要注意的是,《无人湾》在内容层面上与汉德克70年代和80年代的作品最明显的区别是,主人公科士尼格本身并没有真正出门旅行。虽然文本用了整整一个章节来讲述旅行,但是旅行的主体是科士尼格的七位朋友,科士尼格本身并没有真正参与友人的旅行,只是根据朋友们偶然寄过来的明信片等消息想象友人在旅行过程中的经历。回来参加这个叙事之夜的朋友们在讲述自

---

① 参见:Christians, Heiko: *Der Roman vom Epos. Peter Handkes „Poetik der Verlangsamung"*. In: *Hofmannsthal Jahrbuch zur Europäischen Moderne*, 10 (2002). S. 357–389. Hier S. 366.

② Handke, Peter: *Die Geschichte des Bleistifts*. Salzburg / Wien: Residenz 1982. S. 116.

③ Schiller, Friedrich: *Über die ästhetische Erziehung des Menschen in einer Reihe von Briefen*. In: Rolf-Peter Janz (Hrsg.): *Werke und Briefe*, Bd. 8, Frankfurt a. M.: Deutscher Klassiker Verlag 1992. S. 556–676. Hier S. 614.

己的旅途见闻之时，与科士尼格作为第一人称叙事者所讲述的有很大差别，与此同时，他也从一位叙事者转变成为听众："我从未经历过比这更加安静的时刻，就好像我在倾听变成大叙事家的特里斯特人一样。"(NB, S. 624)换句话说，科士尼格从未真正经历他讲述的友人旅行的经历，甚至道听途说都很少。这种想象的旅行以及上文提到的科士尼格在观察自然过程中通过想象进行书写的行为，虽然都涉及空间层面的描写，但是这仍旧是在想象层面上的空间。这种闲散漫游(Müßiggang)为科士尼格提供了讨论和反思写作过程的机会①，但是文本中科士尼格"对当下时间中日常生活事物的美学体验"②，绝不能像沃尔克·乔治·胡美尔(Volker Georg Hummel)在其论文《行走的叙事性语言行为——以彼得·汉德克的散步者文本〈我在无人湾的一年〉和〈图像的丧失〉为例》(*Die narrative Performanz des Gehens. Peter Handkes „Mein Jahr in der Niemandsbucht" und „Der Bilderverlust" als Spaziergängertexte*, 2006)论述的那样，简单地将其套用到散步者文本(Spaziergängertexte)的叙事结构之中。首先，不论是科士尼格的漫游还是他对友人旅行经历的描述都在其想象空间，《无人湾》中的空间描写本身

---

① 参见：Hummer, Volker Georg: *Die narrative Performanz des Gehens. Peter Handkes „Mein Jahr in der Niemandsbucht" und „Der Bilderverlust" als Spaziergängertexte*. Bielefeld: Transcript 2006. S. 203.

② Bartmann, Christoph: *Suche nach Zusammenhang. Handkes Werk als Prozess*. Wien: Braunmüller 1984. S. 151.

不能直接放在散步文本的结构中。其次，科士尼格在叙述的过程中，同样也在反刍叙事，这就让叙事的态度不断发生变化，因此文本之中也就不会出现像散步文本中稳定但是封闭的框架结构。再者，文本中科士尼格对叙事的反思更多地体现在讨论叙述时间与被叙述时间之间的偏差上。如果真的按照胡美尔的说法，小说的结尾就完全无法解释。小说最后的场景是妻子卡塔拉宁(Katalanin)用一句话“那就到这里吧”(Das ist das Ende)(NB, S. 628)，清楚明确地结束了科士尼格与朋友们的叙事之夜。但是科士尼格的叙事并没有结束，他的七位朋友之一——歌者伊曼纽尔的缺席打破了叙事的闭环，使得新一轮的叙事游戏成为可能。伊曼纽尔对叙事的追求和对他作为歌者存在身份的自省，主要体现在他对《最后一首歌》(*Letztes Lied*)的追求上。文本结尾处，伊曼纽尔开始了他的《最后一首歌》，这正意味着新的叙事的开始，但是歌者的叙事最后指向何处，以及歌者能不能通过《最后一首歌》找到存在的本原状态，文本中并没有明确给出答案。从这个角度上讲，科士尼格的叙事也就成了一个意义不断播撒的过程，是对存在发生过程的一种呈现。

所以说，虽然上述文献对《无人湾》在主题、风格上的研究为本书提供基础，但是如果真正要理解汉德克90年代文本的叙事方式转变，还需要首先说明，《无人湾》从何种程度上来讲是种叙事行为。而且如果《无人湾》属于汉德克所追求的叙事行为的话，就必须还要知道，这种叙事最后究竟会去往何处。文本的最后，科士尼格强调了两遍这个问题："他没来吗?"(Fehlte er?)(NB, S. 629)这其中暗含某种程度的讽刺：叙事难道必须要以一个完美的闭环结尾吗？叙事难道一定需要一个超验的权威来确定叙事究竟何时开始，又到何时结束，甚至需要用到一个叙事之外的第三者权威来对不同意见纠纷盖棺定论？同时，科士尼格在第二次提问歌者是否缺席的时候，已经从带着讽刺的质疑转向一种确定的反问：歌者的缺席代表着叙事的不完美，这其实也意味着叙事还能随着时间继续发展变化。也就是说科士尼格最后提出的问题和猜想正是：应该有一种叙事可以将主体，从被暂停的时间囚笼之中解放出来，实现主观时间体验与客观时间的一致性，打破主体被隔离的状态，重新找回脚踏实地的感觉(Erdgebundenheit)。因此，本章主要需要解释的问题如下：科士尼格最后，究竟为什么可以在不将救赎寄托到未来的情况下，"通过叙事构建自身的在世存在"(ein narratives In-der-Welt-Sein)[①]？

## 3.1 断篇：从事后叙事到共时书写

### 3.1.1 共时书写：同时性与被拓展的当下时间

正如上文所述，《无人湾》与汉德克 70 年代与 80 年

① Ricœur, Paul: *Zeit und Erzählung. Zeit und historische Erzählung.* Band I. München: Wilhelm Fink 1988. S. 128.

代的作品区别，首先表现在作为第一人称叙事者的作家科士尼格根本没有远行，没有溯源回归自己的故乡。他虽然把自己漫游时用到的行李放到触手可及之处，但不是为了随时随地再次出发，而是想要每时每刻都能从中嗅探，“比如闻到每一条从朱利安阿尔卑斯山到科托尔湾，穿越整个南斯拉夫的田间小路的味道”(NB, S. 17)。科士尼格没有像《缓慢的归乡》中索尔格和《去往第九王国》的科巴尔一样，选择踏上归乡之旅，而是有意识地退隐至自己的私人领地。他虽然也会偶尔去附近散步，但是从未真正地离开隐居之地。《无人湾》中远行之人是他的七位朋友，而科士尼格则是通过想象来叙述友人的远行经历。汉德克在1984年的日志中这样讲道：他可以通过想象与友人同时获得“一种旅行的感觉”，“透过你，我也踏上了旅途”。[①] 确切地说，《无人湾》中科士尼格的叙事行为只是发生在巴黎近郊的一处房子之中，科士尼格以此为生活重心(参见 NB, S. 159)，并在这个空间之中通过想象间接地同时参与到朋友们的旅行中去。这是一种对象化的处理。科士尼格借此就能够将不同人面对存在困境时的自我挣扎与救赎以戏剧表演的形式呈现出来。歌者、读者、画家、女朋友、建筑师与木匠、牧师以及他自己的儿子同时“变成了这场剧目的主角。这场剧将

---

① Handke, Peter: *Am Felsfenster morgens* (*und andere Ortszeiten 1982 – 1987*). Wien / Salzburg: Residenz 1998. S. 225.

寻求存在的世界之旅和朝圣之旅作为事件，现在没有终点，在将来也不可能有终点”。[①] 科士尼格的叙事既没有给出这种旅行的终点，也没有对其进行价值评判，只是记录了存在正在发生的过程。但是这个过程并不是现实世界中友人真正的旅行经历，而是科士尼格通过想象对现实生活的加工处理：

> 今年年初的时候他们就已经上路了。他们中的每一个人都前往世界的不同角落，每个人都与他者相去甚远，就像我现在这样，与他们之间隔着大陆板块的距离。对于和他们一起环游世界的同伴，他们一无所知。只有我知道他们所有的信息。在我住处的花园中有个小木屋。木屋下面正是他们消息的传达与汇聚之地。花园中的杂草几乎一人高了，刚入春，空气温热，一只蜜蜂在草间飞舞。(NB, S. 18)

由此可见，科士尼格其实根本没有收到友人旅途中的消息。他对旅途经历的叙述，其实是基于自己的想象，但正是这种拟真才使得科士尼格可以以观察者的身份同时参与和经历这七个人的旅行。汉德克在 2006 年的一次访谈之中将这种事件的同时性体验（Gleichzeitigkeit

---

① Huber, Alexander: *Versuch einer Ankunft: Peter Handkes Ästhetik der Differenz*. Würzburg: Königshausen u. Neumann 2004. S. 461.

der Geschehnisse)称为令人汗毛直竖的体验[①]。科士尼格通过偶尔获得的断片式的消息，借助自己的想象力，“拼凑成一次完美的参与”(ein vollkommenes Teilnehmen stiften)(NB, S. 18)。当科士尼格坐在无人湾的屋中，或在周围森林里寻觅蘑菇，又或在池塘边观察动物之时，他的朋友们正游历西班牙、南斯拉夫、希腊等国度。他在叙述的过程中不停地转换地点，通过想象出来的同时性，逐渐构建出在路上的空间感，将原本线性的传记类叙事“变成双影人式的多层嵌套系统”[②]。这也就能解释为什么科士尼格对朋友们的叙述具有相似的结构：每一个主角在最开始的时候，都深陷混乱的存在状态之中，不知如何才能脱身，随即决定好远行，离开目前所在的社会关系，去往一个尽可能远离当前文明与存在状态的空间。比如说歌者最后决定前往苏格兰，就是因为这个地方之前无人认识他，现在与将来也不会有人认识他(参见 NB, S. 265)。如《真实感受的时刻》中科士尼格和《痛苦的中国人》中的洛泽一样，友人的远行都是为了清除自己的混乱状态。比如说，歌者在旅行的过程中，总是会十分注意尽可能少地留下痕迹。这样的话，歌者旅途的目的地以及漫游时

---

① 参见：Handke, Peter u. Hamm, Peter: *Es leben die Illusionen. Gespräche in Chaville und anderswo*. Göttingen: Wallstein 2006. S. 116f.

② Parry, Christoph: *Der Prophet der Randbezirke. Zu Peter Handkes Poetisierung der Peripherie in Mein Jahr in der Niemandsbucht*. In: Heinz Ludwig Arnold (Hrsg.): *Peter Handke*. Heft 24. 6. Aufl. München: Ed. Test + Kritik 1999. S. 51 - 62. Hier S. 59.

经过的大自然，就变成一个脱离先验秩序规定的自由空间。“我决定：我目前为止所得所有的事情，以及我以后还要做的所有事情，都只属于我自己，属于一个无名之辈。”(NB, S. 274)歌者的这种决心与洛泽一样，都是为了首先解构先验秩序对自我存在的书写与预设，虽然他最后成为“无名之辈”，但是这种自我清除的过程同样也能为歌者提供短暂的平静，为其创造属于自己的存在意义提供自由空间。

科士尼格的这七位朋友都经历了从混乱迷茫到认识自我的转变，但是这里的认识自我并不能等同于获得更加完美的自我。歌者其实到最后都没有得到他一直以来想要得到的救赎：“对于歌者来说，就好像他的伤口开始愈合了一样。虽然说他一直以来都在歌颂这样的救赎，但是现在他其实根本就不想被治愈。”(NB, S. 283)歌者一直是通过歌声来呼唤救赎与解脱，事物存在的本原以及随之而来的救赎，应该被写进他的《最后一首歌》之中。但是现在他并不想要完成这首歌。那么他究竟在追求什么呢？歌者的困扰主要体现在：“我在找寻你的面庞，那个在世界被创造之前你拥有的面庞。”(NB, S. 271)从这句话中不仅可以看到歌者的困惑，还可以体会到他的追求：他渴望死亡，主要是因为他认为自己无法在他的歌词中找到自己最本原的存在状态——“在歌中存在”(im Lied zu sein)(同上)；但是他还想要作为歌者生存，那就必须把自己的歌卖给听众、出品方、经纪人和版权方，而为了销量,不得已必须要迎合这些人的思想。(参见 NB, S. 273)本应用来表达歌者对世界本质的理解的音乐,变成在商品经济中流通的机械复制品。歌者写出来的歌不再是对生存意义的探索,也不再是为了把握他所感知到的世界本质。其自身的存在也从一个独立的个体,演变成音乐市场中流通的商品,是可以随时随地被他者复制和取代的符号。歌者本身无法把握和控制这个符号的标准,只有当按照业内商品流通的行情与规定制作生产歌曲,并将其销售,赚到钱之后,才能算是得到了他的存在意义。但是行业内音乐的销售行情与规定以及商品买卖的秩序先于歌者的存在而存在,相较于歌者而言是属于过去的,而歌者创作乐曲,不是为了获得属于当下的意义,也不是为了能够认识和理解他在当下的存在,而是为了在将来销售歌曲赚钱。这就导致歌者在当下时间存在的意义,被过去确定,但是却只能在将来实现。所以说歌者虽然只能生存于当下,但是他的意义正好被过去的"不可追"和未来的"不可及"架空。他不能作为主观能动的行为主体参与当下的世界,只是一个提线木偶,去重复被预设的角色,等同于被囚禁在虚无的当下之中。歌者对死亡的追求正是对这种禁锢的反抗和介入当下的尝试。

但是歌者自身存在状态的解构并不意味着他想要回到存在的源头,回到禁锢状态尚未发生的时间。尚未被人类社会约定俗成的规则与标准约束的时间状态——"人类尚未存在的时间"(NB, S. 280),对于歌者来说,同样意味着一切都是虚无。这种超越人类本身存在的时间，虽然代表着存在的源头，但是与主体本身的在世存在无关。这种时间状态与《痛苦的中国人》中洛泽提到的"诸神不复存在，基督尚未诞生，唯有人类存在"的过渡时间正好相反。所以歌者此时已然意识到不可能真的回到过去。这同样也体现在歌者最后爬山的场景之中：歌者登上山顶，不是为了接近神的理想存在状态，而是为了能够向下看，饱览平原上的风景。不仅如此，歌者在下山的时候才感受到大山的神灵与自己打招呼(参见 NB，S. 282)。这种与大自然和谐相处的状态，不是超越人类界限的乌托邦，而是歌者作为主体与自然之间的交流。此时歌者对外部世界的感受以及在与自然交流过程中获得的意义，是完全属于他自己的当下存在状态。从这个角度上讲，歌者没有像《痛苦的中国人》中的洛泽与《去往第九王国》中的科巴尔一样，最后陷入绝对存在的虚妄之中，而是在山穷水尽疑无路的时候，找到通往在世存在的道路。他在下山的路上遇到一辆吉普车，路上他写信给远在巴黎的科士尼格。这意味着他重新建立了与这个世界之间的联系。科士尼格对歌者旅途的讲述，以歌者与苏格兰女司机的交流谈话结尾，并且描述了歌者给科士尼格写明信片、苏格兰女生替他寄明信片的过程。这个过程不是一个已经完成了的动作，而是一个正在进行的行为。歌者作为这个行为的主体，也就最终可以摆脱时间禁锢的被动状态，参与到当下的时间之中。他的主观时间体验不再是被暂停的、不断重复的虚无当下，而是随着客观时间的变化而往前发展。最后，“他依旧没有写出一句歌词，也没有任何一个与‘当下’有关的单词，或者说是与之有关的一个片段，‘在路上……穿过当下’”。(NB, S. 264)对于歌者来说，不论是旅行前还是旅行之后，他追求的存在状态都不是先验的，而是一种开放的在歌中存在(Im-Lied-Sein)，是对当下时间的阐释，是一个未完成的状态，是“在路上”的过程。自我存在会在不断地与周围事物的相遇之中丰富起来，由此而来的宁静和自我与世界的和解也会持续下去；也可以通过参与当下，充实这一属于尘世的时间。

在科士尼格的叙事中，这些人的旅行发生在不同的地点，比如歌者去了苏格兰，画家去了西班牙，女朋友去了土耳其南部，建筑师去了日本，等等。但是在旅途的过程中这些人漫游的地点往往都是不具名的某个远离文明社会生态的自然。不仅如此，这些人在寻求自我的旅途之中所经历的时间也是不确定的，比如说秋季的某一天或者是夏末的某一天：“这时，已经到盛夏了，又或者是初秋时节。”(NB, S. 301)这种事件发生时间与地点的不确定性极大地降低了故事的真实性，使其脱离现实生活，让这些人为了寻求自我而远行的旅程变成了主体内心世界的挣扎。科士尼格的叙事则把主体内心世界的斗争撤离客观时间的变化，但是这并不是说被叙事的时间超越客观时间的存在，而是说被叙事的时间构成了科士尼格完成叙事行为的当下时间，科士尼格叙述中的这些寻求自我的旅人从这个角度上讲正是科士尼格自己对存在状态的反思。

此外，这种对于存在的反思过程并不是一个已经完结的事件，而是正在发生的过程。对此，科士尼格也曾问道："究竟是什么让他们成为我的故事主角，而不是我的那些熟人——那些更应该被称为时代模范的人？"(NB, S. 149)科士尼格之所以不愿意将这些时代楷模作为叙事的主角，而是把焦点放到了他的这些朋友身上，主要原因还是这些模板化的人物已经实现了他们的自我存在，成为供人们模仿的对象。但是科士尼格的这些朋友依旧在追求自我的途中，这是一个没有完成的过程。他们是"永远未完成的、不完整的、贫乏的、冷静的、炙热的、跳跃的"(NB, S. 150)人物形象。那些已经被确定了的模板化的人生意味着这些人的人生之中已经没有可以尝试的新鲜事物。但是这些朋友的形象却正处于门槛状态，正处在存在状态的变化之中，没有预设，没有可供模仿的样本，也因此渗透到日常生活的方方面面。这正与传统的成长小说相对，对自我的追求和对存在意义的追问，体现出来的更多的是个体的一种预备状态，即准备好接受日常生活成为寻求自我之路，正是这个原因才让这些"大胆的、坚定的"人成为科士尼格叙事的主角："每次他们在场的时候，偶尔触碰他们就已足够，我甚至能在我触碰他们的指尖感受到，他们在战斗。"(NB, S. 151)这些人的旅行正是为了争取自身的存在，为了能够融入这个世界、参与当下而奋斗，而科士尼格正是通过叙事的方式参与到这种追求自我的过程中。从这个角度上讲，科士尼格的叙事不是在实现完整的自我之后才开始的“事后叙事”，不是为了给友人的旅途总结意义和经验。科士尼格叙事行为发生的时间和被叙述的旅行发生的时间是同步的，友人在旅途之中对于自我存在的反思，正是科士尼格在叙事过程中对他自身的反思。这种同时性意味着作为叙事者的科士尼格不仅可以完全参与到当下的时间之中，还可以通过语言来把握其存在的状态，而且在探索其存在意义的同时，并没有将被叙事的这段时间从客观时间流动之中取出并暂停下来，而是与时间的流动并行。在这种情况下，履行和满足时间（Vollzug der Zeit）就等同于主体实现自我（Selbstvollzug）的过程。这正是“以生存的方式体验时间的特殊形式”[①]。实现时间与实现自我的过程相统一，这正说明作为叙事者的主体最终摆脱了被暂停时间的桎梏，跨过行为与意识之间的时间差。被叙事的时间即是叙事者本身的当下时间，并没有脱离客观时间的流动，而是被想象力拓展和延伸。科士尼格对于友人旅行经历的叙述，并不是通过朋友们寄信件、明信片以及短消息等复述已经发生过的事情，而是通过想象力补足和重构了旅行经历的空缺，是一种“被补齐的、但是不被重复的感知，是对曾经无法被感知的事物的一种感知”[②]。

---

① Theunissen, Michael: *Negative Theologie der Zeit*. Frankfurt am Main: Suhrkamp 1991. S. 307.

② 同上书，S. 313.

从这种层面上说，科士尼格对这些旅行经历的叙述不仅意味着参与当下的时间，并且充实当下，而且还通过想象力拓展和延伸了当下时间。

### 3.1.2 断篇式叙事：存在作为正在发生的事件

因此，文本的结尾既可以看作科士尼格最终放弃了追求乌托邦式的永恒，也可以理解成科士尼格的朋友也放弃了这种妄念。歌者最后没有来拜访科士尼格，缺席了这次的叙事之夜，打破了这个原本充满神秘色彩的完美的叙事循环。在科士尼格看来，叙事之夜并不一定非要歌者在场，而且叙事的循环也不一定非要十分完整。不仅如此，歌者的《最后一首歌》在叙事之夜结束之后有了第一句歌词，这意味着新的叙事行为又一次开始，但是究竟何时以何种方式结束，这一切都尚未可知，悬而未决。也就是说，不论是科士尼格还是这些朋友们，他们对自身存在的追求，只是一种存在状态的“改变”(Verwandlung)，其结果不一定非要是实现自我，成为更好的自己，这个过程是一个开放式的。朋友们来拜访科士尼格，围在一起谈论叙述自己的旅行经历时，也没有在乎他们的叙事是否有意义，或者说是否有人可以从他们的叙事之中得到经验。他们也没有打算真的在叙事的过程中回忆过往的经历，或者说在这个过程中反思自省，并借此来实现更好的自己。“改变”取代“成长”，成为友人叙事的目的。

此外，科士尼格在倾听的过程中注意到，友人的讲述与他之前对朋友们旅行的想象与叙事有很大不同。但是他也发现,"相同点是——我不管怎样都还是对他们的故事有个大致的设想——所有的故事都在讲述一些反转、回头与重新安排"(NB, S. 622)。友人的叙事与汉德克在70年代和80年代文本中所表现的叙事相似,是在叙述已经发生过的事件。这种对过去的重构与模仿,在科士尼格看来是对自身经历的重复,具有固定模式。被叙事的时间完全被放置到过去,因而叙事者的时间与听众的时间就无法真正产生关联[①]。友人讲述自己经历过的一段时间,通过回忆与叙事将这段已经属于过去的时间再现,将这段时间从过去移到当下。但是这种再现实际上与听众的当下截然不同,被叙事的时间已然成为绝对的过去,只是借助叙事这一行为暂时脱离客观时间流动。卡尔·海因茨·博雷尔将这种脱离时间流动的状态(Aus-der-Zeit-Herausfallen)[②]称为绝对当下(das absolute Präsens),其中强调的正是叙事行为中被叙事的时间与叙事时间之间的差异。但是当科士尼格放弃追求叙事的完整性,将叙事的重点放到对当下时间的把握之上,被叙事的时间不是已经完成了的属于过去的时间,而是与叙事行为发生的时间并行,两者之间并没有出现"事后叙事"的时间偏差。

---

① 参见:Ricœur, Paul: *Zeit und Erzählung. Zeit und literarische Erzählung.* Band II. München: Wilhelm Fink 1989. S. 262.

② 参见:Bohrer, Karl Heinz: *Das absolute Präsens. Die Semantik ästhetischer Zeit.* Frankfurt am Main: Suhrkamp 1994. S. 153.

科士尼格的叙事放弃追求超验的救赎与解脱，这不仅体现在他的叙事重点的转换之上，还表现在科士尼格对于童年环境(Kindheitsumgebung)的态度。这里的“童年环境”指的不是科巴尔意义上的故乡，而是可以给成年人提供“空间尺度”(Ortsmaße)[①]的环境。汉德克在日志中描述叙事环境的时候强调：“写作：先进入狭小的空间，然后走向广阔”[②]。也就是说，写作或者说叙事的目的首先在于拓展视野，观察他者。科士尼格同汉德克之前在70年代与80年代的文本之中的叙事者一样，想要通过自我清除的过程，离开混乱的存在状态，创造距离，然后才来观察和审视之前的存在。对于科士尼格来说，这种现象学意义上的自我审视不只是对过去的反思，其重点应放在当下的存在状态。而从一开始，科士尼格的自我审视所涉及的空间，就绝不可能“成为他的故乡”，而是“一处希望之乡，一份是有节制的、分外谦虚的承诺”(NB, S. 413)。这份有节制的希望之乡，不是虚无缥缈不可捉摸的第九王国，而首先是狭小的、具体的、属于当下的空间——日常生活。当然，祖先与民族对于科士尼格来说依旧是他叙事语境之中不可或缺的一部分：“关于我出生地的想法，一直都还在洗涤着我，给我出发的动力，向我展示空

---

① Handke, Peter: *Die Geschichte des Bleistifts*. Salzburg / Wien: Residenz 1982. S. 10.

② Handke, Peter: *Gestern unterwegs. Aufzeichnungen November 1987 bis Juli 1990*. Salzburg / Wien: Jung und Jung Verlag 2005. S. 518.

间的辽阔。"(NB, S. 597)但是他同时也知道,他无法像《去往第九王国》中的科巴尔那样通过重新回归童年,找到第九王国来获得救赎。"不,我现在先不回家。因为我回家的话,现在没有一个人在那儿。我更愿意去往远方,这个时候那里比在家中有意思的多。"(NB, S. 98)科士尼格的"远方"应理解为远离出生地,他对于存在的追求没有怀旧色彩。他最终选择回归到个人存在的层面,将注意力放到在当下的环境之中与日常生活相关的事物上,并在巴黎附近定居。科士尼格将"居住"这一行为提升至存在的层面上,这是汉德克前期文本之中的"叙事—漫游者"(Erzähler-Wanderer)无能为力的一件事[①]。这些漫游者只能将寻求自我的方法寄托在回归出生地的旅行之中[②],通过语言来反刍旅行之中的经历见闻,重新建构自我的存在。主体通过这种方法获得的意义,虽然也可以被视为个体与世界和解的结果,但这种通过事后叙事获得的存在意义同时也说明,《痛苦的中国人》中所强调的"门槛状态"作为一个时间性概念不足以让主体找回自我。自我重构的过程发生在门槛状态之后。叙事主体需要借助语言来理解和认识旅行中所感知到的事物。正如上文所论述的那样,这种事后叙事恰好将旅行之后得到

---

① 参见:Handke, Peter: *Nachmittag eines Schriftstellers*. Frankfurt am Main: Suhrkamp 1987. S. 12.

② 参见: Handke, Peter u. Jocks, Heinz-Nobert: *Geglückte Tage, unterwegs. Peter Handke erzählt vom Reisen allein, von Nomaden und Nesträubern*. In: *Freitag 42*, 21. 10. 2005. S. 3.

的感知与认识，置于客观历史时间之外，叙事中的时间与空间也就变成了超越时间的存在。因此，通过叙事被再现的过去，属于一个更高意义的观念，这就让叙事变成了一种观念—文学（Ideen-Literatur），其中未来作为一个时间维度也可以被再现。① 不仅如此，叙事同样也将听众牵扯进入这样的绝对当下之中。此时，叙事者无论如何相较于听众而言，都占据权威地位，为被叙事的时间赋予意义。这就让绝对的当下变成了一个封闭的美学意义上的时空，而叙事者则想要通过叙事行为寻求意识的跨界，成为一种更高层面的观念。这就不可避免产生悖论。事后叙事将先于叙事者存在的故乡作为必要的先决条件，但是对于科士尼格来说，他的故乡早已不复存在，而且他也没有可以作为证人的后继者。他之所以决定留在当地，退回到观察者和编年史家的位置上，是因为他根本别无他法。因此，告别传统的叙事方式，可以看作先验秩序失效带来的必然结果，同时也是主体有意识地放弃传统叙事结构中过去式时态的封闭性，转向属于日常生活的开放性，将注意力放置在当下在场的事物之上，捕捉存在发生的踪迹。

从这个层面上就能理解科士尼格为什么会遇到这样的场景："铅笔从我的手中掉落。我的故事没有办法继续

① 参见：Rorty, Richard: *Kontingenz*, *Ironie*, *Solidarität*. Frankfurt am Main: Suhrkamp 1989. S. 235.

下去了。”(NB, S. 236)科士尼格没有办法继续的正是史诗叙事,他不再追求全知视角,试图摆脱事后叙事带来的悖论,并最终确认他的叙事要停留在“断篇”的阶段。这种能够超越整体性的体裁,亦或是叙事方式[①],对于科士尼格来说是一个敞开的叙事游戏:“无论如何,有个想法忽然之间攫住了我,我的书可能就是一本断篇,而且这是合理的。而这也不是全部。它根本就不是断篇,而是在我还没有注意到的情况下被叙述完了。”(NB, S. 237)科士尼格在此处对于“断篇”的阐述虽然与早期浪漫派时期弗雷德里希·施雷格尔(Friedrich Schlegel)对于“断篇”作为一种文学体裁的论述相符,即断篇在一定程度上体现出了本体论层面上的矛盾,因为断篇本身是尚未完成的,因此也是属于未来的(Fragmente aus der Zukunft)[②],是以一种否定的形式来隐喻被遮蔽的存在本原。换言之,这种体裁并不是消极的虚无主义,也没有否认主体通过叙事行为认知世界的能力,而正因为这种体裁处于一种正在完成的过程之中,这才能让其在语义符号层面上保持开放性。正如科士尼格在叙述想象中的友人旅行的经历时一样,叙事呈现出同时性,友人在故事中扮演的角色是科士尼格自我的投射,这种模糊了时间与空间定位的叙事

① 参见:Adorno, Theodor W.: *Ästhetische Theorie*. 4. Auflage. Frankfurt am Main: Suhrkamp 1984. S. 221.

② 参见:Schlegel, Friedrich: *„Athenäums“-Fragment. Und andere Schriften*. Stuttgart: Reclam 2005. S. 78.

本身不具有系统性，也没有明确的发展方向。也就是说，科士尼格的断篇和阿多诺（Theodor W. Adorno）在《最低限度的道德：对受损生活的反思》（*Minima Moralia. Reflexionen aus dem beschädigten Leben*，1951）对于断篇的反思也是不谋而合的：一本完整的书——在科士尼格这里对应的正是“事后叙事”——往往都是对已经完结的状态的一种系统性反思，在认识存在和探索真理的过程中，往往会患有整体性强迫症，得出来的结论因此会是一种僵化的认知。而主体的反思本身在阿多诺看来是一种过程，本身不一定具有系统性，不一定指代的是进步与向上的发展。断篇的写作方式正好暗合了反思的这一特性：断篇可以极为有效地将理性与情感结合，把人的反思从绝对的理性化之中解放出来，避免理性走到最后像“事后叙事”一样出现自我抵消的尴尬局面。[①] 科士尼格的断篇也和阿多诺所述一样，不再把获得完整的自我认知作为叙事的目的，而是“将自己释放到新的世界之中”（NB, S. 240），关注当下时间中的日常事物，直面其中可能出现的矛盾与偏差，不断地进行自我反思，放弃了“对未来时间的道德层面上的要求”[②]。这同样意味着他也摆脱了“基本问题”带来的原罪。正如阿多诺所述，“应该忍受和

① 参见：Adorno，Theodor W.：*Gesammelte Schriften*. Band 4：*Minima Moralia. Reflexionen aus dem beschädigten Leben*. Hrsg. von Rolf Tiedemann. Frankfurt am Main：Suhrkamp 2003. S. 90.

② Bohrer，Karl Heinz：*Das absolute Präsens. Die Semantik ästhetischer Zeit*. Frankfurt am Main：Suhrkamp 1994. S. 152.

反思这悖论：多个文本通过其自身的存在就已经可以维护真理，但是作为单个存在的文本则不能——它们是，而且会一直是片段。"[①]先验秩序失去合法性已然是既成事实，由此产生的"基本问题"无法避免——主体无法获得对自我以及世界的整体性认知，主体在主客观时间的偏差之中无法实现自我存在，无法获得在世存在的立足点，因而陷入与世隔离的状态，最终成为漂泊无依的异乡人。这种如影随形的道德评判甚至成为汉德克笔下主人公，比如洛泽与科巴尔父子代际之间的遗传病。但是在转换认识世界和自我的方式，也就是说转换叙事方式之后，就完全可以摆脱这种原罪，因为这种对于在场与不在场的叙事游戏，对于存在悖论的反思过程本身就是个体存在的"最本真的道德"。（同上）

科士尼格摆脱对存在的整体性认知诉求，还体现在他对当下时间的纯粹观察："睁开眼睛，直视前方！我只剩下脚踏实地直视前方这唯一一种办法了。与我视线平行的是之前草原上房子的残骸。我的目光从不放松，绝不放松，绝不撒手，放弃所有的希望，也不再等待任何指示。"(NB, S. 237)"脚踏实地"并且"直视前方"，意味着科士尼格观察的立足点首先是当下时间。而且这个当下时间是自由的，不再受制于先验秩序，即"不再等待任何指

① Adorno, Theodor W.: *Gesammelte Schriften*. Band 4. *Minima Moralia. Reflexionen aus dem beschädigten Leben*. Hrsg. von Rolf Tiedemann. Frankfurt am Main: Suhrkamp 2003. S. 143.

示”。此时科士尼格作为观察者与《痛苦的中国人》中洛泽作为观察者之间有极大的区别：后者是作为一个旁观者，以外部视角来观察周围世界的，最终并没有真正参与到外部世界之中，反而将自身与当下时间隔离；而科士尼格此时则是通过这种纯粹的观察，介入到外部世界之中，与之发生具体的实实在在的联系。汉德克在《圣山启示录》中就已经对这种观察行为作出阐释，认为“神秘主义的图像[……]不是我真正想要的。”[①]洛泽的观察原本是介入外部世界的行为，但是到最后之所以被隔离在被观察到的世界之外，以至于丧失其阐释自我存在意义的权力，正是因为叙事者以外部全知视角观察周围世界，实际上仍旧在被观察的对象之上预设了一个超验意义系统。这就让叙事行为与观察行为产生时间偏差，因而同时扮演观察者与叙事者的主体最终陷入悖论。汉德克在《圣山启示录》(*Die Lehre der Sainte-Victoire*，1980)中谈及塞尚之时，认为理想中叙事行为的重点不是渲染情节与紧张氛围，从而让读者或者说听众能够根据自己的前见，对叙事内容的意义有一定的预判，而是纯粹地记录在日常生活中发生的事件，是一种与事件发生过程同时进行的共时书写行为。这种纯粹的记录并不需要借助外力来生成意义，反而比任何事物都更加地“轻巧、敏捷、充满发现与探索的

① Handke，Peter：*Die Lehre der Sainte-Victoire*. Frankfurt am Main：Suhrkamp 1980. S. 22.

乐趣”(NB, S. 412)。科士尼格认为通过这样的观察与记录,可以窥见尚未被“间接性(理论、历史和分析论)腐蚀影响[①]”的世界内部空间(Weltinnenraum),没有选择借助某个约定俗成的意义系统来接近事物的本质,并把这些原本互不相同的事物套进同样一个阐释模板之中,而是尊重并认可事物之间的差异,抛掉预设和模板,在接近和认识事物本质的过程中,获得可以持续的在世存在状态:

> 在这里,我不必借助科学的、宗教的、哲学的语言来理解这个世界的真实性,也不必依赖于瞬间的奇迹。对我来说,有些事情好像发生了,出现了,继续展示自己,而且这样的情况不是一个小时的事情,而是至少持续了一整年。对于我以及我的概念来说,它是存在的。它是在场的。(NB, S. 414)

所以说,科士尼格感知到的并不是不可复制的“瞬间奇迹”(Augenblickswunder),也不是一次性的神显时刻,而是一个事物存在状态持续变化的过程:事物退去附加于其上的概念,回归其本原存在状态。叙事者在感知到事物原初状态之后,将被感知到的事物记录下来,但是没有借助诸如科学的、宗教的以及哲学的语言一类先验的

① Strasser, Peter: *Der Freudenstoff. Zu Handke eine Philosophie*. Salzburg / Wien: Residenz 1990. S. 43.

意义系统来阐释其意义，并将之附加到事物原初状态之上。“它是在场的”这句话是用来强调科士尼格对事物的感知与观察，不仅是将代表该事物的图像通过语言记录下来，而且还触碰到事物的本质——原初状态。代表事物的图像——能指，和事物的本质——所指，在科士尼格的记录之中是同时在场的。所以说，科士尼格此时经历的当下，是可以被参与的，被事件填满，其意义也是可以持续的，科士尼格也因此重新找回对当下时间的所有权。科士尼格在叙事之时对于当下的强调和重视，并不意味着他对未来心灰意冷，决心放弃作为时间类别的“未来”①。虽然说科士尼格是通过记录将事件发生经过，放置在一个持续的现在，但是这个现在与上文所述的绝对的当下有所不同。因为这里的记录并不是对发生在过去的事件的机械性重复，不是对过去的精密准确的回忆，而是将主体此时此刻的“感受”(Empfindung)记录下来。这里所说的“感受”指的是上文《真实感受的时刻》中，主体通过语言为其感知到的当下时间在场，但是却零散的表象赋予次序。共时书写与观察感受同时发生，叙事者书写记录的正是事物随着时间自由变化的过程，是对当下存在状态的认知。因此只要主体仍然在观察和书写，这种意义的在场性就能够得到延续。

---

① Bohrer, Karl Heinz: *Das absolute Präsens. Die Semantik ästhetischer Zeit*. Frankfurt am Main: Suhrkamp 1994. S.143.

总的来说,《无人湾》中科士尼格的叙事转向主要体现在以下三个层面:第一,科士尼格借助偶尔才能得到的只言片语,讲述他几位朋友的旅行经历,将原本发生在不同时间不同地点的事件,通过想象力塑造成科士尼格本身可以参与的、同时发生的当下事件。被叙事的时间就脱离了对过去的重复与模仿,变成一个与叙事行为同时发生的事件,极大地拓展了科士尼格对当下时间的体验。第二,这七位朋友的故事被科士尼格放到了类似的结构中叙述,在科士尼格的想象世界中成为他进行自我反思与追求存在意义的投射。这种对于意义的追求过程在叙事中以开放性的断篇形式出现,不再将对存在的整体性认知作为叙事的终极目标,而是把中心放在关注事物当下时间的变化过程。叙事过程中的时间就摆脱了额外附加的伦理层面的隐喻,呈现出一个敞开的状态。第三,叙事者认识世界和介入外部世界的方式不再是简单地模仿先验秩序的符号,而是在“观察”和“感受”外部世界的同时,完成叙事与书写的过程。主体正是借由这一行为参与和履行当下时间。那么这种新的叙事形式——断篇——究竟在何种程度上可以让主体在叙事中摆脱绝对当下的困扰?按照科士尼格的说法,叙事的语言需要与世界的物质相称,只有这样才能让这个世界重新运动起来。(参见 NB, S. 609)换句话说,叙事形式的改变关键点是叙事语言的变化。那么究竟是什么样的叙事语言才可以表达事物的本质?所谓“让世界重新运动起来”,说的其实是科士尼格认为这种形式的叙事可以让叙事主体摆脱时间的囚禁。那么从何种层面上讲，这样一种叙事可以改变主体的主观时间感受？

## 3.2 叙事语言的尝试与对叙事完整性的反叛

根据上文分析可知，《无人湾》一文虽然在叙事上与汉德克80年代及其以前的文本有明显前后承继关系，但是文中对叙事方式的新探索，是区分它与汉德克早期作品的关键，并且成为探究汉德克后期诗学的寓言式的关键性文本。[①] 汉德克在这个“生前遗作”（Nachlass zu Lebzeiten）[②]中，不仅以一种基础诗学（Fundamentalpoetik）的形式对其从60年代到90年代的作品做出调整[③]，而且还讨论了这样一个问题：断篇是如何摆脱对完整性的妄念（Ganzheitswahn）（NB, S. 47）和神秘主义的影响？又或者可以将这个问题转述为：叙事主体如何在断篇的开

---

① 参见：Hummel, Volker Georg: *Die narrative Performanz des Gehens. Peter Handkes „Mein Jahr in der Niemandsbucht“ und „Der Bildverlust.“ als Spaziergängertexte*. Bielefeld: Transcript 2007. S. 62f.

② 同上，S. 126.

③ Wagner, Karl: *Die Geschichte der Verwandlung als Verwandlung der Geschichte. Mein Jahr in der Niemandsbucht*. In: *Moderne, Spätmoderne und Postmoderne in der österreichischen Literatur*. Hrsg. v. Dietmar Goltschnig, Günther A. Höfler u. Bettina Rabelhofer. Wien: Zirkular 1998. S. 205－217. Hier S. 206.

放性中拥有并履行时间(参见 NB, S. 622)? 而如果要回答这个问题,首先就需要分析科士尼格对叙事语言的尝试。

科士尼格想要达成的断篇式叙事,是指叙事主体通过想象力,在观察事物的同时,书写事物敞开自我展现其本原状态的过程。科士尼格或者说是汉德克认为,语言应该有能力展示事物的本质。这种语言的词汇不能包含普遍化的归类与预先设定,因此也就不受形而上学的意义书写的影响;另一方面,这样的词汇指涉的对象是当下,是事物向主体敞开,并将其本质通过语言传达出来的当下。借由这种语言完成的叙事就是独一无二的叙事,这即是"重构诗人的灵韵"(Re-Auratisierung des Dichtertums)的过程。① 但是《无人湾》中,科士尼格并没有陷入语言神秘主义,也没有表现出对语言的绝对质疑,而是试图寻找一种合适的语言,用来表达叙事主体所观察到的世界本质。

这种对叙事语言的尝试,首先表现在科士尼格对《学说汇纂》(*Pandekten*)的研究。他把其中用来编撰罗马法典文本的语言,作为梳理自身叙事的一个可能奏效的语言模板。科士尼格最初是把法典之中构成法条目录的条件句,作为写作时可以模仿的样本。他找到了一种与"法律语言相平行"的、属于他自己的、冷静的叙事语言。这

---

① Gottwald, Herwig u. Freinschlag, Andreas: *Peter Handke*. Wien: Böhlau 2009. S. 84.

种语言“简明扼要，且能与事物保持一定距离，术语概念十分有限”(NB, S. 127)，极大地降低了科士尼格叙事的困难。不仅如此，在阅读法条的过程中，科士尼格也感到他自己的状态发生改变，法条代表着“秩序、有条理地叙述、令人头脑清晰，因而能够释放和清除混乱”，所以才能够带着科士尼格走出“毫无形态(Formlosigkeit)”(NB, S. 130)的状态。为存在赋予“形态”意味着为其赋予秩序，这是科士尼格介入外部世界或者说为当下时间创造意义的过程，和《真实感受的时刻》中科士尼格的暴力游戏与《痛苦的中国人》中洛泽的叙事游戏目的一致。科士尼格一章接着一章拼写法条的过程，就像科巴尔在《去往第九王国》中拿着哥哥的词典拼写陌生的斯洛文尼亚语单词一样，“困惑与黑暗”(NB, S. 129)也从科士尼格的世界中消失了：

> 法条能预见事物的每一个反转，这样的话，我就不再有陷入混乱的危险了。虚幻——在我的眼中没有什么比这个更具有灾难性了——化为乌有。这是一部可以滴水不漏地划分归类罪与罚的法典，不仅仅能维持秩序。我在阅读它的过程中还觉得，这样的法典可以将原本分崩离析的世界组合成整体，并向其致敬。(NB, S. 130)

阅读这本由查士丁尼大帝于公元533年颁发的法

典，让科士尼格的世界得到了“解放、扩大、变得完整，甚至还能自我补充”（同上）。这是因为法典本身具有规范性与合法性，可以让科士尼格混乱的世界归为秩序，清除了他的困惑与迷茫，给了科士尼格摆脱自我隔离状态的方法，拓展和补充科士尼格感知到的世界。此外，他还重新找到借由陌生文本——法典——回归图像本原的道路：法典的概括性和普遍性的文字让科士尼格回想起他出生的那个小村庄（参见 NB, S. 131），即回到语言的童年。但是科士尼格依据法律语言进行的叙事，虽然可以在一定程度上能够为他的存在状态提供秩序，赋予形态，但是与他在叙事之梦中想要的“不拐弯抹角，不受任何限制和质疑”（NB, S. 136）的叙事相去甚远。模仿拉丁语法典语言的叙事，虽然可以清除语言上的困惑，给出叙事的秩序与方向，也不排除对出生地的溯源与考古，但是法典能做的是预见事物发生的拐点，将其进行分类。而科士尼格作为法典的模仿者，也就成了一位“归类者”（Katalogisierer），而这种归类的前提仍旧是先验秩序的在场，而这种在场正是叙事自我的内在敌人（参见 NB, S. 126）。法典语言的治愈救赎能力与危险相伴：

> 法典不会遗漏任何事实的可能性，虽然第一个法条的变体之后还会有另一个，也不会允许遗漏任何一个。否则的话它就不再是一部法典，甚至也不再是一部接近事件本质的法律文件了。因此

> 我尝试在叙事的过程中讲述每一个细节的时候，不断地添加新的变体，尽可能地把所有在我看来属于这个事件的方方面面都添加上去。就好像只有这样，我才能在叙事的时候符合事物的本质。(NB, S. 128)

所以说，科士尼格如果以法典作为叙事的语言模板来说明事物本质的话，他就不得不在叙事的过程中，不断地增加不同的角度与细节，直到语言能够完整地表达事物的全貌。这种强迫式的完整性，会让科士尼格原本“想到哪儿讲到哪儿的叙事形式(Dahinerzählen)变成一种列表式的叙事”(NB, S. 126)。而这种有固定预设模板的叙事形式，正是科士尼格想要摆脱的叙事方式。因为故事的完整性，或者说试图一次性将全部内容囊括进去的强迫式叙事行为，正是汉德克70年代与80年代作品中叙事尝试失败的主要原因。主体试图通过叙事来把握和认识事物的全貌，本身就是一种妄念。最终会像洛泽一样陷入到绝对的当下之中，其主观时间依旧被暂停，意识与行为之间依旧存在时间差。法条中的语言虽然能够给科士尼格提供秩序，给他一个定位，但是排除了发现新事物的可能性，或者说否定了发现某个事物的新层面的机会。这就不可避免地导致机械性重复。所以，法律条文中的语言会把被叙述的对象从客观时间变化中提取出来，放置于绝对的当下状态。

法条中的语言不足以“实现在此存在(das Hiersein)”[①],也不足以在诗学层面上通过语言表达当下与在场性,同样也就无法满足读者有意识地在阅读的过程中参与当下的目的。能满足这个目的的理想状态中的叙事,是科士尼格梦到的与世界、与读者一同参与的开放式的叙事(参见 NB, S. 135),这种叙事不仅包括作为主体的叙事者要摆脱法条中对整体性的强迫式追求,打破自我的界限,还意味着叙事者随时随地准备好参与到被叙述的事件当中。叙事是叙事者参与当下的行为,不仅涉及推动事件发生,还包括维持事件的进展。这样的话,仅仅是有距离地观察这个世界,并且粗略地描摹这个世界是远远不够的。科士尼格想要成为“一位纯粹的强大的观察者”(NB, S. 415),他认为自己不应该置身事件之外,而是要成为一位行动者,介入事件的发展,甚至改变这个世界。汉德克在访谈中提到,作为行动者的观察者是对他者存在的认可,但是他不是为了将他者据为己有,而是积极主动地伴随着事件的发展。这种观察,可以“让人做好准备,或者:改变世界!”[②]从这个角度上讲,观察者存在的意义在于,通过注视“推动”(NB, S. 33)这个世界的变化,确保自我与世界达成和解:

---

① Handke, Peter: *Gestern unterwegs. Aufzeichnungen November 1987 bis Juli 1990*. Salzburg / Wien: Jung und Jung Verlag 2005. S. 299.

② Peter Handke, Peter Hamm: *Es leben die Illusionen. Gespräche in Chaville und anderswo*. Göttingen: Wallstein 2006. S. 32.

> 某个特定的观察者难道不也是一个可能的主角吗？我之前难道没有发觉，在我注视他者的时候或者说他者反过来注视我的时候，观察这一行为是如何发生在暴力行为之前的？是如何释放怒吼的？是怎样鼓励传球？又是如何把不正经变得严肃，打破幻想虚妄，带走抑郁悲伤？（NB, S. 30）

在此处可以看出科士尼格对观察者视角的反思：究竟是应该以一个外部视角去追求对事件的完整性认知，还是说以一个行动者的身份介入其中，完成叙事？汉德克在《昨日在路上》(*Gestern unterwegs*, 2005)一文中提到："就像针对丧失图像的叙事态度——这本身就是值得叙述的——在我的心里逐渐变得清晰（就像是刻在我的身上一样）：像一个陷入冲突的编年史家——他[叙事者]到底是想成为纯粹的编年史作者？还是同时想作为一个行动者参与其中？"[①]但是叙事的过程逐渐证实了《无人湾》在一开始就提出来的假设：编年史家的语言并不能完全地反映出他"自身的参与甚至是与事件之间的因果关系"（NB, S. 31）。因为到最后，简单地将发生的事件登记造册，放入预先设定好的规则秩序之中，并不介入和参与事件的发展（参见 NB, S. 415f），很容易让叙事陷入

① Handke, Peter: *Gestern unterwegs. Aufzeichnungen November 1987 bis Juli 1990*. Salzburg / Wien: Jung und Jung Verlag 2005. S. 235.

绝境与悖论之中。“每当我以一种疏远的态度去记录事件的经过，并为其作证的时候，我的叙事甚至在第一句话的中间就开始发生畸变，转化成为一个好像是过早开始的叙事，或者说是叙事流水线（Erzählerei）”（NB，S. 418）。汉德克早在《试论点唱机》中就已经把这种预设状态下的叙事和强迫式的感知，看作对史诗向往的反面表征。[①] 换言之，单纯以一个局外人的视角去观察和记录事件，并将其套入一个预设的秩序之中的叙事行为并不能或者说并不适合表达被感知事物的本质。

> 编年记录与我在最深沉的梦境彼岸理解领悟到的不相符：编年记录不合乎人性。只有当这些事实，这些成千上万的堆积在一起的、让人盲目的事实可以自我澄清，并获得语言之眼（Sprach-Augen），一一展现在我的眼前的时候，我才算是摆脱了编年史作者的身份，走上了一条好的、史诗的道路。贫穷匮乏的生命在这个时候才会变得富有。所以尽管有这样那样的事情发生，我依旧会虔诚地笨手笨脚地跟在这个梦想身后，继续围绕着这个梦中出现的史诗努力。（NB，S. 418）

科士尼格此时已经认识到，编年史的语言就其自身

① 参见：Handke，Peter：*Versuch über die Jukebox*. Frankfurt am Main：Suhrkamp 1990. S. 73.

而言,也是被预先设定好的,因而也就不能完全地表达事物的本质。而只有当被感知到的事物拥有自己的“语言之眼”,也就是说可以借助语言来表达自身的时候,才能说这个语言是符合事物本质的语言。所以说科士尼格的所有努力,都是为了找到这种可以呈现事物本质的语言,因为叙事是不可能完全脱离在主体之前存在的符号象征秩序,而走上一条纯粹的诗学之路。“一个行为之所以说是可以被叙述的,其根本还是在于,这个行为本身可以借由符号、规律与规范表达自己,换言之,可以借助象征物间接地传递自己的本质。”[①]语言本身是由符号构成的,不论是法条的语言还是说编年史的语言,都不能忽略这一事实。此外还必须要注意的是,在叙事的过程中,通过想象拓展的当下体验,也就是说叙事过程的“好像”(Als-ob),其目的也是为了将单个的行为或者说互相独立的被感知到的事物组成一个有意义的整体。这是一种构型(Konfiguration),也即是利科意义上的情节安排(Fabelkomposition),会不可避免地要求时间的整体性,因为叙事的情节(Fabel)需要一个最终定论的节点,以便于故事可以作为一个整体,在故事结尾的时候满足读者或是听众的期待。[②] 但是《无人湾》中的叙事并没有给出最后的节点。正如上文所述,叙事之夜虽然结束,歌者伊

① Ricœur, Paul: *Zeit und Erzählung. Band I. Zeit und historische Erzählung*. München: Wilhelm Fink 1988. S. 94f.

② 同上书,S. 107f.

曼纽尔的叙事才刚刚开始。也就是说，叙事也不一定非要有一个最终用来盖棺定论，让被叙述的事件和时间完全成为过去的终点，也可能是一个开放性的结尾。这种矛盾性是对于情节安排的质疑。科士尼格认为："是不是可以这样认为，现如今这个世界其实已经没有什么故事可讲，只剩下强迫式叙事了？"(NB，S. 418)科士尼格在通过这句话质疑主体究竟是否还有机会或者说能力来叙事，利科也提出过同样的怀疑："现在，主体个性的不完整，意识层面、潜意识层面与无意识层面的多样性，蜂拥而来的不可言说的愿望和那些只能意会不可言传而且会快速消失的感觉，让人产生兴趣。在这里，作为概念的情节好像最终被消耗殆尽了。"[①]情节是通过起承转合来塑造故事的发展，故事的中段必然要发生命运的转折。但是《无人湾》中作为行为的叙事并没有安排这样一个固定的结尾。借助语言实现的叙事，其本质上属于一个象征符号系统，可能会变成一个遵循预设情节安排的叙事流水线，最终与主体叙事的目的相悖。但是这种含有悖论的叙事在科士尼格看来依旧是含有希望的，"这是我参与世界的方式，参与世界对我来说已经是足够如音乐般美好，而叙事就是参与的音乐。"(NB，S. 418)科士尼格最后放弃追求情节的完整，失去对整体性的把握，这在汉德克早期的文本之中被当做叙事者存

① Ricœur，Paul：*Zeit und Erzählung. Band II. Zeit und literarische Erzählung*. München：Wilhelm Fink 1989. S. 18f.

在危机的表现，但是在《无人湾》中并没有被看作绝对的遗憾，而是被视为一种进步。[①] 科士尼格的叙事不是为了实现对事物本质的整体性认知，而是为了在叙事的过程中让事物展现自己的本质，这种叙事的形式可以是围绕某个事物讲述，也可以只是略微提及，或者通过叙事让人联想起某个事物，等等（参见 NB, S. 418）。不论是对乌托邦未来的承诺，还是对无法弥补的过去的幻想，都不再是科士尼格叙事的目的和诉求。叙事的过程不应该是一个整体化的结果，而是强调其整体化的过程，是一个“在期望视野、已然发生的事件的影响和不合时宜的当下中发生的事件之间不完美的调解成果”[②]。这种叙事就变成了一个可以将读者牵扯进来的变化过程。文本最后提出的问题：他没来吗？——可以被看作对读者直接的询问，是为了引起读者的回应与反思。此时可以认为读者在阅读的过程中也参与到自身所处的当下。从这种意义上来说，读者不是叙事者必要的后继者，而是情节安排的推动者。叙事的同时性体现在，读者在阅读的过程中，同时也会思考，确定的结尾对于叙事来说不是必要的。读者与叙事者被同时置于叙事的转变过程，这个问题让读者自省的同时也让读者的当下处于转变之中。读者的当下不再是一个

① 参见：Welsch, Wolfgang: *Topoi der Postmoderne*. In: Hans Rudi Fischer, Arnold Retzer, Jochen Schweitzer: *Das Ende der großen Entwürfe*. Frankfurt am Main: Suhrkamp 1993. S. 35 – 55. Hier S. 35ff.

② Ricœur, Paul: *Zeit und Erzählung. Band III. Die erzählte Zeit*. München: Wilhelm Fink 1985. S. 401.

封闭的、已经预设好结果的时间，而是可以参与的、悬而未决的变化过程。从这个意义上讲，不论是作为叙事者的主体还是作为读者的主体都走出了被暂停的时间。

科士尼格对法典以及编年史家的语言进行尝试的过程，可以理解为对不同叙事方式的探索。需要注意的是科士尼格之所以选择法典以及历史作为叙事语言模板，主要还是因为他与《痛苦的中国人》中洛泽一样，都想要借助叙事在宏大叙事失效的情况下为自身的存在立法。所以这两种模式的语言都在一定程度上有利于科士尼格理清其混乱的存在状态，为其提供一定的秩序。但是这两种语言模式下的叙事都以获得对事物的整体性认知为目的，要么为叙事预设了一个需要在未来才能实现的完整性认知目标，要么以主体已经经历过这个事件为前提，仍然会回到事后叙事的悖论，最终将主体隔离在其存在的当下时间之外。所以说科士尼格的问题——究竟什么样的语言才能实现他的叙事——其实是对叙事方式的讨论与反思。而能够让科士尼格真正参与和履行当下时间的叙事则是一个通过想象在语言之中呈现事物存在发生过程的断篇。

## 3.3 想象与日常生活的共时书写：被履行的当下与语言的正义

### 3.3.1 叙事之争：对存在的考古与对当下日常的关注

如果说科士尼格对叙事语言的追逐可以理解为对叙

事方式的探索，那就需要将《无人湾》中汉德克借由科士尼格的视角对80年代叙事策略的反刍，作为讨论的对象。这种反思主要体现在科士尼格与他的另一个自我——《去往第九王国》中的科巴尔，但同时也是他的七位友人之一——之间的争论。首先需要注意的是，文本的表层是在反思两人之间的友谊，但是这种讨论在两人争论诗学原则的时候退为背景。菲利普·科巴尔与格雷高尔·科士尼格之间生平与意识形态立场具有高度一致性[①]，这种一致性让两人成为双影人，或者说是同一个人的不同位面。“尽管他比我高，还比我壮，声音也比我更加有力，皮肤与头发的颜色也比我的更加明亮，但是许多人仍旧会把他和我搞混。”(NB, S. 89)不仅如此，科巴尔来自瑞蔻拉赫(Rinkolach)，这正是科士尼格童年家乡附近的村庄。科士尼格将这位来自邻村的作家看作他写作上的接班人，他认为科巴尔的写作较之自己的写作“更加生动、大方、热烈、有声有色”(同上)，不仅如此，科士尼格甚至还在试图劝解渗透科巴尔早期作品的“这许多负罪感以及妄自菲薄”(NB, S. 90)。但是在科士尼格隐居于无人湾，反思叙事，尝试新的叙事形式时，两人之间的共同体发生分裂：科巴尔不再将科士尼格视为朋友，他认为科士尼格只是因一时

① 参见：Parry, Christoph: *Der Prophet der Randbezirke. Zu Peter Handkes Poetisierung der Peripherie in Mein Jahr in der Niemandsbucht*. In: Heinz Ludwig Arnold (Hrsg.): *Peter Handke. Heft 24*. 6. Aufl. München: Ed. Text + Kritik 1999. S. 51 - 62. Hier S. 58f.

之意气才会离开自己的“出生地”(Ursprungsgegend),在国外安家定居。而且在科巴尔看来,科士尼格选择归隐的地方,怎么看都是完全没有必要的,更别提可以用来写作了(参见 NB, S. 91)。

由此可见,汉德克是要通过科巴尔与科士尼格两人之间的争论,来表现写作方式的两个极端:一方面是对存在源头的考古;另一方面是对当下世界的敞开。《无人湾》中并没有给出两者之间的过渡地带,没有提供可以囊括这互相排斥的两个极端的方案。科巴尔之所以会对科士尼格有强烈的不满,主要还是因为他一直觉得,写作只有讨论自身的来源出身、童年的神话传说与童年的风景时,才能算是合理、合法、合情的。但是科巴尔认为,科士尼格的文章只是为了主体能够模仿日常生活中感知到的事物,并将之永久保存,流传下来。所以哪怕科士尼格其实也在叙事中提到那些不仅是“极为有生机的、多样化的”,而且与出生地极为相似的空间,这些在科巴尔的眼中还是不够的。在《去往第九王国》中,科巴尔用叙事来召唤斯洛文尼亚关于第九王国的神话,这在他的眼中才是写作的主体与写作对象之间真实可信的联系。因此对于科巴尔来说,科士尼格逗留隐居的法国巴黎正是这种神话的反面,最多只能用来写一写日记或者说做一做记事(参见 NB, S. 95)。法国,尤其是巴黎,作为现代社会启蒙与个性化的典型代表,正与科巴尔所体现的审美神秘化形成鲜明对比。这个空间中的居民并没有形成一个

“互相联系的故事”，因此也就完全不适合科巴尔的神秘主义叙事，也就无法发展成为一个可以流传下来的、用来构建基础世界观的价值意义系统。所以科巴尔认为在这个基础之上完成的叙事，其结果甚至都不能称为一本书。因为这个空间并不是叙事者的出生地，叙事者对这个空间来说是个外乡人，因而科士尼格的叙事在科巴尔看来根本不具备合法性。

> 在他[科巴尔]看来，互相描述、叙事，或者说被我这样一个无缘无故到此处旅行的人讲述或者描画，完全都是在插手他人的事物，是一本既不合理也不合法的书：里面全是一些事先未经询问过的东西，此外还有一些像梧桐、雪松、竹丛，甚至还有无花果树与棕榈树之类的。(NB, S. 94)

科巴尔针对科士尼格叙事的批判重点如下：科士尼格没有履行自己的义务，没有在书写过程中将自己定位在童年时代所处空间。科巴尔意义上的义务，是语言层面的，这一点汉德克在《重复的幻想》一书中表达得非常清晰：“忠于你童年的语言；其他任何一个词汇都可能是虚假的。”[①]所以，在《去往第九王国》中，科巴尔才会认为，在叙事之中谈

---

① Handke, Peter: *Phantasien der Wiederholung*. Frankfurt am Main: Suhrkamp 1983. S. 34.

及不属于叙事者出生地的事物，是实实在在的冒犯，像夹竹桃、柏树、月桂树与棕榈树之类的词汇都不应出现在他自己的叙事之中，因为科巴尔“从未在这些词所描述的环境中长大”[①]，这些词并不属于他的出生地。但是，《无人湾》中，科士尼格的叙事里有不少这些被科巴尔看作“介入他人事物”的词汇与描述，所以使用这种词汇来叙事的科士尼格，在科巴尔看来就是一个局外人。科巴尔对科士尼格叙事层面的批判在呼吁他重新回归古老的民族时达到高潮：“如果还有时间的话，请你加入我们，完成共同的斯洛文尼亚连祷。这会让你的内心深处体验到前所未有的震撼，一种可以与聆听《圣经·诗篇》《奥德赛》和复活节的钟声时才会体验到的震撼。”(NB, S. 96)科巴尔将属于童年出生地的连祷与《圣经》、史诗巨作与神的宣告相媲美。但是科士尼格很明显选择了另外一条路：他对日常生活的关注，并不是一个从一个外部视角对被感知到的事物进行模仿与重复，而是对于当下时间的共时书写(Mitschreiben der Gegenwart)，为的是发掘“日常生活中的童话”，通过诗学的方式向“生活中未曾见过的事物”致敬。[②]

难道没有可能出现以下情况：神话依旧有效，但

---

① Handke, Peter: *Die Wiederholung*. Frankfurt am Main: Suhrkamp 1986. S. 253.

② Handke, Peter: *Gestern unterwegs. Aufzeichnungen November 1987 bis Juli 1990*. Salzburg / Wien: Jung und Jung Verlag 2005. S. 525f.

是却被扭曲、被损坏、以至于堕落了？这些神话只会让我感到困惑，为了不让它们变得危险，或许我想最终摆脱这些神话的影响，让它们消失。为什么不用日常的记录、统计簿和表格呢？是的，有时候我会认为，那些传说在远方依旧有吸引力，但是事实证明这些传说的本质是没有出路的迷宫。所以相对来说，我还是想要实现这个单纯的当下，实现属于此时此刻的这一天，实现这个远离神话的时刻，用编年史家的语言（Chronistensprache）来把握和陪伴当下；并彻底湮灭我对神话的渴望。（NB，S. 99）

如果说科巴尔在《去往第九王国》中的叙事行为是在对图像与叙事的纵向考古，那么科士尼格在《无人湾》中就是在实现日常生活的深度挖掘。放弃神话中的形象，同时也意味着转向叙事主体日常生活空间中在场的事物，比如郊区的黑莓、黄头蜻蜓与大黄蜂。汉德克在《昨日在路上》中，将这种完全沉浸在当下的状态描述为一种天堂般的状态。[①] 此时，叙事者终于摆脱丧失脚踏实地状态的负罪感，摆脱了失去家园的永恒之罪，不再需要被迫在写作中重复被称为故乡的存在起源。在《无人湾》中，棕榈树不再是科巴尔眼中的异域象征，而是成为了告别童年状态的标志。

---

① Handke，Peter：*Gestern unterwegs. Aufzeichnungen November 1987 bis Juli 1990*. Salzburg / Wien：Jung und Jung Verlag 2005. S. 505.

> 我总是不停地去棕榈树下寻找当下(Gegenwart),只是去找回当下。然后我觉得,似乎是从光与夜的基本材料中产生了物质实体,穿过多层的互相重叠的扇叶棕榈树,变得极有韵律,不是因为有风吹过,而是伴随着在我的视网膜上不断出现的双重图像与互相重叠的叶子一起有节奏地运动。即使没有风,整棵树也在疯狂地闪烁:"爵士树",我当时曾这样想。(NB, S. 581f)

科士尼格在此处用"爵士树"来指代棕榈树。这里涉及的能指与所指的关系,绝不是科巴尔所说的那种回归到语言本质起源的语言系统。科士尼格在当下感知到棕榈树的存在,观察到棕榈树的物质形态和它的存在状态,此时棕榈树也向科士尼格敞开自我①,展示它的本原存在——以"爵士树"的形态。用"爵士"与"树"的合成词来

① 汉德克意义上的"敞开"这一概念来自荷尔德林。汉德克在访谈中这样说道:"敞开状态——这是荷尔德林的一个表达,我并不想滥用——我直接把这个概念据为己有了。"(Handke, Peter u. Gamper, Herbert: *Als ich lebe nur von den Zwischenräumen*. Zürich: Ammann Verlag 1987. S. 109. 相关表达同样也出现在 S. 29, 128, 129, 138, 140, 223, 254。对应的概念出现在荷尔德林的《乡间行——致兰道尔》(*Der Gang aufs Land*)和《面包与美酒》(*Brot und Wein III*)等作品之中。但是汉德克并没有从浪漫派的角度来说明这一状态和概念,而是将之和现象学层面上的观察放在一起,指的是主体在观察外部事物的过程中出现的"意识报道"(Bewusstseinsreportage),强调的是主体的体验,即单独的事物在不受任一意义附加以及与他者之间的关联性影响的情况下展现其被遮蔽的本质。(参见:Pütz, Peter: *Peter Handke*. Frankfurt am Main: Suhrkamp 1982. S. 10.)

描述棕榈树，是科士尼格独有的表达，表明此时他并没有受到前见的影响，而是在观察棕榈树的同时，通过语言捕捉到棕榈树向其展现自我存在的结果。这种状态下，不仅科士尼格抛弃先验秩序对他认知的影响，棕榈树也摆脱了先验秩序对其附加的意义。双方在“爵士树”这一语言层面的表达中相遇，因此叙事主体能够触及事物的本原存在，而且能够理解事物所展现的本质，与之建立联系。汉德克在与彼得·汉姆(Peter Hamm)的访谈中，把这种纯粹的观察描述为一种改变行动，是接近上帝的一种行为。[①] 主体通过纯粹的观察，在不需要回溯至出生地的情况下，重新建立个体与世界之间的联系。棕榈树通过自己的形态向科士尼格展现了自己的本质，而科士尼格在当下感知到的不仅是棕榈树的形态，还包括棕榈树向其传达的本质。所以说，“爵士树”代表着此时此刻能指与所指的统一，在这个当下，科士尼格与被感知到的事物都是完全在场的。科士尼格找到了公正合理的语言来表达事物的当下性。主体与世界之间的隔离也因此消弭于无形。科士尼格的当下，不再只是对不可追的过去的一种虚无的重复，而是一个存在发生的时间点。

因此，叙事者不需要非得回到故乡，对童年的语言保持忠诚，他仅通过这种纯粹的观察就可以参与当下。而

① 参见：Handke, Peter u. Hamm, Peter: *Es leben die Illusionen. Gespräche in Chaville und anderswo*. Göttingen: Wallstein 2006. S. 32ff.

且这种参与不同于主体在顿悟时刻中被动邀请进入世界的状态，因而也就不需要通过暴力手段来确保通向世界之路的畅通。在叙事的过程中，主体也不需要一个全知视角，叙事者与听众之间的平等关系就有了保障。这是一种主动参与世界的行为，一方面指的是“观察、接受并沉浸献身”(NB, S. 53)这一过程，另一方面还涉及对当下通过想象进行构建的过程。引文中，哪怕没有风的情况下都在疯狂闪烁的“爵士树”，正是作为叙事者的科士尼格对于当下的构建：这一描述是为了加强在场的叙事者对当下的感知，并增强事物的真实感，使其成为自我的一个“内化图像”(Inbild)①。科士尼格在草原上房屋残骸中找到的西班牙语版本的格林童话同样也在强调叙事中想象力的作用。正是叙事的想象空间加强了主体的当下性体验。科士尼格在解读赫拉克利特的拉丁语文本与荷马《奥德赛》的希腊语版本之后，认为他已经准备好清醒地参加“日常活动”(Tagesgeschehen)，而且被放置于“时间的中心”(NB, S. 202)。汉德克早在《去往第九王国》与《作家的一个下午》(*Nachmittag eines Schriftstellers*, 1987)中谈及想象的作用时，认为诗学想象的潜力主要在于创造回忆的空间，让互相矛盾的感知图像可以大体上融合成为一个整体。虽然从构建自我这个角度来说，《无人湾》

① Handke, Peter: *Am Felsfenster morgens (und andere Ortszeiten 1982 – 1987)*. Wien / Salzburg: Residenz 1998. S. 436.

遵循汉德克80年代的诗学原则，但是回忆、感知与想象之间的关系在《无人湾》中，不是为了给发生在过去的经历和体验寻找总结互相之间的关联，更多的是为了让主体有意识地体验当下，在不参考神话等超验意义系统的情况下，让当下这一时刻生产意义。所以说《无人湾》中科士尼格追求的叙事不是为了在整体之中为自我或者事物寻求定位，而是要以细节和个体的形式来表达世界（参见NB, S. 241），保留单个事物之间的差异。[①]

需要注意的是，虽然说科士尼格不再借助外部超验价值系统来阐释自我存在的意义，摆脱了"观念"的统治，转向当下，但是《无人湾》中主要时态依旧是过去时。但是这个过去时并不意味着，科士尼格通过叙事将过去发生的事件通过语言再现，使其脱离时间的变化，而是对当下的肯定：科士尼格用过去时来描述的时刻，正是事物向主体敞开自我，展现其本原状态变化的过程，而这个过程与叙事者完成叙事行为是同时进行的。不论叙事者用何种时态来阐释这个时刻，在这个时刻中，能指与所指都是完全在场的，主体所体验的正是时间的当下性。而这个当下性可以借助语言保存下来，则说明主体克服了瞬间时刻对意义的否定。

从《圣山启示录》开始，汉德克就在尝试将作家塑造

---

① 参见：Hensing, Dieter: Peter Handke. *Auf der Suche nach der gültigen Form*. In: Anke Bosse, Leopold Decloedt (Hrsg.): *Hinter den Bergen eine andere Welt. Österreichische Literatur des 20. Jahrhunderts*. Amsterdam / New York: Rodopi 2004. S. 235 - 254. Hier S. 249f.

成为一个可以协调写作过程的权威，而这个作家同时又是故事中的行为角色。但是《真实感受的时刻》中，科士尼格仅仅是叙事的开端，预示着写作过程的开始；而《痛苦的中国人》中的洛泽与《去往第九王国》中的科巴尔则扮演了一个狂妄的角色，试图将他观察到的所有事物以一个整体的形式叙述下来。《无人湾》中的科士尼格则是一开始就扮演了一个清醒的作家角色，能够明确地讨论与研究他究竟该如何写作以及到底该写什么："现在是由我——一位作家——来作出决定；如果非要问我是什么，那我是一位作家。"(NB, S. 435)所以科士尼格写作的一大部分都是他作为叙述者反思自己的作品、他的过往以及其当下的经历。他没有像上文提到的洛泽与另一位科士尼格一样，选择进行一场真正的旅行，而是开始观察与记录日常生活。因此，《无人湾》中对于写作空间转变的讨论，就可以理解为汉德克在90年代文本中做出的叙事策略转变的尝试：叙事者不一定非要回到自己的出生地才能对自己的存在状态进行考古，也不一定非要在一个神秘主义的顿悟时刻中找寻事物之间的联系，达成自我与世界的和解。那叙事主体究竟需要什么样的空间，才能实现自我存在，才能在保持世界敞开状态的同时，实现叙事与现实之间的联系？

### 3.3.2 叙事的空间：自然与日常生活中的想象

如果将叙事者可以参与的当下看作被满足的充实

时刻的话，那么这个时刻必然是叙事中生动鲜活的时刻。那么这个“当下”的空间必然不可能是书房里的“逼仄空间”(NB, S. 234)，也不会具有“例外性与排他性”(NB, S. 232)。写作本身必须首先以“日常生活为基础，为其服务，以日常生活的行为举止与语言习惯为准”(同上)。科士尼格在开放自由的自然中寻求叙事之道，其日常性(Alltäglichkeit)成为科士尼格叙事的对象，而这种对于日常生活的叙事也极大地拓展了科士尼格自身作为作家的存在维度。汉德克在与克劳斯·卡斯特贝格(Klaus Kastberger)和伊丽莎白·施瓦格勒(Elisabeth Schwagerle)的访谈中是这样描述这种写作过程的：

> 我此前从未想过我会坐在旷野户外叙事。我之前以为，在户外的话只能很零散地将感知到的这些那些记录在笔记本中。但不是这样的，在户外叙事其实更简单。我觉得，这不是一条大河，这些无法让我感到害怕。但是这样的写作是……生存之道，别无其他。①

在自然中的写作或者说叙事的过程，对于汉德克来

① Kastberger, Klaus u. Schwagerle, Elisabeth: *„Es gibt die Schrift, es gibt das Schreiben." Gespräch mit Peter Handke*. In: Klaus Kastberger (Hrsg.): *Freiheit des Schreibens -Ordnung der Schrift*. Wien: Zsolnay 2009. S. 11 - 30. Hier S. 15.

说是一种上升至存在层面的对当下时间的介入，是一种生存之道。科士尼格此时作为叙事者与自然发生直接接触，这意味着他进入了外部世界，打破与外部世界隔离的状态。当科士尼格为了写作，离开封闭的房间，“去到自然之中，去呼吸新鲜空气，走向白天，到森林中，到阔叶森林中”(NB, S. 484)，科士尼格眼前的世界展现出一种复魅的形式。史诗与童话中的人物形象重新出现：七个小矮人、汉斯和格雷特、唐璜还有玛琳娜·茨维塔耶娃都以新的形态出现(参见 NB, S. 481f.)。这种以新的形态出现的人物形象，不仅仅是科士尼格在当下时间对外部世界的观察，同时涉及他对于外部世界的想象。他在进入自然的同时，自然也在向科士尼格以复魅的形式展现其存在的本原状态。而科士尼格的书写(叙事)行为，和事物展现存在本原的过程同时进行。这种同时性强调叙事主体与外部世界的同时在场，主体可以更加强烈地参与到外部世界。这是主体依靠内心世界(Innenraum)纯粹的沉思(Kontemplation)完全无法达到的状态。“我走到水边之后观察周围的环境时发现，周遭事物以完全不一样的形式展现自我，这与我只是懒洋洋地坐在旁边观察到的结果完全不同。我还没有主动去感知它的时候，它就已经在展示自己的同时走向我。”(NB, S. 491)也就是说，此时科士尼格的感知不带有预设目的。这种情况下，世界向科士尼格展现出其另一种存在状态，并敞开自己，走向作为观察者的科士尼格。所以科士尼格的观察就是自由的、不受超验意义系统控制的观察，主要为了让事物在主体面前展现自身存在；相对地，科士尼格也主动离开了离群索居的生存状态，走近外部世界之中。主体在这个过程中开始了自我清除的过程，为摆脱意义价值预设，重新拥有时间做准备。而拥有时间的状态也不再是洛泽与科巴尔的乌托邦式的绝对当下。对于科士尼格来说，这种状态属于他的日常生活。能够保持镇静缓慢状态的，不是洛泽在尾声部分观察到的作为对象的运河，而是作为叙事主体的科士尼格自己。“这样的话，我会保持镇定，就像下雨的时候，如果雨足够大的话，它就一定会穿透层层树叶，打断我。我把公文包藏在西装与衬衫之间，带上帽子，更有可能是因为采蘑菇而精疲力竭，然后等待着。”(NB, S. 490)此处的“等待”一词与洛泽在尾声部分所描述的观察者仅剩的存在状态是不一样的：洛泽的“等待”指的是观察者需要被绝对在场的他者赋予存在的意义，强调的是主体的被动状态和存在的虚无；而科士尼格的“等待”指的是此时的主体有能力缓一口气，拥有空余时间，不需要被流俗时间驱使，而是可以自己为自身所处的当下时间赋予意义。比如说引文中的科士尼格等待雨停的这段时间可以让他与自己的日常生活保持一定的距离，就好像是要在生活中另起一段：“另起一段意味着在中间停顿一下，为了能够让我喘口气，离开故纸堆，这是我在室内写作通常无法做到的，这甚至也能让我正在写的书获得宁静。”(同上)科士尼格的等待是为了能够在与日常生活和工作的距离之中对其进行反思，是为了能让自己为其当下的存在寻求意义，而不是等待他者来为自己赋予生存感。

科士尼格“有时间”的状态，还表现在科士尼格身边的动物身上。这些动物突然出现，但是看起来并不影响科士尼格的存在，甚至于在某种程度上有助于提高他对当下的感知。科士尼格先是目睹了“一队迄今为止完全无人得见的蟾蜍子民”(NB, S. 491)长达几天时间的迁徙，然后又在夏天的时候见到了一批海狸鼠。这些海狸鼠逐渐习惯了科士尼格的写作，两者之间互不干扰，甚至于海狸鼠的目光都有助于科士尼格获得“一种特别令人战栗的精神上的在场性(Geistesgegenwart)”(同上)。这种精神上的在场，指的并不是顿悟时刻中主体感知到的神谕，而是说自然作为外部世界在科士尼格的参与下，以一种不同于往常的形态展现在科士尼格面前。“它们[海狸鼠]只有在我书写的时候才会从洞里出来。”(NB, S. 494)也就是说，科士尼格参与外部世界的手段是书写叙事，而这种复魅的世界或者说敞开自我的世界，只是因为书写的力量才展现自我。书写在此时成为外部世界祛蔽的过程。作为主体的科士尼格与外部世界同时在书写这一行为中在场，科士尼格可以在书写的当下接触事物的本质，外部世界也在书写的过程中走向科士尼格。

在这一年中，在夏季和秋季的时候，有了这样的

> 感觉。我安静地坐在那儿，但是同时又在工作，我视线所及，发生许多事件。这种情况是之前通过注视与纯粹的观察，哪怕这种观察持续数日之久，都无法实现的。是的，就好像是我持续不断的书写让这些目前为止尚未出现在这个世界之中或者说在此世界压根未曾存在的生物出现在我的面前。（同上）

写作让那些很可能长久以来就已经消逝了的、不可见的事物重新展现自身，这是一个创造的过程。远行或者说归家之旅并不是能让主体进入外部世界的唯一途经；在自然之中的共时书写同样能让主体认识到事物祛蔽的过程："一片叶子，安静地漂在水面上，忽然之间翻了个面，直接垂直竖立起来，原来它是个史前动物。"（NB，S. 495）因此，科士尼格的写作过程可以被理解为一个构建意义的过程。科士尼格在写作的过程中并不是简单地模仿他观察和感知到的外部世界，而是在此基础上，不断地生成新的意义，成为对业已存在和显现的事物的补充与提升。[①] 科士尼格在写作的过程中，将他感知到的自然，转变成具有童话般的多样性与完整性的故事：比如在这个故事中，可以见到"像猛犸象一样巨大的刺猬笨手笨脚地爬过去年的落叶层"，也可以看到不那么常见的鸭子

---

① 参见：Hofer，Stefan：*Die Ökologie der Literatur. Eine systemtheoretische Annäherung. Mit einer Studie zu Werken Peter Handkes*. Bielefeld：Transcript 2007. S. 260.

(参见NB, S. 496f)。科士尼格通过这种方式将普遍的日常生活中的事物,转变成为想象中的事物。这是一个有意识地将叙事转换成为童话的过程。汉德克在《昨日在路上》中明确地将这个过程阐释为对业已存在的事物的拓展,而不是一种虚幻的很容易消散的幻想。①

索尔格在《缓慢的归乡》中,将主体被囚禁在时间之中的隔离状态,描绘成人类存在的基本常量。② 但是科士尼格通过写作,不但可以参与当下,而且在没有远行的情况下,遇见事物被遮蔽的本质,拓展了主体在当下的存在,也就是说,主体在此种情况下摆脱了这种存在的基本常量,实现自我与世界的和解。科士尼格的和解发生在一个暴雨天:

> 水边越是狂暴,我就越是心情明朗,越是开心。风暴裹挟着雨点,劈头盖脸降下来。沙子拍打着我的手指。黑暗降临。粗壮的树枝被风吹断,倒在地上,又有一棵树倒了下来,撕裂了堤坝斜坡,翻了个个,掉进池塘。这片区域有很多野生鸟类,但是现在他们不论大小,都在飞舞,只是他们并没有撞到我身上,它们上下翻飞,来回疾驰,发出尖叫呻吟。我拿

① 参见:Handke, Peter: *Gestern unterwegs. Aufzeichnungen November 1987 bis Juli 1990*. Salzburg / Wien: Jung und Jung Verlag 2005. S. 185.

② 参见:Handke, Peter: *Langsame Heimkehr*. Frankfurt am Main: Suhrkamp 1979. S. 198.

> 着笔，靠向椅背，不动声色地观察着这个混乱的世界，感到内心十分温暖，这让我在这普普通通的、脆弱的、充满幻想的世界之后凸显出来。在这个混乱的世界里，在混沌之中重又开始新的创造——这不是混乱，我向来能在这种混沌之中的创造里找到属于我的位置。“这次它是对的。”(Jetzt ist es richtig.) (NB, S. 490f)

科士尼格找回自我在世界中的位置，不是借助于汉德克 70 年代与 80 年代文本之中所说的顿悟时刻，而是直面混乱世界，通过自己的书写，将自己在这个世界中感知到的事物表达出来，将其赋予一个可以被理解和阐释的形式。上文所述的暴雨中的混沌世界，正是科士尼格自身存在危机的外化表现。但是也正如科士尼格自己所说，这是一个稀松平常的、脆弱的而且是充满幻想的世界，其中的感知也是混乱的、无序的，但是这并不代表令人绝望的虚无，而是在其中蕴含生机与创造——通过文字为这种混乱与无序赋予形式，将其重构。此时对于科士尼格来说，他可以借助语言来感受这个世界，接触世界的本质。所以说科士尼格最后特意强调“这次它是对的”，一方面是为了给叙事一个正式的认证，赋予其合法性(参见 NB, S. 490)；另一方面，这句结语让科士尼格在混沌之中的创造更加地清晰——通过明确地标记其时间(现在：jetzt)与认知对象(它：es)给予混乱世界一个新的形式。

这正是叙事或者说艺术的潜力与功能："创作者可以为没有价值的事物塑形，这样的话，该事物就有了价值；又或者说他能赋予不可捉摸之事以结构，使其变得真实——对真实有效力（Wirklichkeitsgeltung）。"[①]这种情况不是指原本处于隔离状态的作家作为主体重新被接纳进入这个世界，而是说他通过写作这一过程，给了本来虚无且不可捉摸的世界一个可以被理解和阐释的形式。从这种层面上看，通过写作达成的自我与世界的和解，与现实之间的关联是十分可靠的。恩斯特·奥斯特坎普（Ernst Osterkamp）将这样的写作过程定义为，"消极的、美学意义上的对世界的占有，转换成为积极的、对真实世界的审美应对过程。"[②]此时作为叙事者的科士尼格与作者汉德克同时反思叙事与写作，换言之，写作的过程就成了叙事的过程。

### 3.3.3 合法的叙事语言与被履行的时间

从《缓慢的归乡》以来，汉德克一直采用自我反思式的写作形式，寻找合适的可以用来表达被感知的真实的语言。他一直在尝试各种表达与单词组合，直到他认为

① Handke, Peter: *Am Felsfenster morgens (und andere Ortszeiten 1982 - 1987)*. Wien / Salzburg: Residenz 1998. S. 247.

② Osterkamp, Ernst: *Gottfried Kellers erzählte Landschaften*. In: Sabine Schneider, Barbara Hunfeld: *Die Dinge und die Zeichen. Dimensionen des Realistischen in der Erzählliteratur des 19. Jahrhunderts*. Würzburg 2008. S. 237 - 253. Hier S. 237.

被选用的单词符合被描述的现象为止。所谓的符合事物本质的单词(die gerechten Wörter)可以在叙事者在观察事物的过程中,直接描述事物本质,为其注入新的活力。也就是说,叙事者可以借助这样的单词直接理解和认识事物的本质。因此,科士尼格与汉德克共同追求的写作方式是一个寻求“唯一正确单词”[①]的过程,是为了寻找可以表达世界深层真理的过程,超越了对世界的简单模仿。

汉德克在《痛苦的中国人》中将维吉尔的《农事诗》作为这类写作方式的标准。《农事诗》中主要叙述的是永恒的自然与人类为了掌握自然而使用的工具:“太阳、土地、河流、风、森林与灌木丛、家畜、水果(还有果篮与水壶)、设备与工具”(CS, S. 44)。而阅读则让洛泽拥有了第二次掌握世界的机会。一方面,维吉尔在诗中成功地找到了“符合事物本质的修饰语”(CS, S. 45),比如“长得很慢的木犀榄,姿态轻盈的椴树,色彩明艳的枫树,质地坚硬的榛果,松软的泥灰岩,炙热的东风”(同上)。[②] 诗中这些恰当的修饰语让后来的读者同样可以触碰事物的本质,也就是说,诗中描述的物质,其能指与所指是统一的。诗中的事物是面向读者敞开的,读者阅读的过程,不是简单的机械重复与模仿,也不是将过去记录在诗句中的时间

---

① Handke, Peter: *Die Geschichte des Bleistifts*. Salzburg / Wien: Residenz 1982. S. 224.

② 类似的描写还出现在《在悬崖窗边的早上》。参见:Handke, Peter: *Am Felsfenster morgens* (*und andere Ortszeiten 1982 - 1987*). Wien / Salzburg: Residenz 1998. S. 80.

再现,而是成为这个当下性的一部分,因为读者借由这样的语言认识了事物的本质。不仅如此,阅读这样的语言诗文也让洛泽开始关注自己存在当下的世俗事物:"我抬头看的时候,正好有一辆不知从何处而来的车,拐上运河大桥。正是因为有了维吉尔的诗文,这样的场景闪烁这特殊的蓝调。"(CS, S. 46)这个场景中的车正好处于洛泽存在的当下。而正是《农事诗》增强了洛泽的在场性,使其注意到远处来的车辆。这个时候的洛泽不再被世界隔离在外,而是重新获得了在世存在。因此可以认为,叙事可以增强主体当下性,而不是仅仅在事件发生之后对其进行复述与模仿。因而在这种叙事与写作方式中被保存的时间,可以称之为绵延(longue durée)。

如果仔细观察维吉尔的叙事,可以发现,《农事诗》中的叙事过程其实是一个通过不断地造词与改写,来达到精确描述事物的过程。但是仅靠顿悟时刻的瞬间体验或者说理解与体会像《农事诗》一样的叙事模板,不足以让科士尼格找到这个"正确的单词"。相对于《农事诗》来说,科士尼格依旧是个读者。作为叙事者的他必须自己逐字逐句地叙事,不断地尝试不同的表达与词汇,直到他找到合适的语言,可以表达他自己感知到的世界为止。[①] 也就是说,

---

① 参见:Braun, Michael: *Die Sehnsucht nach dem idealen Erzähler. Peter Handkes romantische Utopie*. In: Heinz Ludwig Arnold (Hrsg.): *Peter Handke. Heft 24* (5. Auflage). München: Ed. Text + Kritik 1989. S. 73 - 81. Hier S. 76.

汉德克借科士尼格之手追求的叙事与写作虽然在一定程度上可以看作对这个世界的重复(Nachsprechen der Welt)①,但是这种重复绝不是停留在神话因素的模仿复制,而是重复地尝试语言表达手段与单词组合,直到其符合事物本质为止。就像斯蒂凡·霍法所说的那样,汉德克用这种自我反省式的写作来构建自然图像(Naturbilder),其目的在于让"观察者在不断地寻求追逐意义的过程中直面自己的观察"。② 这也就能解释为什么《无人湾》中对同样一个事件会有不同形式的叙事:同样都是友人的旅行经历,科士尼格的叙事与友人后来组成的叙事之夜看似构成重复,但是实际上是科士尼格作为第一人称叙事者不断地重复对叙事方式的探索与尝试,是为了在这个重复尝试的过程中寻找能够呈现或者说靠近事物存在发生过程的叙事方式。这其中既没有预设任何叙事的目标,也没有给出既定的模板和范式。从这个意义上讲,科士尼格作为叙事者完全沉浸在叙事行为发生的当下,因此也就完全能够完成和履行其当下时间。

总的来说,对语言的讨论一直是汉德克从 60 年代开始追寻的母题:语言究竟能不能表达事物的本质?主体究竟能不能通过语言来实现自我的当下存在?按照利科

---

① 参见:Handke, Peter: *Die Geschichte des Bleistifts*. Salzburg / Wien: Residenz 1982. S. 155.

② Hofer, Stefan: *Die Ökologie der Literatur. Eine systemtheoretische Annäherung. Mit einer Studie zu Werken Peter Handkes*. Bielefeld: Transcript 2007. S. 279f.

的观点，人的存在始终是一种叙事层面上的在世存在。那么实现存在的过程就变成了主体完成叙事的过程。主体通过叙事，将异质的时间性的事件（das heterogene zeitliche Geschehen）整合成为一个连贯整体。[①] 汉德克早期作品中主体的存在危机或者说是语言危机，表现在主体无法通过叙事阐释其对世界和自身的感知。主要原因可以归结为主体掌握的语言是一个已经异化了的象征符号系统，是一个先于主体存在的意义秩序，因而主体通过这样的语言阐释的自我也就必然是被预设好的，忽略了主体之间的差异。这就让特定主体的存在成了他者存在的机械性重复，叙事者的时间被暂停了。不仅如此，这样的语言是先于主体存在的，也就是说通过这种语言阐释的自我存在状态也就属于过去。主体在阐释的过程中，不可避免地将自身存在从客观时间流动之中截取出来，变成了过去。这种时间差让主体被囚禁在虚无的当下之中。所以说汉德克的文本中，主体不断地寻找尝试不同的叙事方式，都是为了找到一个可以让主体摆脱虚无当下的囚禁，比如说《真实感受的时刻》与《痛苦的中国人》中，主体试图通过对过去的叙述与反思，来充实和体验当下。然而，这种叙事方式的前提在于：被叙述的对象/事件已然发生且有明确结果；同时存在叙事依赖的先

---

① 参见：Ricœur, Paul: *Zeit und Erzählung. Band I. Zeit und historische Erzählung*. München: Wilhelm Fink 1988. S. 87 - 92.

验的意义价值体系，作为论证叙事语言合法性的基石。这里所说的先验的意义价值系统可以是具象的故乡，也可以是抽象遥远的神话。因此，主体需要离开当下所处的空间，或回到家乡，或远行，以便清除自己当下存在的混乱状态，为重新构建新的自我做准备。不仅如此，这样的叙事还需要一个听众或者说读者，因为叙事者不仅需要用后继者的在场性来确保和证明他自己对当下的参与，而且需要后继者成为叙事的接受对象，将通过叙事构建出的意义流传下来。但是这样的叙事需要有一个明确的结尾，才能让叙事者从“门槛状态”的悬而未决过渡到有确定意义的生存状态之中。换言之，被叙事的时间相对于叙事时间来说已经成为过去，而且被叙事的时间将被叙事者从客观时间变化之中截取出来，放置到当下。读者的每一次阅读，都会让成为过去的被叙事的时间再现，被叙事的时间不再往前走，而是被暂停，成为绝对的当下。叙事者只有在被叙述的事件完结之后才能通过叙事的方式对其过去存在状态进行反思与考古。叙事者虽然可以获得结论，得出自己存在的意义，但是这个时候叙事者对存在状态的阐释与他当下的存在状态无关。换言之，叙事者生存在当下之中，但是其目的是为了实现和完成过去的存在状态，或者说当下的存在只有在将来才能满足。叙事者的当下就成为联系过去的“不可追”和未来的“不可及”之间一个虚无的时间点，因而叙事者依旧没有摆脱虚无当下的困境。

科士尼格为了摆脱绝对的当下带来的困境和悖论，首先选择放弃在不可追的过去和不可及的未来之中寻求救赎的尝试。他不再执着于远行，不再非要回到故乡，而是基于偶然从朋友那里获得的断篇式的消息，通过想象，与友人一起旅行。这种想象出来的旅行经历在科士尼格的幻想之中取消了空间与时间之间的差异，成为科士尼格主观经历的当下时间与空间。而叙事行为与对旅行经历的想象与构建同时发生，因此科士尼格在叙事的过程中不仅在经历和参与当下时间，而且将这种对当下时间的体验赋予语言的形式，使其以一种敞开的状态展现存在发生的过程。这种形式的叙事并不是成长小说中主体成为完整自我的过程，而是以主体对其此时此刻存在状态的关注。因此，从这个层面来讲，科士尼格的叙事方式成功摆脱了事后叙事中对过去的怀旧与对未来的期盼，因而也就不能说科士尼格在《无人湾》中最后达成的叙事是列维·施特劳斯意义上的参考性神话。所以说叙事的神秘主义在汉德克 90 年代的作品中无从谈起。

汉德克在《无人湾》中借由科士尼格的视角对新的叙事形式的探索主要体现在以下几点：第一，他放弃追求被叙事的事件意义整体性，不再将叙事看作事后总结概括经验的流程，而是专注于完成对当下时间的关注与反思。第二，叙事的过程与叙事者以观察者的身份感知外部世界同时发生。这种叙事不仅仅以主体对外部世界的模仿为目的，而且在主体观察外部世界的过程中加入独属于叙事主体个人的想象。因此在这种与观察同步的书写过程中，想象力为主体和外部世界同时提供了一个独立于先验秩序、不受宏大叙事影响的自由空间，这就让主体与外部事物在叙事中以本原状态相遇。此时叙事主体所体验到的外部事物以及其对自身的体验都是直接的、在场的，叙事主体完全可以参与当下时间，也可以把握自身的存在状态。所以说科士尼格的当下时间是被履行的时间，而为这种当下性提供场域的是科士尼格通过想象力对日常生活的共时书写，其形式正是断篇。

# 第 4 章　叙事与肯定的当下

贯穿汉德克 20 世纪 70 年代到 90 年代叙事作品的一条主线是：他想要通过不断的尝试来寻找一种合适的叙事方式。所谓的“合适”，指的是这种叙事方式必须能够为叙事主体提供一条出路，使其能够参与和介入当下时间，生成不受先验秩序束缚的存在意义，为其在混乱无序的自我与世界的关系赋予可以理解的形式与秩序。汉德克对叙事方式的探索，可以理解为主体在不同存在状态下对当下时间主观体验的不同阐释，而这种阐释必然离不开时间。从这个角度来讲，汉德克的语言观念体现在他对叙事的反思之上；而他对叙事的讨论，则体现在其笔下主体所经历的不同的“当下”时间模式。因此，如果要真正理解汉德克的诗学概念，搞清其语言观念的变化，就必须首先理解汉德克对于“当下”时间与“叙事”的定义。

## 4.1 当下时间模式

根据上文的论述可以看出，汉德克在《真实感受的时刻》《痛苦的中国人》以及《无人湾》三个文本之中主要涉及四种不同的当下时间模式：被暂停的虚无当下、被清空的当下、绝对当下与被履行的当下。

被暂停的时间主要指的是主体面对本原时间的流逝，无能为力、无法参与的状态，主要涉及的对象是深陷语言危机之中的主体。汉德克与保罗·利科都认为，主体对自身的理解和认知是一个阐释学的问题，需要语言作为媒介手段。“所有对自身的理解，都需要借助符号、象征和文本等媒介。这种对自身的理解最终还是与阐释一致，而阐释则需要依赖作为中介的概念。”①语言是主体认识世界和认识自我的手段，首先是一种约定俗成且被群体广泛接受的先验秩序，具有普适性，倾向于为主体观察到的表象以“概念”分门别类。这种归类与标签化虽然极大程度上降低了主体探索和认识世界的难度，但同时也抹平了主体之间的差异。主体的存在成为对先验秩序的符号性模仿，是对他者的机械性重复。那么对于外部世界来说，主体只是某个群体中的某一个不确定的符号，

① Ricœur, Paul: *Erzählung, Metapher und Interpretationstheorie*. In: *Zeitschrift für Theologie und Kirche 84*. 1987. S. 232-253. Hier S. 248.

可以随时被他者替换，因而外部世界很难与这种状态下的主体发生具体实在的交流。所以，主体无法真正参与外部世界发生的事件。这就导致主体的存在意义只剩下先验秩序对他的预设。而这种预设却先于主体存在，换言之，此时主体虽然依旧活在“现在”，但是这个“现在”的意义是对过去的模仿和对他者的重复。而主体既不能真的回到过去，也不能穿越到未来，只能被虚无的当下裹挟，从客观时间变化之中撕裂出来，去执行先验秩序给他预设好的计划或者说剧本。主体在这个意义上来说就不再是时间的主宰者，他失去了对时间的把握，被当下囚禁起来，其主观时间的每一刻都变成了对过去的再现和机械性重复，成为暂停的时间统治之下的奴隶。

从这一点可以看出“本原时间”的残忍之处：在暂停时间中的主体被迫面对主观时间与客观时间的偏差，无法逃避。科士尼格此时意识到，如果他不能跟上客观时间的变化，就会陷入丧失状态，会像一个颤抖的动物一样，直面自己的虚无。（参见 SWE, S. 46）本原时间是自然的时间，不受社会历史约定的影响，其意义属于自身，因而可以作为一个空白空间（Leerstelle），让科士尼格可以摆脱社会角色赋予他存在的意义。语言本来应该帮助科士尼格认识世界、阐释自我存在，本应该作为纽带建立主体和世界之间的关系，但是却最终将科士尼格困在孤立的“现在”这一时间点之中。此时，科士尼格只能眼睁睁地看着客观时间在自然之中的流转，但是无法触及，无法成为其中的一部分。他虽然仍旧算是活着，但是其实已经没有办法真正存在于客观时间之中。从这种层面上来说，科士尼格丧失了存在的时间与空间维度。

而叙事或者更确切地说叙述自我的过程，在这个状态下则起到打破暂停时间的囚禁，进而让主体介入外部世界的作用。这种介入外部世界或者说对当下的尝试，开始于身体层面上的暴力幻想与暴力行为。主体试图通过对外的暴力，获得外部世界的反应，与外部世界的人或者事物构建游戏共同体，在游戏的过程中确保自己能够成为在“当下”发生的某个事件的一部分。这种事件性(Ereignishaftigkeit)意味着主体可以打破自身与外部世界的隔离状态，可以重新获得自身的在场性。主体不再只是一个事不关己的旁观者，而是一个与外部世界有具体联系的行动者。从这个意义上可以认为，《痛苦的中国人》中洛泽在杀死喷万字符的人之后，之所以会认为自己变成了一个“Täter”(CS, S. 108)，不是因为他真的杀了人，或有了伤害他人的动机与欲望——毕竟这个杀人的场景其实并没有发生，而是说他是介入当下时间这一“行为”(die Tat)的主动实施者①。比如他在这个事件之后，在山间遇见了一位夜跑者，这位跑步者直接与洛泽打招呼，完成对话。这就意味着洛泽不再是被隔离和囚禁在外部世界之外的隐形人，而是当下事件——交流——的

① 因而原文中的 Täter 一词应理解为“行动者”，而不是“杀人凶手”。

一部分。因此，洛泽的时间从这个层面来讲不再是暂停不动的时间，而是与本原时间同行的时间。因此，科士尼格才会产生归属感：他在杀完人之后察觉自己不仅可以重新发现这个世界，而且能够重新属于这个沉默的世界(参见 CS, S. 108)。需要注意的是，单纯的暴力行为只是给主体提供进入外部世界、参与当下时间的条件，并不意味着主体在实施暴力行为的过程中就已经能够完全掌握时间。洛泽也只是在实施暴力行为之后，才以一个观察者的身份来审视和反思自我的存在状态①。这种时间差意味着洛泽在实施暴力行为的过程中只是清除了之前虚无的存在状态，或者说离开了被暂停的时间，只能说他进入了一个过渡状态，并不能说他此时获得了能指与所指的统一。

这种对于当下时间的尝试，不仅仅局限于身体层面的暴力，而且还涉及存在层面：主体会有意识地离开或者退出其社会角色。首先，他们都或被动、或主动地离开了自己的原生家庭，比如住在养老院的母亲、消逝的父辈、遥远的故乡等；其次，他们也会下决心离开自己的妻儿，不是正式地离婚，只是选择远离这段家庭关系；此外，他

---

① 此处文本的叙事视角再一次发生转变。洛泽察觉到自己处于一个观察者的目光之下，变成了一个被观察的对象。这个目光并不包含愤怒与仇恨等情绪，而是冷静自持的、“坚定不屈的，它[目光]给我[洛泽]的感觉是，他之所以在此处，就是为了让我出丑，不是在别人面前，而是在自己面前出丑。”(CS, S. 22)这里所说的“在自己面前出丑”指的不是让自己丢脸，而是说要敞开自我，不再自我伪装，直面自身存在的虚无状态，并对其进行反思。

们还会主动放弃自己的工作，去一个偏远孤僻的地方隐居。这些主人公试图通过这个过程来清除自己的社会角色，脱离角色附加在自我存在之上的意义。将自我从社会身份之中抽离，包括上文中所述的这种暴力行为，都是在否定与清除存在的虚无状态，意在改变主体被暂停的时间，为重新建立自我在世界中的立足点、重新把握时间，而是不仅仅在时间中生存做出准备(参见 NB, S. 14)。主体遭遇的主观时间暂停这一状态是主体无法参与时间的表现，其原因可以追溯至语言危机——语言丧失了阐释自我、表达事物本质的能力。而主体主动放弃自己的社会角色的这一行为，则正好可以将暂停的时间向前推移："但是这个故事主要还是要由我来实施完成。它推着我，用这个故事来介入我的时间。"(NB, S. 17)科士尼格的社会存在是需要借助语言才能生效的。所以说放弃家庭关系、朋友关系、劳动契约关系，都是为了主动摆脱语言对自身存在的预设。只有如此，科士尼格才能将自己从语言系统的强制性重复中解救出来，为重新获得在场性、参与当下做准备。

所以说，虽然主体清除其虚无存在的过程只是个过渡阶段，同时也意味着主体此时的当下时间尚未被意义填满，但是此时的虚无状态与上文提到的暂停时间之下的消极虚无是完全不一样的：

转瞬之间我摆脱了评判与预判。我的时代，我的敌人：将自身与所处时代绑定的想法现在变得没

> 有对象，无关紧要了。此刻，任何一个时代都不重要了，除非所有人都在一起：与我身后的面孔一起，我得以窥见远古时代，但也能同时看见新时期的曙光。(NB, S. 34)

主体摆脱其自身的社会角色，目的正是要清除先验秩序附加在主体身上的意义。那么这种自我清除的过程，也可以理解为清除先验秩序对主体所处当下时间预设的过程：《无人湾》中科士尼格在摆脱预设之后发觉，他同时也摆脱了作为先验秩序的"时代"对其自身存在的"评判与预判"，打破对他者机械性复制的循环。科士尼格在这种状态下体验的当下时间，就不在是一个被局限于没有任何时空维度的、无法延展的、孤立的"现在"时间点，而是过去和未来在当下时间的统一。他的存在正在发生。这是一种敞开的状态，是主体重构自身存在意义不可或缺的过渡阶段。

汉德克在文本之中谈到的存在的虚无，涉及两个层面：第一个层面，指的是语言成为主体认识世界，寻找自我道路之上的障碍，使其无法理解和参与当下的状态。此时，主体的存在时间与客观的本原时间脱节，缩减为虚无的"现在"时间点，是对过去时间预设的机械性重复。主观时间被暂停，这是一种消极意义上的虚无主义。第二个层面指的是一种虚无状态。这正是上文所论述的主动清除预设意义的行为，是对当下时间的主动介入。在这个过程中，主体可以离开被隔离的状态，参与当下发生的事件，在为主体提供在场性的同时，也为其重构存在意义，摆脱暂停时间的桎梏做准备。从这个意义上讲，这种虚无是一种积极的虚无主义。

而与这种虚无状态完全相反的，正是主体在顿悟时刻中，感知到的存在的绝对在场。这种绝对在场，主要发生在主体与自在自为的事物相遇之时。比如《真实感受的时刻》中科士尼格在桥下观察到的黑色雨伞，就是这样一个不指涉他者的事物。科士尼格感知到黑伞的在场，通过观察捕捉到它的表象，与此同时，黑伞存在的意义也在此刻向科士尼格展开。这种能指与所指相统一的当下就是存在绝对在场的时刻。不论是科士尼格的“奇妙物体”还是洛泽的“盲蛛”以及尾声的绝对当下，亦或是《无人湾》中歌者在山间雾气中观察到的云卷云舒(参见 NB, S. 282)与科士尼格见到的石匠雕像，这些物体或者说现象的指涉结构都被取消了，因而能够在主体通过观察感知其存在的过程中，向其展现自身的本原。乌苏拉·彼得斯(Ursula Peters)将这种感知形式阐释为前现代的感知：其中最主要的还是能指与所指的无差别性，是当下性与参与感。[①] 但是这种参与感与当下性对于主体来说是一种幻象：主体产生归属感，并不是因为他主动参与了外

---

① 参见：Peters, Ursula: *Texte vor der Literatur? Zur Problematik neuerer Alteritätsparadigmen der Mittelalter-Philologie*. In: *Poetica* 2007 (39). S. 59 - 88. Hier S. 72.

部世界，而是因为他被纳入他者展现存在本原的过程之中。不仅如此，这种绝对当下拒绝指涉结构，这也就使得主体赖以认识世界的手段——语言——无用武之地。主体仍旧可以感知到此时此刻的存在，但却没有能力表达和理解这种绝对当下。

这种拒绝主体阐释的绝对当下，不仅出现在顿悟时刻，还出现在《痛苦的中国人》的尾声、《去往第九王国》里的叙事王国以及《无人湾》中科士尼格反思与批判的"事后叙事"之中。这种叙事方式只是作为一种"参与的仙乐"①，许诺叙事主体可以体验到世俗的、公正的和最神圣的事物，但是这个诺言只能在未来才会实现。这其中涉及两个层面：第一，"事后叙事"要求对事件有一个整体性认知，因而必然以事件发生的完结状态为前提。主体在叙事行为中构建的"故事"就只能是对事件在语言层面的模仿，而其指涉的真实发生的事件已然属于过去，主体通过叙事行为反思与把握的时间是对过去的再现，而不是其自身所处的当下时间。第二，"事后叙事"行为中，还涉及叙事主体与读者或者说听众之间的关系。比如科巴尔的"叙事王国"只是对其"后继者"才有意义："后继者，如果我已经不在此处，你可以在叙事王国之中找到我，在第九王国。"②这里强调的是阅读的过程：读者——也就是

① Handke, Peter: *Die Wiederholung*. Frankfurt am Main: Suhrkamp 1986. S. 333.

② 同上。

说科巴尔的后继者——通过阅读科巴尔完成的叙事，可以将已经消逝的、不在场的叙事者再现出来。科巴尔作为叙事者与叙事的载体——文字成为一体，指涉结构同样也被取消。科巴尔就获得了在场性。这正是汉德克的拟人化转向（die anthropomorphisierende Wende）[①]：这个已经消逝的主体在读者阅读的过程中获得重构。但这个重构的过程——叙事者与叙事载体的统一，只有在叙事完成之后才能实现。这个在未来才能实现的主体的在场性，对于科巴尔来说，这无异于一张空头支票。他参与了叙事，但是这个叙事行为的意义和目的其实与他没有关系。因为他通过叙事认识的是过去的存在状态，而最终可以通过阅读来完成的当下性又只能依靠未来的读者。因此，科巴尔的这种叙事虽然出发点是为了能让叙事主体通过语言把握当下的存在状态，但是最终实现的叙事又与作为叙事主体的科巴尔的当下存在无关了。同样的悲剧也发生在《无人湾》中科士尼格的身上：

> 我确定要说一些闻所未闻的事情，而且话都已经到我嘴边了。但是唯一一件浮现在我眼前的事情却是：描述。然后被展示出来的又是一条空荡荡的街道、一辆过往的公交车、一阵风声。有时，话

---

① 参见：Wolf，Jürgen：*Visualität*，*Form und Mythos in Peter Handkes Prosa*. Opladen 1991. S. 26.

像潮水一样涌来，但是有时有戛然而止了，没有什么故事可讲，故事结束了，我又从头开始，一次又一次。(NB, S. 36)

单纯的描述并不等同于叙事。科士尼格在绝对的当下之中根本无法实现叙事行为，他被困在观察者的位置上，成了事件的旁观者，根本无法参与到这个世界之中。从观察者的角度描绘这个世界，只能是对这个世界的模仿与转述，必然意味着要指代一个已然不在场的事件，这就与叙事主体的当下时间无关。这种绝对的当下确实是充实的、被填满的时间，是《痛苦的中国人》中事物表象与本质的统一，是《去往第九王国》中叙事对象与叙事承载者的统一，但这种充实不是叙事主体自身的主观时间感受。所以，语言作为一种符号系统，在面对这种指涉结构的不在场状态时，才会出现失效的情况：此时的科士尼格并没有失去语言，而是出现了语言功能的紊乱。符号在绝对当下之中，无法到达德里达意义上的"无-意义的根基(Boden der Nicht-Bedeutung)"①、"物自身(Ding selbst)"②和"所指的自我身份认同"③。所以绝对当下拒绝语言的同时，也拒绝了需要通过语言来认识世界和自我的主体。

---

① Derrida, Jacques: *Grammatologie*. Frankfurt am Main: Suhrkamp 1983. S. 84.

② 同上书，S. 86.

③ 同上。

这就导致了叙事的悲剧：主体想要通过叙事抵达的当下，最终被叙事的终点绝对当下抛弃。而这种绝对当下也被称为否定的当下性。

但是叙事真的无法实现当下性吗?《无人湾》中的科士尼格转变叙事方式，从事后叙事转为通过想象力实现对当下时间的共时书写。他将叙事的注意力转向当下时间，在观察日常生活事物的同时，通过语言在想象的世界中，为被观察到的事物提供一个可以展现其本原存在的场域。此时叙事行为指的就是，主体在观察外部世界的同时，通过想象力，对其进行的书写行为。叙事主体与被观察到的事物同时在场，观察与叙事都是主体介入外部世界，或者说当下时间的行为方式。此时，叙事行为与被叙事的时间是统一的。主体在完成叙事行为的同时，也获得了对当下时间的把握。此外，这种呈现在场性与直接性的叙事模式并没有为自身预设目标，而是以断篇的形式捕捉叙事者在世存在的瞬间状态。叙事者书写的是存在随着时间的推移产生差异的过程，主体沉浸到当下时间之中，而不是在虚构的、“似乎”(Als-ob)的世界中，描摹与现实世界丧失指涉关系的绝对存在[①]。这种在断篇式叙事的过程中被履行的时间，正是主体面对宏大叙事失效状态下个体存在现状提出的具有可行性的救赎方

---

① 参见：Petersen，Jürgen H.：*Erzählsysteme. Eine Poetik epischer Texte.* Stuttgart-Weimar：Metzler. 1993. S. 9.

案：如果意义中心本身已经消逝，存在成为差异的延宕过程，那么认识自我的过程也不应是一个有绝对终点的、模板式的自我成长经历，而是一个相对自由的敞开的变化过程。

总的来说，汉德克在其70年代到90年代的作品中阐述的四个不同的当下时间模式，出发点都是完全一致的：主体想要理解外部世界、认识自我，就需要借助语言。汉德克笔下的“当下”这一概念指的仍旧是直接性与在场性；汉德克意义上的理想的叙事方式可以在这个背景下概括为主体从语言上对时间的介入，是主体实现当下性的尝试，为的是构建自我当下时刻的存在，认识世界，认识自我。

## 4.2　叙事模式

正如上文所述，汉德克从70年代开始在其叙述文本中论述的问题可以理解为：主体的当下性能否通过叙事来实现？当下性是否可以成为语言的对象？如果可以的话，在何种程度上可以认为，语言与叙事作为一个必然包括符号与间接性的意义系统，可以表达当下的直接性与在场性？以往关于当下性的讨论研究中都没有涉及上述问题。不可否认，关于在场性、直接性与事件性的讨论层出不穷，只是不同的研究文献将其概括为不同的关键词而已。比如说汉斯·乌尔里希·古姆布莱希特（Hans Ulrich Gumbrecht）在他的《阐释学的彼岸——当下性的生产》(*Diesseits der Hermeneutik. Die Produktion von Präsenz*, 2004)直接讨论的就是当下性这一概念;卡尔·海因茨·博雷尔在《时间的狂喜——瞬间、当下、回忆》(*Ekstasen der Zeit. Augenblick, Gegenwart, Erinnerung*, 2003)以及《忽然性——关于美学表象的瞬间》(*Plötzlichkeit. Zum Augenblick des ästhetischen Scheins*, 1981)在相似的含义下讨论的关键词是事件;哈拉德·哈弗兰德(Harald Haferland)在他的《中世纪作为认知人类学的研究对象——参与与转喻历史意义概览》(*Das Mittelalter als Gegenstand der kognitiven Anthropologie. Eine Skizze zur historischen Bedeutung von Partizipation und Metonymie*, 2008)中主要以参与(Partizipation)为切入点,讨论中世纪文学作品对当下性的表达;克里斯蒂安·基宁(Christian Kiening)也是以中世纪文本为基础,在《当下性——历史语义学和中世纪文学研究》(*Gegenwärtigkeit. Historische Semantik und mittelalterliche Literatur*, 2006)中讨论当下性等。但问题在于,这些研究虽然也会把文学文本作为讨论当下性书写的一个角度,但是极少正面解释当下性和事件性在成为叙事对象之时会产生什么样的变化。就算在研究中出现对上述问题的讨论,也会将重点放到事后叙事的悖论之上,将其看做一个循环论证。乌苏拉·彼得斯的《"文学之前的文本?"关于中世纪语文学的新范式转换问题研究》(*„Texte vor Literatur"? Zur Problematik neuerer Alteritätsparadigmen der Mittelalter-*

*Philologie*, 2007)和凯瑟琳娜·菲利波夫斯基(Katharina Philipowski)的《关于讽喻直接性的形式主义——彼得·切尔温斯基的讽喻现实性研究》(*Vom Formalismus allegorischer Unmittelbarkeit. Zu Peter Czerwinskis „Allegorealität“*, 2005)中关于文学作品中当下性的讨论最终都导向如下结论:主体对于事物的感知,是主体将事物以图像或者文字的形式描述下来的前提和基础;但是读者或者说叙事者本身只能在感知这一动作完成之后,才能对其进行描述或者叙事。感知这一行为发生在叙事之前,因而也只能在叙事中得到确认;而叙事则又以感知为前提。这样以来,主体就不可避免地陷入循环论证的往复之中。

那么这个循环论证的状态能不能被打破?或者结合汉德克作品可以换个方式提出这个问题:语言的、文字的、叙事的或者说想象的文本,是否具有表现模仿这一概念之外的功能?如果叙事的确可以实现主体对当下的参与,那么这个参与的过程又是如何完成的?此时需要注意的是,这里所说的叙事已经不仅仅局限于模仿感知,并在叙事的过程中对其消化处理的故事(histoire),还要讨论可以使故事生效的叙事行为(discours)[1]。但是目前为止很少有研究从间接与塑形这一层面,来研究作为直接

① 参见:Hempfer, Klaus W.: *Die potenzielle Autoreflexivität des narrativen Diskurses und Ariosts Orlando Furioso*. In: Eberhart Lämmert (Hrsg.): *Erzählforschung. Germanistische Symposien. Berichtsbände 4*. Stuttgart: Metzler 1982. S. 130–156. Hier S. 134f.

性与在场性的当下这一概念，因而在讨论的过程中仍需特别注意以下几个问题：叙事文本与其所指涉对象之间的关系如何？与实现文本的行为之间有何关系？叙事作为一种行为从何种意义上讲，可以让叙事主体用语言这一符号系统来把握当下？

只借助汉德克的叙事文本并不能完全解释上述问题，需要在继续论述之前首先说明“当下性”这一概念的历史语境，然后才能将当下性概念放在叙事文本之中时遇到的问题具体化。因而需要借助对叙事中的时间概念相关的讨论进行说明。而这正是保罗·利科的《时间与叙事》三卷册中详细讨论的问题。利科讨论叙事中当下性的前提是，将叙事解构为故事和叙事行为，且两者本身具有不同的时间性。其中故事的时间一定是过去，而叙事行为的时间只可能是当下。而又因为只有两者共同作用的情况下才能构成一个完整的叙事，所以叙事的每一个单词可以同时参与当下与过去。由此创造的文学中的“当下性”因而也只能被称为否定的当下性。因此在本章接下来的论述中，需要对比汉德克《无人湾》中通过叙事被实现的肯定的当下性，与利科在《时间与叙事》中强调的否定的当下性，来说明，从何种程度上讲，汉德克可以通过虚构的叙事解构过去的本体论地位，以及叙事者通过想象力跨越叙事的时间差，实现诗学创造力的过程。

所以说要首先回归汉德克文本之中叙事与当下性关系的原型——圣餐仪式(Eucharistie)之中：

> 我觉得比较奇怪的一点是，为了能让面包与红酒与基督血肉的转换过程得以实现，东方教堂的牧师还需明确地说出用来召唤的相应用语；而在天主教教会的相关仪式之中，纯粹的叙述就已经足够："耶稣被钉在十字架上的前一晚，他吃了面包……"我觉得我更加接近这个仅仅通过叙事就实现的转换过程。(NB, S. 572)

对汉德克而言，主体完成叙事行为的意图在于通过叙事过程摆脱虚无的当下束缚，主动参与并体验当下时间，从而寻觅自身存在的意义。从这一点出发可以认为，汉德克意义上的叙事是一个主体改变其存在状态的过程。圣餐仪式中的叙事与存在状态的改变同时发生：圣餐仪式过程中，耶稣血肉存在状态的转变，是伴随着牧师的叙述同时发生的。这个同时发生的转变过程，则可以看作一个与叙事同时发生的事件。此时，作为叙事者的牧师与作为听众的弥撒参与者，是同时在场的。圣餐仪式中的圣饼并不是用来指代基督的身体，而是基督身体本身。这不是一个象征和指代的过程，在这个过程中基督对于信徒来说是具体的、在场的，是可以被体验和感受到的。①

---

① 参见：Haferland, Harald: *Das Mittelalter als Gegenstand der kognitiven Anthropologie. Eine Skizze zur historischen Bedeutung von Partizipation und Metonymie*. In: PBB 126. 2004. S. 39 - 64. Hier S. 38.

> 因此，弥撒仪式并不只是为了回忆基督与其门徒的最后晚餐，而更多的是一种仪式。在这个仪式过程中，“真正的”最后的晚餐，最主要的还有基督的血肉，能够再一次获得在场性。“在场性”这个单词在此处不仅仅指的是，或者说根本不是为了说明一个时间上的概念与秩序，而主要指的是基督的血肉以面包与红酒的“形式”从物质层面上让人触手可及。[①]

圣餐仪式中的面包与红酒并不是基督血肉的符号与象征，弥撒也不是为了指代已经属于过去的基督的最后晚餐，而是指基督与最后晚餐的完全的在场性。此处并不涉及回忆与指涉，当然也不是在暗指基督的不在场，而是一种以面包与红酒的形式向信徒敞开的仪式，信徒可以在此过程中触及基督的血肉。换言之，在场性与当下性可以不仅只是一个停留在时间层面上的概念，同样也可以不是上文论述中所说的绝对当下——“沉思行为(kontemplativer Akt)过程意义上的永恒(Zeitlosigkeit)。这种沉思行为指的是绝对的、或者说至少一部分状态下是无意识的，但绝不是由自身引导的对状态、想象中的图像或者说被感知事物的再现。”[②]圣餐仪式所表现出的“当

① Gumbrecht, Hans Ulrich: *Diesseits der Hermeneutik. Die Produktion von Präsenz*. Frankfurt am Main: Suhrkamp 2004. S. 46.

② Bohrer, Karl Heinz: *Das absolute Präsens. Die Semantik ästhetischer Zeit*. Frankfurt am Main: Suhrkamp 1994. S. 143 - 183. Hier S. 176.

下性”，指的是一种语义学意义上的场域，没有指涉结构，而是能指与所指的统一，是意义的在场。此处可以借用阿莱达·阿斯曼（Aleida Assmann）的话来解释：事物完全在场的状态下，是没有所谓符号的。[①] 也就是说，符号性与事物完全的在场性是不可兼得的：“大体上来说，我们认为符号是由指涉关系确认的——所以说符号概念的功能界限就在无法讨论指涉关系的语义场之中。就算勉强能用符号语言来描述这些现象，也有可能让具体的历史性的关系变得模糊不清。”[②]因此，上述转变的过程其实是一个零点状态：转化过程中的绝对在场本身是否定语言过程中的异化状态的，强调的是能指与所指的统一。也就是说，这个转换的过程可以看作对语言异化的清除，并为符号学层面上的新的开始做好准备的过程。主体可以为创造新的意义腾出自由的空间。从这个层面来说，圣餐仪式过程中的叙事可以看作对时间的介入。同样的介入也发生在洛泽身上。他听见远处复活节钟声敲响之时，同样也感受到了面包与红酒转换为基督血肉的过程。（参见 CS，S. 192）这正符合复活节所代表的基督复活的

---

① 参见：Assmann，Aleida：*Die Sprache der Dinge. Der lange Blick und die wilde Semiose*. In：Hans Ulrich Gumbrecht，Karl Ludwig Pfeiffer（Hrsg.）：*Materialität der Kommunikation*. Frankfurt am Main：Suhrkamp 1988. S. 237－251. Hier S. 239.

② Müller，Stefan：*Ritual und Authentizität*：*Institutionelle Ordnungen des Mittelalters im Spiegel höfischer Literatur*. In：*Zeitschrift für Semiotik 23*（2001）. S. 169－183. Hier S. 172.

过程。从这个角度上讲，圣餐仪式中的转变过程是一次成功参与时间的事件。复活节预示着人类被上帝抛弃的状态已经结束，新的时代就要来临。“这种感觉就好像是早已停滞的心脏重新开始跳动。”（CS, S. 193）这里洛泽感受到的重新开始跳动的心脏就是新的时间开始的明显标志。而在这个过程中，起主要作用的是叙事，它同时邀请叙事者与听众进入这个新的时代。牧师的叙事行为，不论是引述《圣经》还是说念出相应的召唤咒语，都是为了给作为意义中心的上帝展现在人类面前的机会。

作为能指与所指统一性表现的叙事行为在切尔温斯基看来，可以追溯至中世纪的诗学。[①] 对圣经文本的引述并不是为了再现那次“真正的”最后的晚餐，而是让这个转换的过程于当下发生，让基督的血肉绝对在场。从这个意义上说，神父的叙事行为是一个事件，可以让主体更加强烈地体验到在场性，进而获得充实感：

> 对我们来说属于当下的事物，正是在我们面前的事物（这个解释完全符合该词的拉丁语形式：*prae-esse*），是我们的身体完全可以够得着的东西。[……]如果说 *producere*（生产）一词从字面意思上可以理解为“把……带到前面去”或者说是“把……

① 参见：Peter Czerwinski：*Der Glanz der Abstraktion. Frühe Formen von Reflexivität im Mittelalter. Exempel einer Geschichte der Wahrnehmung. Band I*. München 1989. S. 13.

挪到前面去”，那么“当下性的生产”(Produktion von Präsenz)这个表达强调的正是，由交流的物质性产生的可接触效应。这同时也是一个处在不断运动变化过程中的效应。[①]

仪式中叙事作为存在状态转换的过程，将神的在场性以圣餐的形式摆在参与者的面前，所以说这种叙事正是当下性的生产过程。但是这并不能解释为什么神父的叙事最终既没有让难民体验到神的在场，也没有充实自己的当下：

借着《垂怜经》、《圣经》中的偈语、《天国八福》，他为自己的内心注入温暖；他几乎每天都对自己说，他可以放弃任何庆祝仪式，但是永远不会放弃圣餐仪式、祝祷、晚餐。但是在圣餐中面包与红酒转变成神圣的血肉的过程中，他看着难民们心不在焉或者说是困惑不解的脸，感受到了他们在仪式的过程中，越发强烈的鄙夷与轻视。(NB, S. 535f.)

这个场景中描述的是科士尼格七位友人之一的神父在圣餐仪式过程中遇到的困惑。文中的神父同样也在圣

① Gumbrecht，Hans Ulrich：*Diesseits der Hermeneutik. Die Produktion von Präsenz*. Frankfurt am Main 2004. S. 33.

餐仪式中扮演叙事者的角色，他需要完成对《圣经》的引述，召唤神的绝对在场，为自己和参加圣餐的难民带来救赎。但是一方面，需要借助叙事这一行为实现的转变过程，仍然可以实现，但是随之而来的绝对在场状态并没有将作为仪式参与者的难民囊括进去，他们并没有得到救赎；另一方面，难民的反应不仅包括心不在焉的游离状态，还有困惑不解的表情与愈发强烈的鄙夷和轻视。这意味着难民其实并不相信简单的一个叙事仪式可以为他们带来救赎。神父在难民的脸上看到的“鄙夷与轻视”，正是难民对《圣经》以及仪式中叙事行为力量的质疑。虽然神父的叙事能让转换过程发生，使得神的绝对当下得以显现。但神父此时面临的事实是，他的叙事行为召唤而来的绝对当下，并不包括他和难民：两者身体都是在场的，各自扮演叙事者与听众的角色，但是其精神却不在场。难民自己内心亦十分清楚，他们的苦难不是圣餐仪式中基督的血肉可以弥补的。仪式中的集体感与归属感同样也不是难民们想要得到的救赎。“无家可归”（同上）的状态在难民的眼中并不是不幸，因为对他们来说，哪怕到时候家乡已经不再打仗，和平会持续，他们宁愿留在这无人之国，也不会踏上归乡之路（参见同上）。对难民来说，“无家可归”不仅仅是指具体的丧失居所、到处流浪的状态，同样也意味着形而上学意义上的无家可归：他们对上帝这一权威的绝对在场没有认同感，因而也不会参与其中。难民的鄙夷与轻视从这个意义上讲，可以理解为对这种绝对当下的讽刺。

与之相对的则是神父的呼唤:“不要再用你们的不幸来纠缠这个尘世了!”(NB, S. 536)。这个命令句是神父与弥撒听众的直接对话,是一种直接呼唤的行为,反而直接引起难民的一致反应,打破在难民中蔓延的沉默状态:他们哄堂大笑。如果说古姆布莱希特意义上的当下性的生产过程其实暗含着交流的过程,那么神父的这场弥撒中唯一实现当下性的时刻正是他直接与难民产生交流的时刻。此时难民与神父都在这个言语行为之中获得在场性,双方都共同参与和经历了这个事件,这和圣餐仪式中难民游离于神父叙事行为之外的状态,形成鲜明对比。这种情况下的当下性,就变成与感知和主观体验有关的现象学概念范畴。古姆布莱希特是想要“借助当下性的生产过程,来说明如何能在不讨论主客体关系范畴中,重建我们与外部世界事物之间的关系”[1]。他将当下性类比存在:“就算我拓展海德格尔关于存在概念的复杂性,这一努力只是暂时的,也不应怀疑,这个概念与‘当下’这个概念之间是有紧密联系的。”[2]古姆布莱希特在此处是借“当下”这一概念来讨论自我与世界之间的关系,以及在何种程度上可以“获得在场性与意义”[3]这个问题。而当下性之所

---

① Gumbrecht, Hans Ulrich: *Diesseits der Hermeneutik. Die Produktion von Präsenz*. Frankfurt am Main: Suhrkamp 2004. S. 76.

② 同上书,S. 97.

③ 同上书,S. 175.

以可以与感知这一概念放在一起讨论，主要还是因为，感知同样包括主体与当下时间维度之间的关系："在感知这一行为当中，物体在我面前的状态是'在当下存在'。"[①]存在发生的时刻正是当下的时刻，对自身存在状态的认识，就变成了主体对于当下这一时刻中自我与世界之间关系的阐释。圣餐仪式中的叙事即表明：当下性可以通过叙事，在现实世界中被强化和展现出来，被叙述的世界可以与现实世界统一。这在一定程度上就等同于模糊了现实世界与叙事世界之间的界限。所以，叙事本身是可以激起感官知觉的。

圣餐仪式中的当下性，涉及的不仅仅是拒绝符号系统的神圣的绝对在场，还包括当下性效应，即可以被展现出来的可读性与可见性。[②] 在中世纪的文化与社会生活公共领域以及其相关文学作品中，将当下性作为身体的在场性或者说身体的可见性与可读性，是一种体现尊严的策略。但是需要注意的是，中世纪的社会生活中不仅仅需要展现这种在场性，而且已经将其功能化。但是这

---

① Husserl, Edmund: *Texte zur Phänomenologie des inneren Zeitbewusstseins*. Hamburg 1985. S. 48.

② 需要注意的是，莱希特曼(Lechtermann)在这个表达中对于叙事的定义明显更加广泛，她将包括叙事在内的文学统称为语言行为的总结概况。甚至哈特穆特·卜吕梅(Hartmut Bleumer)也曾提到，她发展了一个"高度差异化的当下性概念，但是与她著作标题(《1200 年前后宫廷文学中当下性的叙事策略》)正好相反，她并没有给出关于叙事的明确有说服力的概念。"参见：Bleumer, Hartmut: *Gottfrieds „Tristan" und die generische Paradoxie*. In: *Beiträge zur Geschichte der deutschen Sprache und Literatur (PBB) 2008*. 130 (1). S. 22 - 61. Hier S. 38.

一事实会导致关于当下性讨论中经常出现的矛盾。因为“这种[仪式化]行为越是被周密计划，这些行为本身对真理和有效性的主张就更加的棘手和自相矛盾。”[①]古姆布莱希特虽然在这本书的题目中暗示了当下性可以被构建的可能性，但是他讨论的重点始终是当下性的表现特征与效应[②]，不仅如此他仍旧未能回答这个问题：创造、假装或者说是操纵当下性的能力到底是在强调社会文化生活中的当下性还是在质疑它？[③]

正如神父在这个场景中与难民的交流就可以被视为，对这种圣餐仪式中叙事的质疑。虽然不能把神父最后的呼唤看作一种叙事行为，但是他的确在此时通过语言行为实现了当下性。神父在圣餐仪式中失败的叙事，与这个成功的当下性尝试之间的区别在于：在神父对难

---

① Müller, Jan-Dirk: *Visualität, Geste, Schrift. Zu einem neuen Untersuchungsfeld der Mediävistik*. In: *Zeitschrift für deutsche Philologie 2003 (122)*. S. 118－132. Hier S. 125.

② 古姆布莱希特在书中多处描写事物在场性——当下性效应——所带来的压倒性的影响。比如“当我听到莫扎特的咏叹调转为复杂的复调时，我感到狂热的过于激烈的幸福感，真的会让我觉得在听双簧管的时候鸡皮疙瘩都起来了。”（参见：Gumbrecht, Hans Ulrich: *Diesseits der Hermeneutik. Die Produktion von Präsenz*. Frankfurt am Main: Suhrkamp 2004. S. 118.）

③ 弗洛里安·克拉格尔(Florian Kragl)对这个问题也有类似的观点：“总的来说可以很明显地看出现实与文学表现形式之间的跳转，这就让人更容易理解为什么要在符号结构之中再加一层含义。而在这个过程中成为可能的或者说这个跳转会带来的结果正是当下性的展现。”(Kragl, Florian: *Das „verstrickte“ Gottesurteil. Praktische Überlegungen zur mittelalterlichen „Präsenzkultur“*. In: *Zeitschrift für deutsche Philologie 2008 (127)*. S. 15－33. Hier S. 32f.)

民的呼唤中，神父作为说话者，不是在完成某个角色，而是动作行为的主体，什么时候说话、说什么以及为什么要说这句话，都是由神父自己决定的。在这种情况下，他借由这一言语行为真正地介入时间，而且通过直接的对话将难民纳入在场性之中，创造当下性。但是圣餐仪式中的神父只是负责引述《圣经》中的话语，神父叙事行为的意义来自圣经或者说神这一更高的权威。而当这种先验秩序失效时，叙事仪式也就成了一场无关痛痒的作秀。比如，折磨神父很长时间的一件事，就是教皇对那些在战争中被强暴的女人颁发的命令：教皇认为这些女人依旧要爱他们因强奸而生下的孩子。《圣经》中叙述的爱，对于教宗来说，是需要被大众接受并认可的行为准则之一；但是在神父看来，讨论爱和救赎之时，必须还要考虑到这些女人遭遇的苦难首先是她们自己的秘密，外部世界中的任何人，包括上帝在尘世的代理人，其实都没有权力对此事指手画脚(参见 NB，S. 365)。神父在圣餐仪式中遇到的也是同样的情况。那些参加弥撒的难民可能本不相信上帝作为救赎的存在，此时作为先验秩序和意义中心的上帝，对这些难民来说，就是无效的。那么，神父通过叙事达成的绝对在场，在先验秩序对神父本人和难民都失效的情况下，就不可能将作为主体的神父与难民包含在内了。

牧师这场失败的圣餐仪式可以证明以下几点：第一，绝对当下预设的是高于主体存在的意义。这种意义的绝对在场，意味着指涉关系的失效，此时言语行为的主体——作为具体个体而存在的人——就会被排除在这种充实的时间之外。第二,语言行为可以实现肯定的当下性,两者之间并不是土不见土的关系。布鲁诺·奎斯特(Bruno Quast)在他的文章中,也以描述耶稣诞生过程的叙事行为为例,说明被叙述的对象相关——事件与叙事行为之间的关系:

> 从强调的意义上说,事件其实是要避免直接性叙事的。从叙事的角度上来讲,在讨论事件的过程中,故事(histoire)与叙事行为(discours),也就是说事件发生的经过与事件是如何发生的这两个方面,在语言上必须是分离的。只有存在时间偏差的前提条件下才能实现叙事行为。[①]

奎斯特在此处所说的"时间偏差"体现在以下两个层面:一方面体现在被叙述的对象中,事件被叙事主体在叙述行为的过程中又一次重复;另一方面体现在叙事行为过程的层面上,"叙事主体将神学意义上的认知结果与描述对象[转换]到叙事之中"[②]。奎斯特借助耶稣的降临来说明这个过程:圣母以处子之身诞下耶稣。在这个过程中,助产士的存在,一方面证明了这个奇迹的真实性,另

---

① Quast, Bruno: *Ereignis und Erzählung. Narrative Strategien der Darstellung des Nichtdarstellbaren im Mittelalter am Beispiel der virginitas in partu*. In: *Zeitschrift für deutsche Philologie 2006* (*125*). S. 29 - 46. Hier S. 36.

② 同上书,S. 44.

一方面也作为一个见证者向他者叙述这个故事，将这个奇迹传播开来。那么耶稣诞生这个事件，就不只是一个叙述者口中的虚构的故事，其真实性得到故事中的角色之一——助产士的证明。不过，这个证明又是叙事性的，助产士对奇迹的见证，是通过其叙事行为实现的，而且助产士的叙述也是模式化的："叙事可以一方面以一种模式化的重复，另一方面以时间差的模式来实现事件性。"[①]反过来说，事件也需要叙事行为，因为只有通过叙事，"才能确保这个事件的**事件**性、特殊性。"[②]哈特穆特·卜吕梅同样也在关注当下性与叙事中的间接性之间的交互关系。他在研究哥特弗里德·冯·斯特拉斯堡(Gottfried von Straßburg)的《特里斯坦和伊索尔德》(*Tristan und Isolde*)中叙事与抒情诗形式之间的关系时，将这种效应阐释为"涌现"(Emergenz)。"叙事文本和宫廷诗之间的张力关系众所周知。在这个文本中，主要涉及的是以下假设：抒情诗不仅仅可以出现在叙事文本中，而且叙事同样也依赖于抒情诗；同样，抒情诗如果没有叙事作为基础也是不可行的。"[③]叙事可能是"唯一一个抒情诗可以回归

---

① Quast, Bruno: *Ereignis und Erzählung. Narrative Strategien der Darstellung des Nichtdarstellbaren im Mittelalter am Beispiel der virginitas in partu*. In: *Zeitschrift für deutsche Philologie 2006 (125)*. S. 29－46. Hier S. 36.

② 同上书，S. 45.

③ Bleumer, Hartmut: *Gottfrieds „Tristan" und die generische Paradoxie*. In: *Beiträge zur Geschichte der deutschen Sprache und Literatur* (*PBB*) 2008 (130). S. 22－61. Hier S. 36.

自身的空间"①。因为此时，当下性将空间上的距离设置为先决条件，又在叙事的过程中试图将这个距离抹去，将其转换成直接性。但是这个消弭距离的过程在叙事行为中会被逐渐消解。追求永恒，打破和超越时间持续性发展变化；或者说追求瞬间性，取消线性时间在空间和时间上的绵延，与文本中追求爱情的绝对实现一样，都是不切实际的。

所以说，叙事中出现的时间差可以追溯至文学表达的固有原则：文学作品中的当下性以距离为前提，而又以取消这种距离为最终目的。这种传统之下的叙事只能书写当下性的效应，只能用来描述对在场的他者所产生的影响，因而始终只能侧面描写。所以说文学作品中的当下性也会被称为否定的当下性(negative Präsenz)。叙事只有在取消被叙述的故事(histoire)与叙事行为(discours)的时间差异时，才能够真正实现当下性。如果说圣餐仪式中的叙事在创造同时性和当下性的同时，将作为主体排除在叙事之外的话，《无人湾》中科士尼格最后实现的断篇式叙事，则可以将个体纳入叙事营造的当下性之中，完成叙事主体存在状态转变的过程。

只缺了一个人——我的朋友歌者伊曼纽尔下落不明，他的歌声是最主要的辅料。

---

① Bleumer, Hartmut: *Gottfrieds „Tristan" und die generische Paradoxie*. In: *Beiträge zur Geschichte der deutschen Sprache und Literatur* (*PBB*) 2008 (130). S. 22－61. Hier S. 60.

他没来吗？

“他没来吗？”他的新歌——他的《最后一首歌》就是以这句话为开始的。(NB, S. 629)

论文反复论述的这个叙事结尾，可以作为汉德克断篇式叙事的一个成功范例。虽然科士尼格的妻子给这个叙事之夜画上了明确的结尾，但是他的叙事仍旧随着下落不明的歌者继续。这就让叙事行为成为一个开放性的场域。这种开放性意味着，此时的叙事可以同时将叙事者、被叙述的对象以及读者，邀请进入叙事的世界之中。之所以说叙事主体在此处创造的世界是开放的，是因为叙事在科士尼格的眼中，是一个不可被预设的事件，不受制于任何业已存在的意义系统，也不是其他任何先验的价值系统的派生。[①] 首先，这个事件的视角是第一人称叙事者的视角。同时“他没来吗？”这个问句则可以理解为叙事者直接向读者提出的问题，叙事者借此可以将读者纳入叙事行为的时间之中，与读者一起反思和叙事。其次，歌者的叙事行为也随着科士尼格的叙事同时发生：正如上一章中论述的那样，《最后一首歌》是歌者对自身所处当下的尝试，是歌者对存在本原状态的语言上的把握。(参见 NB, S. 271)歌者对《最后一首歌》的追求，其实也

① 参见：Zeillinger, Peter: *Badiou und Paulus. Das Ereignis als Norm?* In: *IWK-Mitteilungen*, 61. Jahrgang. (2006). Nr. 3－4. S. 6－12. Hier S. 6.

是他试图实现自己在世存在的尝试，是为了让自己有可能参与当下的时间(参见 NB, S. 264)，因而歌者通过音乐创作对当下时间的尝试与科士尼格的叙事行为是一致的。此外，科士尼格叙事只给出了歌者当下尝试——《最后一首歌》——的第一句话，没有为其预设任何方向与目标，因而歌者通过音乐来阐释自身存在的行为具有开放性，不依赖先验秩序。所以歌者借助音乐创作参与的时间也是一个开放性的自由时间。再次，被叙述的对象——歌者的叙事行为——是以一个特殊强调的问题开始的:“他没来吗?”这个反问句体现出来的正是科士尼格作为叙事者对于事后叙事对完整性要求的质疑：意思是歌者不一定非得到场，叙事之夜也不一定非要凑齐人数，实现完整性。这个反问句不仅表明科士尼格与歌者的叙事行为都是自由开放的过程，同时也将读者纳入科士尼格对叙事的反思过程中。这样一来，被叙述的事件——歌者对当下的尝试与科士尼格对叙事的反思，与科士尼格此时的叙事行为，同时发生。其中叙述者、被叙述的对象、读者都参与到这个发生在当下的事件之中。这种主体通过语言参与和把握的当下时间，正是被履行的时间。而这个能够肯定主体存在的当下性，也意味着汉德克借助科士尼格解决了“事后叙事”无法避免的悲剧命运，实现对自身存在的立法过程。最后，科士尼格的这种断篇式叙事实际上，是将存在的合法性从对属于过去的先验秩序转向当下存在于发生过程中差异的痕迹之上。这种叙事的开放性正是在为这种痕迹提供得以展现的场域。

总的来说，汉德克从 70 年代到 90 年代的文本之中共尝试了两种叙事模式：事后叙事与断篇式的共时书写。断篇式叙事是主体在先验秩序失效，作为能指的语言本身无法回到所指，无法真正让个体回到存在的本原状态的情况下，对其自身当下存在的语言上的把握与认知过程，是对当下时间的肯定和对当下存在的合法性论证。而事后叙事以叙事行为时间和被叙事时间之间的偏差为前提，实际上把过去的时间放在了本体论的位置上。通过这种叙事方式达成指涉关系的不在场，实际上却拒绝主体对这个绝对当下的符号阐释。不仅如此，事后叙事实际上为主体预设了一个先验秩序或者意义中心，但是一旦这种秩序失效，叙事塑造的充实的意义最终会变成对叙事主体本身存在的否定。

## 4.3 否定的当下性

事后叙事与断篇式叙事之间最大的不同点在于叙事行为过程中的时间差。其中，事后叙事最后塑造的绝对当下拒绝了主体的存在，而断篇式叙事则是在肯定主体的前提下，为其存在的发生提供场域。《无人湾》中科士尼格试图用法条的语言、编年史家的语言来完成叙事，与科巴尔关于叙事方式进行激烈的辩论，最终确定只有断篇式叙事才是他所追求的叙事方式。那么事后叙事的方式就是毫无意义的吗？为什么断篇式叙事可以弥合叙事行为与被叙述事件之间的时间差，使得叙事主体能够通过语言来把握其存在的当下性，而事后叙事却走不出时间差带来的悲剧循环？

这就需要引入保罗·利科关于叙事中的时间问题的论述。之所以能将汉德克与保罗·利科放在一起讨论，是因为两者的出发点是一致的：两人讨论的都是时间的疑难(Aporie der Zeit)。奥古斯丁(Augustinus von Hippo)在他的《忏悔录》第十一卷中关于这一点做出如下论述："如果过去已然不在，未来尚未到来，而现在不是一直都在的话，时间是如何存在的呢？"[①]此处讨论的正是对于存在时间性的把握：奥古斯丁认为，人应该将过去、现在和未来看作三种不同形式的当下。在他看来，过去以回忆的方式存在于当下之中，而未来会以当下的期待这一形式存在，而现在则是当下关注的焦点。这三种形式的当下交汇存在于人的灵魂之中。汉德克的叙事文本就是在讨论主体是否以及如何才能在这三重形式的当下中构建自我，把握自身存在的时间性。但是事后叙事的悖论在于：主体实施叙事行为的目的，是为了把握自身在当下存在的意义，借助叙事这一行为参与到外部世界之中；但是这种叙事模式到最后倾向于将叙述对象的时间抽离出过

① Ricœur, Paul: *Zeit und Erzählung. Zeit und historische Erzählung*. Band I. München: Wilhelm Fink 1988. S. 19.

去、现在与未来的时间变化，使其成为永恒，而这种永恒却又在拒绝主体的参与。这正表明了“时间性的困境(Aporetik der Zeitlichkeit)与叙事诗学之间的对立”[①]。利科正是以这个对立为基础，建立和发展了他关于通过叙事构造以及重新构造时间体验的理论。这个理论涉及的不仅是人作为主体对时间的体验，还包括这种主观实践体验在叙事行为过程中的体现。他首先揭示了奥古斯丁时间哲学的微妙困境，认为《忏悔录》中奥古斯丁从神学的角度讨论时间，其实仍旧未曾脱离自传叙事的范畴，叙事只能存在于时间之中，但是其目的却是要超越时间。《忏悔录》的第十一卷最后只说明了一个观点：“时间体验的永恒性的表达，其吸引力不足以在摆脱时间桎梏的沉思中，消除叙事的时间性。”[②]利科为证明这个结论，在其后的论证中列举了很多例证，来找寻可以不经过叙事的间接转述来观察时间本身的空间，比如说亚里士多德(Aristoteles)的诗学以及海德格尔与胡塞尔(Edmund Husserl)的现象学。利科在讨论前人理论的基础之上最终还是回到“康德(Immanuel Kant)的观点[上]，在康德看来时间是不能被直接观察到的，时间本身是*不可见*的。从这个意义上讲，纯粹现象学意义上的时间永恒的疑难，正是每一个想要尝试让时间自身显现，或者说试图将时

---

① Ricœur, Paul: *Zeit und Erzählung. Die erzählte Zeit*. Band III. München: Wilhelm Fink 1991. S. 9.

② 同上书，S. 51.

间的现象学定义为纯粹的现象学的人，必须要付出的代价。"[①]汉德克的作品中也出现了同样的循环论证：绝对当下对叙事主体的拒绝，也是叙事主体尝试通过叙事介入当下时间、表达主观时间感知的尝试中，必然要付出的代价。

但是正如上文所论述的那样，绝对当下本身拒绝语言符号，因而也就不能只抓住语言来讨论这种循环论证的缘由，而是需要将叙事行为本身纳入考虑范围。无论是历史叙事还是虚构叙事，主要还是借助对主要情节的构建（Fabelkomposition）完成叙事的。此处所说的对主要情节的构建是指文本合成的过程（Synthetisierung eines Textes）。叙事者通过选择和安排语言材料，形成一个封闭的、完成的、有意义的整体。"情节之所以是可以叙述的，是因为情节本身已经被叙事者通过符号、规律和规范，从象征的层面上传达出来。"[②]在符号层面上对情节的构建和整理，能够赋予被叙述对象相应的结构、关系与意义。"符号性为情节的可读性做出相应准备。"[③]因为零散分布的目的、起因与偶然性事件，在主要情节的构建之下，成为完整的、全面的、具有时间统一性的情节。

事物本身（das Selbst）不会直接认识自己，这种

---

① Ricœur, Paul: *Zeit und Erzählung. Zeit und historische Erzählung.* Band I. München: Wilhelm Fink 1988. S. 131.

② 同上书，S. 94.

③ 同上书，S. 95.

> 认识自我的过程只能是间接的，需要绕个弯路，借助不同的文化符号才能实现。[……] 那些能让叙事起作用的间接性，正是这种象征符号的传递功能。叙事的间接性强调的正是这种自我认知的一个十分显著的特征：自我阐释。①

所以说主体认识自我与认识世界的过程，正是一个以叙事为形式的自我阐释过程。主体在这个过程中，需要通过语言来完成自身经历的构建，形成完整的、全面的、具有时间统一性的自我。此时在叙事过程中展现出来的时间，才能被称为主体的时间："时间只有在通过叙事展现出来的情况下，才能称为人类的时间；反过来，叙事只有具备时间体验的特征时，才能说是有意义的。"②

> 在叙事行为中以各种形式揭示、表达和说明的人类经验的共同特征就是其时间性特征。所有被叙述的事物都在时间之中发生，其发生的过程都需要时间，也会在时间之中结束；而所有在时间中完结的事物都是可以被叙述的。或许只有通过这样或者那样的方式将每一个时间过程叙述出来的时候，才能被

① Ricœur, Paul: *Narrative Identität*. In: *Heidelberger Jahrbücher 1987* (*31*). S. 57 - 67. Hier S. 65.

② Ricœur, Paul: *Zeit und Erzählung. Zeit und historische Erzählung*. Band I. München: Wilhelm Fink 1988. S. 13.

认为是一个时间性的过程。[①]

主体通过语言将发生在时间之中的事件表达出来，这一过程之所以能够产生叙事，而且这种叙事之所以能够让主体理解事件的意义，是因为主体需要时间来叙述时间。因而主体在叙事的过程中，能够创造新的时间。只有在这个新的时间之中，过去已经发生了的事件才是可以被叙述、被阐释和被理解的。被叙事的时间成为主体观察与反思的对象。主体本身并不存在于被叙事的时间之中，而是基于已然发生在过去的事件与经历，构建自我存在。此时，叙事主体将过去的时间作为存在作为本原。那么叙事过程就等同于模仿这个在过去已然发生的一次性的时间，这个原本属于主体时间体验的时间就变成主体观察的对象。此时，主体在此种情况下实施叙事这一行为本身，意味着他对当下存在的忽略。

但这并不意味着，将过去放置于本体地位的叙事行为对于主体构建当下存在的过程毫无意义。在叙事的过程中，叙事者通过情节（Fabel）来重构时间，只有这样，时间才是可以被体验和感知的。叙事者与被叙事的时间之间的距离，并没有完全地取消事件的时间性，而是通过塑

① Ricœur, Paul: *Erzählung, Metapher und Interpretationstheorie*. In: *Zeitschrift für Theologie und Kirche 1987* (*84*). S. 232 - 253. Hier S. 233.

形(Konfiguration)将这个时间在叙事之中深化。“叙事中将事件放入情节之中,通过这种方式最终重新塑形和重新构建的只有情节中的时间(Zeit der Handlung)。”[①]利科甚至在这个基础之上提出“澄清”时间(Aufhellung der Zeit)这个说法。同样的说法也体现在科士尼格为叙事寻找合适的语言过程中。科士尼格认为,作为观察者和叙事者的编年史家,可以让“这个赤裸裸的当下,今天,这个摆脱了神话的时刻”(NB, S. 99)生效。编年史家式的叙事方式,能够论证存在在此时此刻的合法性,主要体现在这种叙事能够在零散的、异质的表象中,完成对事件的时间上的整合(die zeitliche Synthesis des Heterogenen)。[②]“这个时候,在故事情节进展过程中,有第三者亲自出场,不是仅来扮演这个距离感,而是一个编年史家:‘初冬的一天,这个女人离开了郊区的那栋房子。’”(NB, S. 186)科士尼格给出来的这个示例,一方面是在强调编年史家独立于事件之外的观察者的视角。正是这个角度才让这个事件以及其发生过程中的时间,成为可以体验的、可以反思的对象;另一方面,同时也在说明,这个编年史家是在场的,他不是在扮演某个预设的角色,而是实实在在在场观察这个事件的发生,并将其叙述出来。这个场景的

---

① Ricœur, Paul: *Zeit und Erzählung. Zeit und historische Erzählung.* Band I. München: Wilhelm Fink 1988. S. 130.

② 参见:Mattern, Jens: *Paul Ricœur zur Einführung*. Hamburg: Junius 1996. S. 161.

叙事，不仅交代了一个事件发生的时间、地点，而且还给出了人物与情节。这是一个事件的开始，同时也可以被看作叙事的开端。叙事正是想要通过将独立的事件再现这一手段，填补叙事者的当下。利科在他的论文《叙事的功能与人类的时间体验》(*Narrative Funktion und menschliche Zeiterfahrung*，1987)中详细阐述了，叙事者如何通过叙事行为实现异质事件的时间上的统一过程。叙事的任务并不只是“将独立的时间排列出来。除此之外，它[叙事]还应该有能力在分散的独立事件的基础之上，组合成一个有意义的整体。”[①]此时，叙事主体需要借助一定的距离，完成对独立事件的观察，然后才能将混乱、零散的事件整合为一个具有意义和秩序的整体。从这个意义上讲，利科的“线性叙事”可以理解为上文论述中的“事后叙事”。叙事主体借此获得的意义，是对在过去已发生的零散事件的整合，是对秩序的重构。

但是需要注意的是，此时的叙事主体是一个旁观者，他只能以一种纯粹的“目击者-状态”(NB, S. 417)来记录和模仿已经发生的事件，但是却无法参与其中。那么被叙事整理和构建出来的意义，指涉对象为叙事主体的过去，与叙事行为发生的当下时间无关。这种意义整体与

---

① Ricœur, Paul: *Narrative Funktion und menschliche Zeiterfahrung*. In: Volker Bohn (Hrsg.): *Romantik-Literatur und Philosophie. Internationale Beiträge zur Poetik*. Frankfurt am Main: Suhrkamp 1987. S. 45 – 79. Hier S. 60.

秩序本身依附叙事行为，叙事行为结束的同时，叙事主体构建出来的意义整体与秩序也会随之消逝，充实的时刻也就如昙花一现。不仅如此，这种叙事行为同时将过去作为存在的本原状态，这同时意味着“事后叙事”对秩序和意义的构建属于一种重构行为，是对业已存在的本原状态的模仿和尝试。那么当先验秩序失效时，这种叙事方式在构建意义的过程中就不再具有可行性。比如科士尼格试图尝试编年史家的语言来完成叙事时，发现语言在他准备叙事之前，就已经将叙事时用到的句子组织好了：

> 我从来没能越过我预设的第一个句子，当然我也没有办法或者说根本不愿意放弃这个句子。它——最开始的时候是个简单句——主语、动词、宾语——现在每天都在自己增加内容，需要补足语、限定词，出现嵌套结构，形成句框，寻找自由表达，找到结果状语从句，句意开始逐渐尖锐，愈演愈烈，语气最后不得不逐渐和缓下来，慢慢消逝，最终无话可说。这个句子还要求在叙事之外，还能够稍微转个身面向一个人（任何人都可以），然后组成一个从句，直到这整个句子看起来像是一个折中之法，介于为我预设的长篇故事的开端与保罗书信开头的花体字之间，哪怕这书信其实并不是写给教区，甚至压根不是写给某个具体的个人的。而我与使徒不同，压根不是被某人派遣而来，我知道自己在做什么。(NB, S. 233f)

此时的科士尼格虽然刚刚开始叙事，但是已经很明显可以看出，语言已经预先规定好了他的叙事，掠夺了科士尼格作为叙事主体的自由意志。这种叙事依旧能够展现意义，就像保罗书信一样为世人带来救赎。但尽管科士尼格并不愿意舍弃这个自我书写的句子，他依旧无法认同这种叙事模式所构建的秩序。因而，圣经故事这类对上帝绝对在场的模仿与叙事，也就无法成为为叙事主体科士尼格提供实现认识当下存在状态的方法。“我与使徒不同，压根不是被某人派遣而来，我知道自己在做什么。”科士尼格的这句强调意味着，宗教作为先验秩序在他这里是失去合法性的。他追求的叙事，是从自身出发，对自己当下存在状态的认知，体现的是他作为主体的自由意志，而不是对绝对意义的复制。但是为什么要说先验秩序失去有效性的话，作为线性叙事的“事后叙事”就没有办法为叙事主体提供认识当下存在的可能？

这其中最主要的原因，还是要回到叙事行为的时间与被叙事的时间不可逾越的偏差之上。首先，这两个时间的差异是线性叙事得以实施的必要前提：因为线性叙事一直以来是

> “对一系列已经无法被感知的事件的一种再现”。而“叙事行为”与“被叙事的对象”之间的差异正是体现在再现这一行为之中。这里所说的是一个现象学意义上的差异，在此基础上所有叙事行为的

> 对象都不能是叙事本身。正是由于这个基础性差异，才有可能区分这两个时间：叙事行为的时间与被叙事的时间。那么与再现这一行为相关联的是哪一个时间？被叙事的时间又是与什么相关联的？对此有两个回答：一方面，被叙述的事件本身与叙事文本是不同的，并不能真正地在叙事行为之中展现自身，而只是被“复述”；另一方面，被叙事的时间从根本上来说是“生命时间”；而生活本身是不能被叙述，只能被经历的。①

叙事这一行为将已经发生的时间再现，使主体可以重新经历和感知过去的生活。换言之，叙事以两个时间之间的差异为前提，但是又将超越这个差异设定为目标：叙事的最终目的，是为了能够让主体经历一个连贯的时间。主体对时间的连贯性体验正是两个时间之间不断相互影响的结果，因为叙事本身如果要想以叙事行为时间实现自身在时间上的延续，就必须要讲述某件事情，也就是说，叙事必须要有一个对象。这个对象就是故事(histoire)。故事本身的时间则只能在叙事行为发生的时间框架内展现自身。虽然说这两个时间看起来要保持距离，互相排斥，但是实际上如果要实现自身的话，二者是相互依存的关系。只有保持叙事行为的时间与被叙事的时间之间的

① Ricœur, Paul: *Zeit und Erzählung. Zeit und literarische Erzählung*. Band II. München: Wilhelm Fink 1989. S. 130f.

差异性的前提下，才能实现叙事。

时间只能在叙事之中才能被主体体验与感知，同样也体现在科士尼格身上。“我一字一句地存在于时间之中，就好像这叙事是我的立足之地。”(NB, S. 228)科士尼格正是在叙事的过程中才发觉自己可以在时间之中存在，对存在的时间性有了具体的认知，重新体验了时间。但是此时被叙述塑形构建的时间在叙事行为发生的时刻，已经完结，且成为过去。利科在此处得出与凯特·哈姆伯格(Käte Hamburger)一致的结论：叙事行为的时间是叙事主体(Aussagesubjekt)经历的时间。哈姆伯格认为，不论是讲述过去、现在还是未来，叙事行为只有与叙事主体发生关系时，才会产生意义。[①] 因此，对于哈姆伯格来说，叙事的时间以及叙事中自我的本原(Ich-Origo)对于叙事主体来说都是当下在场的。“比如，我们其实是没有办法对事件发生的时间进行提问的，就算是文本当中已经给出故事发生的日期，比如 1890 年夏天，也不能对此进行提问。因为不管有没有给出日期，我在阅读一篇小说的开头时，感知到的并不是说某先生之*前*去旅行[②]了，而是他*现在*去旅行了。”[③]哈姆伯格关注的焦点在于，不论小说中给出来的时间究竟是过去、现在还是未来，对

① 参见：Hamburger, Käte: *Die Logik der Dichtung*. München: Ullstein 1987. S. 66.

② 斜体为原文中的强调。

③ 同上书，S. 69.

于叙事主体来说，这件事情是他通过叙事再现出来，因此也只能发生在他的当下。而利科关注的焦点就不仅仅是故事(histoire)层面上的时间关系，还包括文本的接受者。哈姆伯格试图拒绝叙事与接受者之间的任何联系，而利科则是在讨论叙事如何通过影响接受者而介入现实世界。虽然被叙述对象的时间不一定是读者的过去，但是这个时间一定是属于过去的，如果不是读者的，那就一定是叙述者的过去："难道不应该认为过去式之所以能够保持其语法形式和优先地位，正是因为叙事行为的当下对于读者来说，是在被叙述的故事之后才出现的，也就是说这是因为被叙述的故事属于叙事声音的过去？每一个被叙述的故事对于讲述它的声音来说难道不都是**过去**吗？"①虽然说叙事行为可以将被叙述的对象再现，为其赋予当下性，但是被再现出来的并不是事件本身，而是被叙述出来的故事。这种赋予被叙述的对象当下性的行为正是一种间接性的转换行为②。而在叙事的过程中被讲述出来的故事情节，由于叙事行为时间与被叙事的时间之

① Ricœur, Paul: *Zeit und Erzählung. Zeit und literarische Erzählung*. Band II. München: Wilhelm Fink 1989. S. 168.

② 当然，此处的当下性主要还是基于文本的虚构性进行的讨论。哈姆伯格将读者的时间体验与文本中虚构出来的人物所经历的时间严格地区分开来。这就一定程度上相对减弱了叙事行为对故事赋予在场性的功能。"小说的故事情节不能被当作过去来体验，这并不能说明被叙述的故事对于我们来说是在场的，可以被体验的。因为过去的经历只有在与当下和未来的经历建立相应联系的情况下，才能算是有意义的。但是这并不意味着对于过去、现在和将来的时间体验与现实有关。"(Hamburger, Käte: *Die Logik der Dichtung*. München: Ullstein 1987. S. 87.)

间的偏差，就变成了无法更改的情节。哪怕在虚构的故事中，叙事主体只有通过叙事才创造出故事。这个时候被叙述出来的故事情节也在叙事开始的那一刻就已经成为过去的、无法更改的情节了。每一个叙事文本就变成了一个不断再现的回忆。反过来说，被叙述的情节之所以能够通过叙事被再现出来，是因为它预设这些可以以及应该被再现的、被重复的或者说被回忆起的事件是已经完结了的事件。所以说叙事行为（discours）完全可以把握故事（histoire）或者说被叙事的时间，通过再现的手段重复那些在被叙述的世界中无法重复的事件，这就让叙事变成了回忆。“被叙述的故事在重复其情节的时候，是将其作为回忆的对象来完成的。”①但是能够被回忆的事件不仅仅是已经发生的事件，而且意味着这个事件已经完结。因此，在这种叙事行为中发生的重复，“是一种回顾已经完成的情节过程的目光，叙事则可以通过这种目光给予这被重复的整体一个认同。”②也就是说，能够获得认同的前提是被叙述的事件已然完结，而且无法再行更改。那么叙事主体就没有办法参与被叙事的时间，因为叙事主体在叙述的过程中经历的时间，是“一种当下的时间，是与被叙述的情节同时发生的时间，但是这个当下与叙事

---

① Ricœur, Paul: *Narrative Funktion und menschliche Zeiterfahrung*. In: Volker Bohn (Hrsg.): *Romantik – Literatur und Philosophie. Internationale Beiträge zur Poetik*. Frankfurt am Main: Suhrkamp 1987. S. 45 – 79. Hier S. 75.

② 同上。

行为发生的处在现实生活中的当下没有任何关系。"[①]叙事行为讲述的这些事件、情节过程等,虽然是已经发生在过去的事件,但是作为被讲述出来的文本,则是属于当下的。产生这种当下性的,不是文本中被叙述的事件本身,而是叙事行为对过去事件的再现。因此,通过叙事得到的存在意义本身就是一个悲剧,因为这个意义在生成的同时,就已经与主体失之交臂。[②] 从这个角度就完全可以理解,科士尼格为什么会质疑线性叙事实现和生成当下体验的可行性,因为这种悲剧是线性叙事的必然结果。"负责把一个预设的粗略复述转变为一个传统的、连贯的叙事,其实是一场梦,一场'又一次'出现的幻想。"(NB, S. 416)

从上述分析可以得出结论:在线性叙事中,过去时间是主体存在的本原。线性叙事行为是主体通过回忆对过去时间的重复,而只有在这种重复的过程中,主体才能够重新找到作为存在本原的过去时间。因为:

> 它能让我们在叙事文本的开头中阅读故事的结尾,而在故事的结尾中阅读其开端。我们可以通过这种方式逆着时间的变化阅读时间,可以在一系列

---

① Ricœur, Paul: *Zeit und Erzählung. Zeit und literarische Erzählung*. Band II. München: Wilhelm Fink 1989. S. 112.

② Ricœur, Paul: *Narrative Funktion und menschliche Zeiterfahrung*. In: Volker Bohn (Hrsg.): *Romantik - Literatur und Philosophie. Internationale Beiträge zur Poetik*. Frankfurt am Main: Suhrkamp 1987. S. 45 - 79. Hier S. 75.

> 行为的终结中重新找到其出发点和开始的条件。从这个层面上讲，叙事行为不仅仅是把人类的行为放置于时间之中[……]，而且还将其定位在回忆里。回忆则是在重复事件发生的顺序，并且遵守这个事件在其开始到结束期间呈现出来的模式。①

因此，线性叙事，或者说“事后叙事”，其实质意义在于对叙事对象的回忆。叙事行为为叙事主体创造了与叙事对象之间的距离，主体借助这样一种距离可以在回忆中反思自身的存在状态，进而得出对自身与世界的连贯性的整体性的认知。这能够为叙事者提供在世存在的立足点。但是叙事主体借此认识的存在状态指的是过去时间，与叙事者在实施叙事行为的过程中所处的当下时间是分开的。如果叙事仍旧需要以叙事行为时间和被叙事的时间之间的差异为前提的话，叙事本身是无法逾越这个差异的。那么在“事后叙事”中，叙事者通过叙事，将被叙事的时间抽离出时间的变化，隔离其与现实世界之间的关系，使其成为永恒。主体通过叙事消化和反思的时间其实与叙事主体自身的当下毫无关系。因此，这种当下性可以被称为否定的当下性。

---

① Ricœur, Paul: *Narrative Funktion und menschliche Zeiterfahrung*. In: Volker Bohn (Hrsg.): *Romantik-Literatur und Philosophie. Internationale Beiträge zur Poetik*. Frankfurt am Main: Suhrkamp 1987. S. 45 - 79. Hier S. 68f.

## 4.4 肯定的当下性

根据上文论述可以得出结论：正是故事(histoire)的时间与叙事行为(discours)之间的偏差，才使得线性叙事成为可能。这是线性叙事的基本准则。但这同时也让叙事最后脱离客观时间的变化，以绝对的当下做结尾。从这个角度讲，文学文本不可能在直接性与在场性的意义上描述当下性。因为在叙事过程中呈现出来的当下性，指的其实是叙事主体对叙事对象的再现，与现实世界中主体的时间体验无关。从这个层面上讲，“文学的当下性”(literarische Präsenz)这一概念本身具有矛盾性。因为文本虽然可以讲述故事中人物的当下性体验，但是这个当下性始终只停留在故事(histoire)的层面。对于文本的读者来说，这种当下性体验并不是在场的，而是一个需要借助叙事才能呈现在当下的时间，是间接的。叙事行为将被叙事的每一个时间变成了一个当下的时刻，而且与叙事主体自身的时间结构无关。也就是说叙事的当下性，与叙事内容无关，也与叙事者是否描写了自身或者故事中人物所经历的具有强烈体验的瞬间都没有关系。叙事只能创造当下性，而且还是以间接的手段来创造否定的当下性。那么如果要解析文学中的当下性，就得从叙事过程中的再现机制以及叙事行为时间与被叙事的时间之间的偏差入手。这样以来，在“文学的当下性”这一概念中讨论的当下性，就不再意味着直接性与在场性，而是变成了一种间接性的效应(Effekt der Vermittlung)。

“事后叙事”可以创造否定的当下性这一结论，在上文中已经得到充分的论述。但是这并没有完全否定叙事构建当下性的可能：《无人湾》中科士尼格在最后实现的叙事，就是一个可以直接实现在场性与直接性的叙事形式。这种叙事形式并不是为了从已经发生的、分散的事件中找到完整的关联性，而是指以断篇的形式完成对当下的共时书写：

> 现在就好像我的观察、同行与书写在旅行者的酒店窗台前是同一件事情。我的手只可以被外部事件所引导。要是我的手遇见了什么图像、想法或者说白日梦，那么我也愿意将这些记录下来，当然这都是有条件的：记录的产生或者说发展都只能基于对外部世界的关注，并且同时为外部世界和对外部世界的纪要年鉴提供空间。(NB, S. 412)

科士尼格在此处描写的叙事行为与主体的观察同时发生，是发生在叙事者当下的一个事件或者说行为。“书写”的对象，是作为叙事主体的科士尼格在同行与观察过程中对外部世界的感受，不仅仅局限于对外部世界的感知，还包括此时此刻产生的想法与白日梦——对当下存在的想象。因此，这种形式的叙事行为已然超越了对外部世界的模仿以及对已经发生过的事件进行复述与临摹(Nachschreiben)。这其中必然会涉及语言符号的问题。但是这并不意味着科士尼格仍旧受制于先验秩序的规定。他在此处的叙事行为立足点是“对外部世界的关注”,目的是“为外部世界和对外部世界的纪要年鉴提供空间”。因此,科士尼格的叙事过程并不是对语言异化的又一次呈现,他所书写的,是从其自身出发对当下外部世界的感受,包括此时此刻想象力对当下存在的拓展。这样一来,叙事就能够为叙事主体提供一个自由的空间,让主体和被他感知到的事物在这个空间的当下之中以原初的状态相遇。此时主体虽然仍旧需要使用语言符号,但是能指对应的所指同样也是在场的。在这个意义上可以说叙事主体通过叙事体验了当下性。而且这个当下性并没有将主体排除在外,而是把主体感知到的事物和叙事主体本身都包含在内。不论是叙事还是感知,体现在叙事行为之中都是具有当下性的。此时,主体作为行动的实施者,可以参与到自身所处的当下,并且与外部世界的时间一起变化。主体此时完全摆脱了虚无时间的囚禁。主体通过这种方式实现的当下性体验,就不再是线性叙事中否定的悲剧性的当下性,而是有创造力的当下。主体在这个状态中才可以在当下发现这个世界的本质:

然后我、我的书以及这个世界才会带着另外一种确定性继续往前。在我心里有了一种叙事,这种

> 叙事就算不是一个故事接着一个故事讲，也是一些更加令人无招架之力的故事，故事的结局也不像一千零一夜的故事那样无限制地延伸：这种叙事是有创造力的叙事，虽然并没有发明创造出具体事物。(NB, S. 419)

这种对当下共时书写意义上的叙事与一千零一夜式的童话故事不同：科士尼格的叙事不像童话那样仅仅简单地重复固定的套路，也没有给出最终的救赎和出路，也不要求叙事给出来的意义具有普适性，所以也就不属于任何一种特定的范畴，反而可以为叙事者和读者提供一个开放性的场域，生产将叙事主体囊括在内的当下性。叙事主体对当下的共时书写，并不追求其普适性，叙事者并不要求叙事文本像童话故事一样能够流传下来，成为后继者的存在范本。叙事者通过叙事实现的存在，以及对世界的认知，对于读者来说并不是一个需要被模仿的先验的认知模式，而是一个可以激起读者探寻自身存在的契机。

但是叙事主体通过对当下的共时书写达到的存在状态，会随着时间的变化发生相应改变。那么这种不稳定的存在状态同样也能为主体在世存在提供立足点吗？此外，科士尼格认为，对当下的共时书写可以为主体和外部世界同时提供一个敞开的、自由的空间，让主体与外部世界显现出自身原本的状态。语言作为一个符号系统，作为能指，与其所指是同时在场的。主体与其观察和感知到的事物在语言之中相遇。那么问题在于，科士尼格只是转换了叙事的方式，并没有更改叙事的语言，而且之前线性叙事无法实现这种统一性和在场性的原因也不在语言上面。所以说仍需讨论这样一个问题：为什么这种对于当下的共时书写，可以使事物与主体回归其本原的存在状态？

> 所有的象征系统都会以这样或者那样的方式帮助形成真实。更具体地说：我们想象出来的情节有助于我们完善这些困惑的、无形的、几乎沉默的时间体验。"什么是时间？"奥古斯丁这样问道，"如果没有人问我这个问题的话，我是知道答案的；但是如果有人问我的话，我就不知道了。"情节的指涉功能就在虚构的能力之中——可以完善和发展这几乎沉默的时间体验。①

叙事的功能首先体现在，叙事可以将时间本身作为主体反思的对象，给了主体机会，去直面自身存在的虚无状态。而科士尼格能够借助对当下的共时书写介入时间，进而沉浸在时间之中，这体现出来的正是虚构叙事的主要功能。"虚构可以创造想象的世界，就好像是虚构可

---

① Ricœur, Paul: *Erzählung, Metapher und Interpretationstheorie*. In: *Zeitschrift für Theologie und Kirche 1987* (*84*). S. 232 - 253. Hier S. 238.

以给时间的敞开提供一个无限的场域。”[①]而又因为科士尼格并没有为自己预设更高一层的权威与先验的意义价值系统，也没有强求他能够在叙事的过程中得到一个具有关联性、完整性的结论，因而他在共时书写当下的过程中，就不需要考虑叙事时间与被叙事的时间之间的差异[②]。叙事行为的时间与被叙事的时间在叙事过程中于当下合二为一。此时叙事创造的当下就不再是主体借助语言被动地模仿已然成为过去的时间，将其再现的结果，而是叙事主体创造力的体现。

在此处可以很明显地观察到汉德克追求的叙事与利科在《时间与叙事》中讨论的线性叙事之间的区别：在利科看来，叙事是主体将一系列事实通过语言的手段构建出具有连贯性的诡计（Intrige）的过程，而诗学正是一门通过想象构建诡计的艺术。所以说在利科看来，叙事行为作为一个范畴，包括戏剧、史诗和历史书写。诡计应能够以叙事者认为的必然或者说可能的方式，来展现事件发生的过程。换言之，诗学的整体性，或者说叙事最后得出来的结论，其实只是对内在一致性的一种印象。这种盖棺定论的完整性建立在“好像”的基础之上。主体在叙事的过程中，将其自身想象出来的秩序，替代了事件在现实世界中体现出来的秩序，反而期待能够通过诗学或者

---

① Ricœur, Paul: *Zeit und Erzählung. Zeit und literarische Erzählung*. Band II. München: Wilhelm Fink 1989. S. 268.

② 参见：同上书，S. 107.

叙事的手段，为自身在当下的存在问题提供解决之道。这就不可避免地会导致悲剧，因为叙事者通过想象构建出来的秩序与当下性，说到底仍旧只是其自身的一种印象，这就取消了叙事与现实世界之间的关联性。利科一直都在试图强调“历史与虚构的交互渗透”[①]，这是因为在他看来，主体通过叙事实现的存在意义正是来源于此。[②]但是他很难解释清楚，为什么虚构对于故事情节的构建以及在叙事过程中存在意义的生成中，能够起到决定作用。如果继续利科自己的推论过程，答案其实显而易见：正是因为故事(histoire)时间与叙事行为(discours)时间之间存在偏差，才能让虚构叙事“用一个合适的复制品来弥补展示时间的失败”[③]，因为主体在虚构的世界中可以弥合原本无法统一的事物，换言之使得原本无法在场的事物重新获得在场。可是这依旧无法解释线性叙事的悖论：哪怕是虚构叙事，其先决条件仍旧是叙事时间与被叙事的时间之间的偏差，而正是这种偏差才使得叙事构建

---

① Ricœur, Paul: *Zeit und Erzählung. Die erzählte Zeit*. Band III. München 1991. S. 395. 这种交互渗透主要体现如下：历史与虚构双方都会将对方收为己用。比如，“历史的意向性只有在它把虚构化的手段服务于自身的意图时，才能够实现，而这种虚构化就属于想象的叙事世界了。而虚构叙事的意向性只有在相应地采用历史化的手段才能让我们行动的转变与苦难变成可见的状态，才能重构真实的过去”。(同上书，S. 162f.)

② 主体在叙事的过程中构建出的自我身份认同，主要是指叙事中的“谁?”这个问题。“正如汉娜·阿伦特强调的那样，回答“谁”这个问题就意味着讲述关于生活的故事。被叙述的故事会说明情节的主体——*“谁”。这个“谁”的身份就是主体通过叙事获得的自我身份认同*。(同上书，S. 395.)

③ 同上书，S. 392.

出来的当下性成为否定的当下性，使得叙事主体的当下仍旧是虚无的当下。

与此相反，科士尼格并没有将叙事时间与被叙事时间的偏差，作为他叙事的前提。他对外部世界的观察与对当下的共时书写是同时发生的。书写这个动作，一方面是为了能够将主体感知到的事物本质，转换成人类自己的语言，进而实现对外部世界和自我的认知；另一方面是为了强化主体的当下性和在场性："只有当我书写下来的时候，我的五感才被强化，我才更加敏锐地注意到这里的建筑物。"(NB, S. 455)科士尼格在书写的过程中感知到的，并不是通过语言再现出来的当下性体验，而是实实在在地与叙事主体——科士尼格本身有关的、被强化了的当下性体验。此时，外部世界中的事物对于科士尼格来说"不再是具体的人或者是动物，而是以本质的形态呈现在他的面前。"(NB, S. 482)

需要注意的是，科士尼格意义上的对当下的共时书写指的并不仅仅是对这种本质形态的记录，最关键的一点是他作为叙事者的想象。正如上文所说的那样，科士尼格在书写的过程中，不断拓展他的在场性和存在感，这不仅表现在他对当下世界的感知不断增强，而且还表现在叙事过程中出现的复魅的世界(wieder-verzauberte Welt)。正是在书写的过程中，自然中的事物向科士尼格展现出自身的本原形态，以早就消逝的史诗和童话中的形象，出现在科士尼格的面前。他此时没有像上文论述中提到的那样踏上归乡之旅，就已经遇见事物的本原。从这个意义上讲，科士尼格解构了过去的本体论地位，他已经不再向已然消逝的过去或者说尚未到来的未来寻找救赎，而是在当下的共时书写中，遇见并拓展了在他的面前存在的事物(Das Vor-handene)。

对当下存在的拓展，还体现在科士尼格讲述友人旅行经历的过程中。他虽然并没有和他的友人们一同旅行，但是却可以借助友人偶尔寄过来的书信和发过来的短消息，通过想象构建故事，消解了友人的不同经历在时间与地点上的独特性与一次性，取消了这些事件与现实世界之间的必然联系。这就将友人的旅行经历变成了科士尼格此时此地对外部世界的感知与想象。因此，科士尼格在叙事的过程中采用的过去时态，指涉的就不再是过去的一次性事件，而是他在叙事的当下中，对过去的想象与回忆。所以说科士尼格的叙事并不是取消时间(Zeitlosigkeit)的行为，也没有取消被叙述事件在客观时间中的变化，因而也就避免了绝对当下的出现。

在这一点上汉德克与利科的观点一致：利科同样反对在叙事过程中对于时间的过度虚拟化和去时间化(Entzeitlichung)。因为在他看来，“时间的作用贯穿了从文本生成前的体验，到文本生成之后的体验这一过渡阶段。”①

① Ricœur, Paul: *Zeit und Erzählung. Zeit und literarische Erzählung.* Band II. München: Wilhelm Fink 1989. S. 124.

这个过渡阶段的前提条件是这两个时间之间实实在在的联系，而且被叙事的时间也不仅仅停留在时态的层面，而是真正的时间："虚构的时间从来没有完全与被经历的时间——回忆与行为中的时间——切断联系。"[①]虽然说虚构在叙事的过程中创造的时间也是虚构的，但是这个时间依旧在现实世界中留有印记，并且以主体在现实世界中对时间的感知为定位。而且主体在现实世界中经历和体验的时间，只有在虚构中才会成为反思的对象。而区分叙事文本中的时间与现实世界中主体所体验的时间之间的差异性，是要用不同的方式来重新发现时间。汉德克在这个层面上则更为激进。正如他在《无人湾》中的第一人称叙事者将被叙事的时间，通过想象力与现实世界中的叙事行为时间——当下——结合在一起。这就增强了叙事的功能："重新对我们这些困惑的、没有形态的、暂时沉默的体验进行塑形（konfigurieren）。"[②]叙事能够通过语言重复已经发生的事件，然后又能重新回到现实世界的事件之中，或者说颠倒事件的顺序，也就是说叙事可以介入在叙事之外不可阻挡的时间流动，并且对其进行塑造。叙事正是借助这种功能为人类提供体验时间的场域。从这个意义上来说，叙事不论是对于利科还是对于

---

① Ricœur, Paul: *Zeit und Erzählung. Zeit und literarische Erzählung*. Band II. München: Wilhelm Fink 1989. S. 127.

② Ricœur, Paul: *Zeit und Erzählung. Zeit und historische Erzählung*. Band I. München: Wilhelm Fink 1988. S. 10.

汉德克来说都是人类自由的胜利，是人类对自身有限性和事件的不可逆转性的胜利。“重复不仅仅是简单地逆转了对未来的操心这一基本方向。它包含了我们自身所具有的可能性的干预，就好像是以个人命运和共同命运的形式承继了我们自身的过去一样。”[①]所以说科士尼格可以通过叙事介入当下时间，并且在叙事中通过想象力拓展当下时间的维度，在回忆中重塑已然消逝的过去，对其进行反思，进而获得属于当下的存在。这是一种可以随着事件不断更新的存在状态，是对当下存在的肯定。叙事主体所经历的每一个时刻包括过去和未来，都以当下时间的形式被囊括进这个自我存在发生的过程之中。这种意义生成的过程正是科士尼格的叙事在创造力方面的体现。

因此，科士尼格的共时书写之所以能够塑造出肯定的当下性，其关键在于叙事方式的变化，而非叙事语言本身。他在叙事的过程中，尝试了法条与编年史家的语言，但都没能脱离“事后叙事”的循环论证。在书写主体对当下的感知时，最关键的点在于不给被叙事的对象强加先验秩序。科士尼格的叙述对象既不是对过去的回忆，也不是对未来的神化，而是通过想象拓展的当下。那么被叙事的时间与叙事行为经历的时间，都是叙事主体此时

---

① Ricœur, Paul: *Narrative Identität*. In: *Heidelberger Jahrbücher 1987* (*31*). S. 57 - 67. Hier S. 69.

此刻经历的当下。这里涉及的并不是，叙事行为本身的时态与叙事文本中作为隐喻的语言时态之间的类比。这种类比虽然可以将异质的事件整合为一个整体，但是依旧以两个时间之间的差异为前提。科士尼格通过想象创造的是一个同时性体验：科士尼格作为叙事主体对外部世界的感知、对被感知事物的书写以及与之相关的想象都是同时发生的。事物的本质通过语言的创造力显现出来的同时，也构建出语言——叙事——作为符号系统与被感知到的世界之间的联系，能指与所指之间重新建立连接。[1] 而且"在这两种情况（虚构叙事与隐喻）中都有一些新的——尚未被说出来的或者说无法言说的事物出现在语言之中。"[2]这就是为什么不论科士尼格作为叙事主体本身还是被科士尼格感知到的外部世界，都能以其原本的形态展现在叙事语言之中的原因。事物的本质或者说其本原的存在状态在语言的异化之中迷失，但是科士尼格在共时书写当下的过程中，清除了语言异化的影响，事物在摆脱先验秩序的统治之后，在想象的世界之中敞开自我。此时，科士尼格体验到的当下就不仅仅是外部世界的形态，他同时能够触及这些事物的本原状态，此时他的当下是被拓展和充实了的当下。从这个意义上讲，

---

① 参见：Ricœur，Paul：*Zeit und Erzählung. Zeit und historische Erzählung*. Band I. München：Wilhelm Fink 1988. S. 7.

② Ricœur，Paul：*Erzählung*，*Metapher und Interpretationstheorie*. In：*Zeitschrift für Theologie und Kirche 1987*（*84*）. S. 232 - 253. Hier S. 241.

科士尼格对当下的共时书写可以看作主体将事物的语言本质转换成为人类语言的过程，主体重新揭示在话语之中被遮蔽的指涉功能，建立生成有创造力的秩序。[①] 也就是说，主体可以通过对于当下的共时书写来重新发现事物此前被遮蔽的语言本质。利科即是从这个意义上谈论诗学语言的功能：诗学的语言可以通过语义学上的调整，减少两个相差很远的术语之间的距离，创建关联性。[②] 但是利科对于诗学语言的功能探讨始终停留在线性叙事的层面上，始终认为叙事行为时间与被叙事的时间之间的偏差是叙事的前提，而且叙事最终的目的是为了能够通过语义的调解与塑形超越这个偏差。[③] 所以，利科所说的通过诗学的语言可以实现的当下性，不能理解为直接性和在场性，而只是一种间接性的效应。而《无人湾》中科士尼格最后完成的对当下的共时书写，则提供了叙事主体与被叙事对象——主体对外部世界的感知与想象——在语言之中相遇的可能性。这种能指与所指的同时在场状态，是对主体当下存在的肯定与拓展。

---

① 参见：Ricœur, Paul: *Zeit und Erzählung. Zeit und historische Erzählung*. Band I. München: Wilhelm Fink 1988. S. 9.

② 参见：Ricœur, Paul: *Erzählung, Metapher und Interpretationstheorie*. In: *Zeitschrift für Theologie und Kirche 1987* (*84*). S. 232 - 253. Hier S. 241.

③ 此处还需要再一次提到上文中引述的哈特穆特·卜吕梅的观点："当下性始终以空间上的距离为前提，然而叙事的过程正是消除这个距离，然后转变成近在眼前的过程。"(Bleumer, Hartmut: *Gottfrieds „Tristan" und die generische Paradoxie*. In: *Beiträge zur Geschichte der deutschen Sprache und Literatur* (*PBB*) *2008* (*130*). S. 22 - 61. Hier S. 32.)

总的来说,汉德克在70年代到90年代的叙事文本之中,刻画了四种当下时间模式:被暂停的当下、被清除的当下、绝对当下与被履行的当下时间;以及两种不同形式的叙事:可以被总结为“事后叙事”的线性叙事方式,以及可以被概括为断篇式叙事的对当下时间的共时书写。其中被暂停的当下时间正是主体在经历存在危机时,对时间的主观感受。而当主体清除自身被设定的存在意义,为创造新的属于自己的意义做准备时,则处于被清除的当下。这两种当下时间模式分别属于两种不同的虚无:前者是消极的虚无主义。此时,主体当下存在的意义是对先验秩序预设的符号性重复。但是主体在先验秩序失效的情况下,无法真正回到过去,只能被困在暂停的当下之中,直面虚无。而后者则是指主体在解构自我存在、摆脱社会身份等秩序对其本原存在的约束时,处于“门槛状态”的主体所感知到的虚无状态。这种虚无是生成新意义的准备阶段,因而是一种积极的虚无主义。主体尝试重构自我存在在当下时间的意义时,汉德克的文本中给出两种不同的叙事方式,最后导向不同的结果:“事后叙事”强调的是叙事行为时间与被叙事对象的时间之间的偏差,期望通过叙事在事件发生之后重新整合零散的、混乱的事实,重构意义中心。主体通过这种叙事行为,重复与模仿过去已然发生的事件,将之再现,使其脱离现实世界客观时间的变化,形成绝对当下。虽然这种绝对当下同样意味着意义的在场性,但是这种叙事方式虚构的整体性意义中心在叙事行为结束的同时，就与叙事行为主体本身无关。不仅如此，这类叙事将过去置于存在本原的位置，这就意味着，“事后叙事”行为本身就是在构建一个需要他者模仿的先验秩序。但是，对于汉德克笔下的叙事主体来说，宗教道德、语言规范等先验秩序已然失效。因而“事后叙事”的绝对当下在重构意义的同时，也在拒绝汉德克笔下的叙事主体，或者更确切地说，是在否定叙事主体的当下存在。与之相对的断篇式叙事则是将叙事行为主体对当下存在的感知与想象作为叙事对象。叙事主体关注焦点是，当下时刻在其面前的外部世界。叙事主体以此为出发点，在感知外部世界的同时，书写被自身想象力拓展的当下存在。此时叙事行为实实在在发生于现实世界的当下时刻，被叙事的对象正是这个被想象力加工过的叙事事件。叙事主体在语言之中呈现出来的是其自身对于存在本原的猜想。也就是说，叙事主体与被叙事的对象，在语言——叙事文本——之中以本原状态相遇。主体在以叙事行为参与当下的同时，通过想象和书写，将这个当下时刻作为反思的对象，并随着时间的变化不断生成新的意义。此时叙事主体所经历的时间就不再是虚无的时间和绝对的当下，而是带着对过去的反思和对未来的期待来履行的当下时刻，因而是肯定的当下。

# 结　　语

汉德克在其20世纪70年代到90年代的叙事文本之中，对于“当下性”与“叙事”的定义如下：汉德克意义上的“叙事”，可以理解为主体介入和把握当下时间，实现其在场性与同时性的语言行为，不仅仅是通过语言对已经发生的时间进行模仿与再现，更是用共时书写来展现事物在语言之中，向主体敞开自我的、正在发生的过程。汉德克意义上的“当下性”指的是直接性与指涉的不在场。“当下”在汉德克的层面上，不只是一个物理时间概念，比如说“现在”，更涉及现象学的符号层面。主体对于当下性的体验，指的是主体在此时此刻不仅可以感知到外部事物的表象，同时也能够触及事物本原的状态。主体借助语言来认识和理解外部事物，是对当下时间的完成与履行。这在汉德克看来指的就是叙事行为。

汉德克写作的出发点是寻找“一处没有从概念中偷懒的、没有对整体性抱有执念的风景”，其目的是通过叙事，将“在短暂易逝的瞬间中体验另一种生活的法则，通过想象,平缓且坚定地构建存在的可能”。汉德克对自身诗学观念的阐释包含以下几点:第一,赫尔穆特·基瑟尔(Helmuth Kiesel)所说的“形而上学层面上产生的语言危机”(metaphysisch motivierte Sprachkrise)①正是汉德克所说的“从概念中偷懒”的语言。这种异化的、出卖事物本质的语言阻隔了主体接触事物本质的道路,妨碍其真正认识自我,最终导致主体丧失对自身存在当下性的把握,与外部世界隔离。主体自身存在的意义被先验秩序预设,但是作为先验秩序的语言本身产生异化,失去合法性,这就导致主体当下存在的意义变成了对过去的符号性模仿。主体的当下就变成了虚无的当下时间,主体的主观时间不再随本原时间的流动而发生变化,而是成为虚无过去的无限循环。这就导致主体的主观时间感知成为被暂停的虚无当下。这正是汉德克 70 年代作品的主题之一:主体在暂停时间中的主观感受。这也正是汉德克 70 年代作品中“新主体性”的来源。此时的叙事或者说写作,是处于危机状态下的主体对自身存在状态的反思与内省。

当然,主体在反思的过程中不可能想要一直受制于虚无当下,必然想要尝试打破这种禁锢,参与当下时间,为新的意义做准备。这种准备的过程意味着,主体完成

① Kiesel, Helmuth: *Geschichte der literarischen Moderne. Sprache-Ästhetik-Dichtung im zwanzigsten Jahrhundert*. München: Beck 2004. S. 227.

对自身混乱状态的解构，但尚未进入新的意义状态之时的“门槛状态”。主体在这个过程中所体验到的时间正是被清除的时间。主体对当下的尝试首先表现在身体层面：本书涉及的三个文本中的主人公最开始都曾尝试通过暴力来改变自身的存在状态。暴力的初级阶段是针对他者的行为，比如《真实感受的时刻》中科士尼格想要伤害女儿的冲动，《痛苦的中国人》中洛泽打他女朋友耳光的行为、洛泽暴力拔除横在他与自然之间的当地政党竞选宣传广告牌，以及其中表现出来的死亡冲动或者杀人冲动。这种情况下的暴力行为或者暴力冲动，不是真的为了对他者造成伤害，而是为了获得他者的回应，并且试图通过这种回应重新建立自身与外部世界的联系，将双方纳入游戏的场域，使其沟通交流成为可能。主体在实施暴力行为的瞬间是完全在场的，且明确地参与到一个事件当中。从这个层面来讲，上述暴力行为可以作为主体接触外部世界以及自我的一种尝试。其次，主体对当下的尝试还体现在社会层面：对身体的暴力转向社会层面的退行。主体从原本需要每时每刻扮演的社会角色中抽身而去，这是为了清除各种角色预设的存在意义，并同时为构建新的自我提供回旋余地。这个过程可以称为主体的自我清除过程。文本中的洛泽与两个科士尼格都暂时从工作中抽离，离开自己的家庭，要么选择出门旅行，回到自己的家乡；要么选择隐居到郊区，即从字面意思上离开自已以往的存在空间，为新的开始做准备。

80 年代的叙事中呈现出来的这种悬置状态，正是为体验汉德克在卡夫卡文学奖致辞中所说的“另一种生活的法则”所做的准备阶段，符合他对叙事的设想。此时的叙事更多的是以游戏的方式来虚构一个脱离现实世界的“他者”，并期待这个他者可以为主体重构自我存在提供新的可能。

这种线性叙事的意义在于通过语言来整合发生在过去的、零散的、混乱的事件，通过虚构的方式，使主体对这段时间有一个连贯的、整体性的认知，并再现出来。因而对于读者来说，这种叙事所塑造的时间永远只能是被再现的时间，是绝对的现在。呈现在文字中被叙事的时间则在作为符号，模仿不在场的过去，其目的是为了将这个模仿物通过读者的阅读流传下来。这种取消了时间变化的绝对当下，是对过去的重构与反思，组成叙事行为主体与读者之间的共同体，产生归属感，但同时将过去与存在的本原状态等同。这也就意味着这种叙事形式本意是给读者重新构建一个先验秩序，为其存在提供参考和立足点。但是需要注意的是，造成汉德克笔下叙事行为主体存在危机的根源就是失效的语言这一先验秩序。通过叙事行为再现的对象，指涉的是发生在过去的事件。但这种叙事行为以被叙事的时间与叙事行为时间的偏差为前提，也即是说，作为能指的叙事文本无法真正回到被指涉的过去，叙事主体通过叙事完成的是对过去时间的符号性复制与模仿，并没有回到存在本原。汉德克 80 年代文本之中重复出现的“归乡”之路母题，不论是作为自我清除过程的“门槛状态”，还是《去往第九王国》中科巴尔真实的归乡之旅，都是主体试图回归存在本原的体现。但问题在于《痛苦的中国人》中经历“门槛状态”之后的洛泽通过叙事完成的绝对当下，与其自身的当下存在脱节：他在尾声虽然能够观察在这个充实的时刻中展现自我的外部世界，但是却无法完成叙事。与此同时，他自身的主体性也消失在绝对当下之中。此时意义的绝对在场与洛泽这个叙事主体无关，他无法作为叙事者来参与这个被叙事脱离时间变化的绝对当下，只能作为一个模板，试图为其后继者探索存在和论证其合法性的过程中提供参考。这种近似于施特劳斯意义上的“参考性神话”正是科巴尔叙事最后的目标——第九王国。所以，尽管洛泽反复强调他的儿子只是作为他为自身存在立法过程中的证人，强调二人之间的关系并不是一种权力关系，他在其中也没有想要扮演一个先人的角色，但是依旧选择通过儿子来见证其叙事的过程，则恰恰体现了洛泽的口是心非：他期待他在这次叙事的过程中获得的自我认同可以保存，并且在每一次阅读的过程中得以再现，获得永恒。这种“永恒”(Zeitlosigkeit)指的正是在阅读的过程中，读者将洛泽在这段时间的经历再现，使得洛泽获得绝对在场状态。但是这种在场状态只有在洛泽完成叙事行为之后，由读者实现。不仅如此，洛泽作为叙事者的行为本身也出现悖论：他想要完成叙事行为，正是因为在宏大叙事失效的情况下，他需要通过自身的叙事来为自己的存在赋予意义；但是实际上他的叙事最后仍旧为读者设定了一个先验秩序。这本身违背了他叙事的初衷。《去往第九王国》中科巴尔的叙事最终没有避免同样的悖论：科巴尔呼吁并期待后世的读者能够在叙事王国中找到消逝的叙事者，这正是将叙事上升成为神话的一个过程。这其中的悲剧性在于：科巴尔通过叙事达成的不是对当下的参与，不是通过语言来把握存在的当下，而是借助语言来阐释一个已经消逝的不在场的时间；与此同时，他又将希望寄托到乌托邦式的未来之上，希望读者可以在阅读的过程中再现被叙事的时间，重新获得自我的在场性。但是这个再现过程就不再是叙事者认识自我和认识世界的过程，而是读者自身的认知过程。从这种意义上来讲，叙事者被降格，从一个参与世界的行动者变成一个置身事外、高高在上的观察者，变成一个被动的、等待他者为其赋予意义的无名之辈。

除此之外，绝对当下否定叙事主体的当下存在，还体现在顿悟时刻不可捉摸的特性中。叙事主体在漫游的过程中遇见自在自为的事物。这种自在自为的状态指的是，主体在此时此刻观察到的该事物的表象，与事物自身的存在意义同时出现在主体的面前，即事物向主体敞开，邀请主体进入意义绝对在场的世界之中。但是这种充实的瞬间中，叙事主体本身并没有能力用语言来表达他在此时此刻体验到的时间，只能感受到此时此刻的充实。

这种感受无法与真正认识外部世界划等号。所以在文本中，可以观察到汉德克笔下的叙事主体虽然经历过很多次这种真实感受的时刻，但是之后仍然会重新回到虚无的状态，看似在这种充实的时刻中接触到了事物的本质，但是这种瞬间幻象很快消失。因为叙事主体一旦想要借助语言来认识这个时刻，就已经错过了绝对当下。

所以，以追求时间连贯性体验和整体性认知的叙事，只能在事件发生之后才能实现，叙事主体的确能够通过语言把握的存在意义，但是这个意义的指涉对象是叙事主体无法回到的过去，而这个意义在场性的实现又是叙事主体尚未达到的未来。“事后叙事”最后得出的绝对当下，拒绝和否认了汉德克笔下叙事主体的当下存在。因而叙事主体仍需继续尝试，以期能够实现肯定的当下性。此时需要注意的是，上述叙事导致的悖论或者也可以称为循环论证，根源不在于叙事的语言。《无人湾》中科士尼格尝试过法条的语言和编年史家的语言，最终仍然会回到“事后叙事”的悲剧之中。但是，维吉尔的《农事诗》同样也是用语言来完成的叙事，却可以提供一个开放性的场域，主体与被叙述的事物在这个语言场域之中以自身本原的形态展现自我，实现表象与本质的统一。此时主体，不论是读者还是叙事者，都能够以直接的方式实现能指与所指的统一。这种当下性以肯定主体的当下存在为前提，主体在叙事或者阅读的过程中是可以参与到叙事文本所提供的当下之中的，换言之，是在履行当下时间。所以说汉德克文本之中肯定的当下与否定的当下之间的区别，不在于是否使用新的语言，而在于叙事方式的转换。这也正是《无人湾》中科士尼格反思叙事的动力。

《无人湾》中科士尼格最终完成的叙事，是对当下时间的共时书写。此处的叙事行为强调的是同时性：叙事主体在观察外部世界的过程中，同时书写被观察的对象，此时主体对外部世界的感知已经被强化了，换言之，主体的当下性在书写的过程中就已经得到强调。其次，这种书写不仅意味着主体将其感知到的对象以语言的形式整合起来，形成秩序与意义，还包括叙事主体对书写对象的想象。这种想象与“事后叙事”中的虚构不同，不是为了得到具有连贯性的时间体验，而是在想象的世界中构建书写对象的本原状态。叙事主体在“事后叙事”这一行为的当下中无法触及的存在，反而能够在科士尼格的想象空间内得以发生。此时，叙事行为本身能够以语言符号的形式承载叙事主体与被叙事的对象，为两者提供展现自我存在本原状态的自由场域，并用语言来呈现存在发生的过程。叙事主体以书写当下存在这一行为本身，参与当下时间；叙事主体与被叙事的对象以本原状态在想象的语言中展现自我的过程，是主体对过去的反思；对当下的书写过程，是叙事主体对存在发生过程在语言上的认知过程，是对未来的期待与肯定。所以，在完成对当下的共时书写过程中，科士尼格经历的时间是过去、现在和未来的统一，是对其当下存在的肯定，因而可以称之为肯定的当下时间。存在在这种被履行的时间之中,不断生成变化。科士尼格通过叙事实现的当下存在,就不再是一个对他者秩序的模仿,而是对差异痕迹的肯定。想象力在这个过程中,扮演复魅的角色。叙事主体透过想象,追溯被观察对象的本原状态,使其以史诗或者童话中的形象出现。在先验秩序失效、无法真正地回到存在本原状态的情况下,叙事主体正是借助这种创造力,实现其对事物存在可能性的猜想与反思,找到通往"原初-事物"的第三条道路。从这个意义上讲,汉德克的确在《无人湾》中以想象力重构了新时期的"童话"。

因而这同时也说明,汉德克 70 年代到 90 年代的作品虽然经历叙事方面的反复,但是不曾出现语言崇拜的倾向,更多地是在讨论语言危机中的主体究竟应该何去何从的问题。汉德克 70 年代的文本中,主要以主体的主观视角来描摹其遭遇语言危机引起的存在危机时的具体症状,比如感知障碍、失语状态、愤怒但同时又无聊以及指向他者的暴力或者死亡冲动。语言作为隔离主体与世界的藩篱意味着,主体无法通过语言来把握自己在当下存在的意义,而失去意义的当下时间对于主体来说就会成为一种对他者或者说先验秩序的机械性复制与模仿。这种对过去的模仿取消了主体在当下时间的存在维度,使其困在过去。所以 70 年代的作品,一方面呈现主体在这种暂停时间之中的主观感受;另一方面开始提出具有可行性的解决办法,尝试履行当下时间:主体尝试角色扮演、暴力游戏,也在漫游过程中经历顿悟时刻,最终确定叙事游戏很可能是主体自我救赎的一种可行方案。80年代的叙事作品正是对这种猜想的尝试。主体试图通过叙事离开虚无当下,清空被定义的存在状态,为其介入外部世界,创造新的意义做准备。这对应的主观时间体验为"被清空的当下"。但是此时的叙事,是主体的"事后叙事",仍旧是对过去的模仿与再现,最终归于"绝对当下"的悖论之中:这种线性叙事以叙事时间与被叙事时间之间的偏差为前提,但同时又以消除这种偏差为目的,最后通过语言将发生在过去的事件置入绝对的当下之中。而这种绝对的当下本身否定主体对它的理解与阐释。因此,汉德克在90年代开始尝试新的叙事形式:叙事主体通过不断的反思与尝试,最终确定,同时性叙事中对当下时间的共时书写可以创造肯定的当下性。这种被想象拓展的当下性不会拒绝叙事主体,此时叙事才真正实现为主体的当下存在立法的目的。而且叙事主体借助这种方式对其自身存在的认知,同样也处于一个不断生成变化的、且不受他者书写规定的、自由敞开的状态之中。这种状态正是汉德克卡夫卡文学奖致辞中提到的"被隐藏的、自我藏匿的、人力所及的、好的世界"。汉德克所说的那条可以通往"原初-事物"(Erst-Ding)的叙事之路指的正是这条通过想象的对当下时间的共时书写。

# 参考文献


## 1. Primärtexte von Peter Handke

*Die Hornissen* (*1966*). Frankfurt am Main: Suhrkamp 1983.

*Kaspar* (*1968*). In: *Ders.*, *Die Theaterstücke*. Frankfurt am Main: Suhrkamp 1992.

*Zur Tagung der Gruppe 47*. In: Ders.: *Ich bin ein Bewohner des Elfenbeinturms* (1972), S. 29 - 34.

*Die Unvernünftigen sterben aus*. Frankfurt am Main: Suhrkamp 1973.

*Als das Wünschen noch geholfen hat*. Frankfurt am Main: Suhrkamp 1974.

*Das Gewicht der Welt. Ein Journal* (*November 1975 - 1977*). Salzburg: Residenz 1977.

*Die Stunde der wahren Empfindung*. Frankfurt am Main: Suhrkamp 1978.

*Die Geschichte des Bleistifts*. Salzburg / Wien: Residenz 1982.

*Der Chinese des Schmerzes*. Frankfurt am Main: Suhrkamp 1983.

*Phantasien der Wiederholung*. Frankfurt am Main: Suhrkamp 1983.

*Langsame Heimkehr*. Frankfurt am Main: Suhrkamp 1984.

*Die Lehre der Sainte-Victoire*. Frankfurt am Main: Suhrkamp 1984.

*Die Wiederholung*. Frankfurt am Main: Suhrkamp 1986.

*Nachmittag eines Schriftstellers*. Frankfurt am Main: Suhrkamp 1987.

*Versuch über die Jukebox*. Frankfurt am Main: Suhrkamp 1990.

*Versuch über den geglückten Tag*. Frankfurt am Main: Suhrkamp 1991.

*Langsam im Schatten. Gesammelte Verzettelungen 1980 - 1992*. Frankfurt am Main: Suhrkamp 1992.

*Mein Jahr in der Niemandsbucht. Ein Märchen aus den neuen Zeiten*. Frankfurt am Main: Suhrkamp 2007.

*Am Felsfenster morgens (und andere Ortszeiten 1982 - 1987)*. Wien/ Salzburg: Residenz 1998.

*Gestern unterwegs. Aufzeichnungen November 1987 bis Juli 1990*. Salzburg / Wien: Residenz 2005.

## 2. Rezensionen zu und Interviews mit Handke

Franke, Konrad: *Wir müssen fürchterlich stottern. Die Möglichkeit der Literatur. Gespräch mit dem Schriftsteller Peter Handke*. In: *Süddeutsche Zeitung*, 23. Juni 1988.

Hartwig, Ina: *Heraus aus der Rachefalle. Bilder-Finder, Bilder-Erfinder: Peter Handke meldet sich mit einem neuen Roman geläutert zurück. Rezension zu Der Bilderverlust*. In: *Frankfurter Rundschau*, am 19. Januar 2002.

Radisch, Iris: *Eine Märchenstunde in Santa Fe. Rezension zu In der dunklen Nacht ging ich aus meinem stillen Haus*. In: *Die Zeit*, 18(1997), am 25. April 1997.

*Eine echte Fälschung. Rezension zu Versuch über den geglückten Tag*. In: *Die Zeit*, 35(1991), am 23. August 1991.

Winkler, Willi: *Das ist kein Säuseln des Windes, das ist das Säuseln der Hölle. Rezension zu Peter Handkes Kali*. In: *Süddeutsche Zeitung*, am 3. Februar 2007.

*Geschichten vom Untergang. Peter Handke entdeckt Johannes Moy und dessen Erzählband „Das Kugelspiel“*. In: *Die Zeit*, 24(1988), am 10. Juni 1988.

Handke, Peter u. Jocks, Heinz-Nobert: *Geglückte Tage, unterwegs. Peter Handke erzählt vom Reisen allein, von Nomaden und Nesträubern.* In: *Freitag* 42, 21. 10. 2005.

Handke, Peter u. Hamm, Peter: *Es leben die Illusionen. Gespräche in Chaville und anderswo.* Göttingen: Wallstein 2006.

Handke, Peter u. Gamper, Herbert: *Als ich lebe nur von den Zwischenräumen.* Zürich: Ammann 1987.

## 3. Forschungsliteratur

Anz, Thomas: *Neue Subjektivität.* In: Borchmeyer, Dieter (Hrsg.): *Moderne Literatur in Grundbegriffen.* Tübingen, 1994. 2. Aufl. S. 327 - 330.

Au, Alexander: *Programmatische Gegenwelt. Eine Untersuchung zur Poetik Peter Handkes am Beispiel seines dramatischen Gedichts Über die Dörfer.* Frankfurt am Main/Berlin 2001.

Aust, Hugo: *Der historische Roman.* Stuttgart: Metzler 1994

Baecker, Dirk: *Wozu Kultur?* 3. Aufl. Berlin: Kulturverlag 2001.

Bandeili, Angela: *Ästhtische Erfahrung in der Literatur der 1970er Jahre. Zur Poetologie des Raums bei Rolf Dieter Brinkmann, Alexander Kluge und Peter Handke.* Bielefeld: Transcript 2014.

Bartl, Gerhald: *Spuren und Narben. Die Fleischwerdung der Literatur im 20. Jahrhundert.* Würzburg 2002.

Bartmann, Christoph: *Suche nach Zusammenhang. Handkes Werk als Prozess.* Wien 1984.

Bataille, Georges: *Spiel und Ernst.* In: Knut Ebeling (Hrsg.): *Johan Huizinga. Das Spielelement der Kultur. Spieltheorien nach Johan Huizinga von Georges Bataille, Roger Caillos und Eric Voegelin.* Berlin 2014, S. 75 - 112.

Beckett, Samuel: *Proust. Essay.* Frankfurt am Main: Luchterhand Literaturverlag 1989.

Benjamin, Walter: *Über die Sprache überhaupt und über die des Menschen.* Stuttgart: Philipp Reclam 2019.

Bohrer, Karl Heinz: *Ekstasen der Zeit. Augenblick, Gegenwart, Erinnerung*. München: Carl Hanser 2003.

Bohrer, Karl Heinz: *Das absolute Präsens. Die Semantik ästhetischer Zeit*. Frankfurt am Main 1994.

Bomers, Jost: *Der Chandos-Brief - Die Nova Poetica Hofmannsthals*. Stuttgart 1991.

Bossinade, Johanna: *Moderne Textpoetik: Entfaltung eines Verfahrens. Mit dem Beispiel Peter Handke*. Würzburg: Königshausen & Neumann 1999.

Braun, Michael: *Die Sehnsucht nach dem idealen Erzähler. Peter Handkes romantische Utopie*. In: Heinz Ludwig Arnold (Hrsg.): *Peter Handke*. Heft 24 (5. Auflage). München: Ed. Text + Kritik 1989. S. 73 - 81.

Carstensen, Thorsten: *Romanisches Erzählen. Peter Handke und die epische Tradition*. Göttingen 2013.

Christians, Heiko: *Der Roman vom Epos. Peter Handkes „Poetik der Verlangsamung"*. In: *Hofmannsthal Jahrbuch zur Europäischen Moderne*, 10 (2002). S. 357 - 389.

Derrida, Jacques: *Die Schrift und die Differenz*. Frankfurt am Main: Suhrkamp 1976.

Derrida, Jacques: *Grammatologie*. Frankfurt am Main: Suhrkamp 1983.

Derrida, Jacques: *Positionen. Gespräche mit Henri Ronse, Julia Kristiva, Jean-Louis Houdebine u. a.* Graz: Böhlau 1986.

Derrida, Jacques: *Die differance*. In: Ders.: *Randgänge der Philosophie*. Wien: Ullstein 1999a. S. 31 - 56.

Dinter, Ellen: *Gefundene und erfundene Heimat. Zu Peter Handkes zyklischer Dichtung Langsame Heimkehr 1979 - 1981*. Köln/Wien 1986.

Durzak, Manfred: *Postmoderne Züge in Handkes Roman Der kurze Brief zum langen Abschied*. In: Laurent Cassagnau, Jacques Le Rider, Erika Tunner (Hrsg.): *En Route avec Peter Handke*. Asniéres 1992.

Egyptien, Jürgen: *Die Heilkraft der Sprache. Peter Handkes Die*

*Wiederholung im Kontext seiner Erzähltheorie*. In: Hugo Dittberner (Hrsg.): *Text + Kritik 24*. München 1989. S. 42－58.

Federmair, Leo: *Von den kleinsten Dingen. Zu Peter Handkes Salzburger Tagebuch. Rezension zu Am Felsfenster morgens* (*und andere Ortszeiten 1982－1987*). In: *Literatur und Kritik*. Österreichische Monatsschrift, 33 (1998). S. 88－90.

Feichtinger, Barbara: *„Glänz mir auf, harte Hasel". Zur Georgica-Rezeption in Peter Handkes Der Chinese des Schmerzes*. In: *Arcadia* 26 (1991). S. 301－321.

Freud, Sigmund: *Jenseits des Lustprinzips*. In: Alexander Mitscherlich, Angela Richards (Hrsg.): *Psychologie des Unbewussten. Sigmund Freud Studienausgabe Band III*. Frankfurt am Main: S. Fischer 1982. S. 213－272.

Freud, Sigmund: *Der Dichter und das Phantasieren*. In: Alexander Mitscherlich, Angela Richards (Hrsg.): *Bildende Kunst und Literatur. Sigmund Freud Studienausgabe Band X*. Frankfurt am Main: S. Fischer 1969. S. 169－180.

Gabriel, Nobert: *Peter Handke und Österreich*. Bonn 1983.

Gottwald, Herwig: *Von Namen, Augenblicksgöttern und Wiederholungen. Handkes Umgang mit den Mythischen*. In: Klaus Amann, Fabjan Hafner (Hrsg.): *Peter Handke. Poesie der Ränder*. Wien: Böhlau 2006. S. 135－153.

Gottwald, Herwig und Freinschlag, Andreas: *Peter Handke*. Wien: Böhlau 2009.

Göttsche, Dirk: *Die Produktivität der Sprachkrise in der modernen Prosa*. Frankfurt am Main 1987.

Gumbrecht, Hans Ulrich: *Zentrifugale Pragmatik und ambivalente Ontologie: Dimensionen von Latenz*. In: Hans Ulrich Gumbrecht, Florian Klinger (Hrsg.): *Latenz. Blinde Passagiere in den Geisteswissenschaften*. Göttingen: Vandenhoeck & Ruprecht 2011. S. 9－19.

Gumbrecht, Hans Ulrich: *Diesseits der Hermeneutik. Die Produktion von Präsenz*. Frankfurt am Main 2004.

Günther, Timo: *Hofmannsthal: Ein Brief*. München 2004.

Haslinger, Adolf: *Achtung, Hornissen! Zu Peter Handkes früher Prosa*. In: Gerhard Fuchs, Gerhard Melzer (Hrsg.): *Peter Handke. Die Langsamkeit der Welt*. Graz 1993. S. 95 - 113.

Haslinger, Adolf: *Autographisches bei Peter Handke. Zur Funktion des „Nebengekritzels"*. In: Adolf Haslinger, Herwig Gottwald, Andreas Freinschlag (Hrsg.): *„Abenteuerliche, gefahrvolle Arbeit". Erzählen als (Über) Lebenskunst. Vorträge des Salzburger Handke-Symposions*. Stuttgart 2006. S. 111 - 123.

Haslinger, Adolf: *Peter Handkes Der Chinese des Schmerzes. Eine Annäherung*. In: Friedbert Aspetsberger (Hrsg.): *Zeit ohne Manifeste? Zur Literatur der 70er Jahre in Österreich*. Wien: Österreichischer Bundesverlag 1987. S. 141 - 149.

Heidegger, Martin: *Sein und Zeit. Elfte unveränderte Auflage*. Tübingen: Niemeyer 1967.

Heidegger, Martin: *Der Ursprung des Kunstwerks (1935/36)*. In: Friedrich-Wilhelm von Herrmann (Hrsg.): *Holzwege. Gesamtausgabe 1. Abteilung: Veröffentlichte Schriften 1910 - 1976*. Band 5. Frankfurt am Main: Vittorio Klostermann 1977.S. 1 - 75

Heidegger, Martin: *Die Sprache im Gedicht. Eine Erörterung von Georg Trakls Gedicht [1952]*. In: Friedrich-Wilhelm von Herrmann (Hrsg.): *Unterwegs zur Sprache. Gesamtausgabe 1. Abteilung: Veröffentlichte Schriften 1910 - 1976*. Band 12. Frankfurt am Main 1985. S. 31 - 78.

Heidegger, Martin: *Die Sprache [1950]*. In: Friedrich-Wilhelm von Herrmann (Hrsg.): *Unterwegs zur Sprache. Gesamtausgabe. 1. Abteilung: Veröffentlichte Schriften 1910 - 1976*. Band 12. Frankfurt am Main 1985. S. 7 - 30.

Hensing, Dieter: *Peter Handke. Auf der Suche nach der gültigen Form*. In: Anke Bosse, Leopold Decloedt (Hrsg.): *Hinter den Bergen eine andere Welt. Österreichische Literatur des 20. Jahrhunderts*. Amsterdam / New

York: Rodopi 2004. S. 235 - 254.

Hofer, Stefan: *Die Ökologie der Literatur. Eine systemtheoretische Annäherung. Mit einer Studie zu Werken Peter Handkes*. Bielefeld 2007.

Hofmannsthal, Hugo von: *Ein Brief*. In: Ellen Ritter (Hrsg.): *Sämtliche Werke. Kritische Ausgabe. Band 31. Erfundene Gespräche und Briefe*. Frankfurt am Main: S. Fischer 1991. S. 45 - 55.

Honold, Alexander: *Der Erd-Erzähler. Peter Handkes Prosa der Orte, Räume und Landschaften*. Stuttgart 2017.

Huber, Alexander: *Versuch einer Ankunft. Peter Handkes Ästhetik der Differenz*. Würzburg 2005.

Huizinga, Johan: *Das Spielelement der Kultur (1934)*. In: Knut Ebeling (Hrsg.): *Johan Huizinga. Das Spielelement der Kultur. Spieltheorien nach Johan Huizinga von Georges Bataille, Roger Caillos und Eric Voegelin*. Berlin 2014. S. 18 - 46.

Hummel, Volker Georg: *Die narrative Performanz des Gehens. Peter Handkes „Mein Jahr in der Niemandsbucht" und „Der Bilderverlust" als Spaziergängertexte*. Bielefeld 2006.

Kastberger, Klaus und Schwagerle, Elisabeth: *„Es gibt die Schrift, es gibt das Schreiben". Gespräch mit Peter Handke*. In: Klaus Kastberger (Hrsg.): *Freiheit des Schreibens - Ordnung der Schrift*. Wien: Zsolnay 2009. S. 11 - 30.

Kiesel, Helmuth: *Geschichte der literarischen Moderne. Sprache, Ästhetik, Dichtung im zwanzigsten Jahrhundert*. München: Beck 2004.

Kilb, Andreas: *... Woran? An nichts Bestimmtes. Über Peter Handkes Reisenotizen Noch einmal für Thukydides und über Peter Strassers Handke-Essay*. In: *Die Zeit*, 46(1990), 09. November 1990.

Kim, Hyun-Jin: *Wiederfindung der Sprache. Das neue Verhältnis des Sprach-Ichs zur Welt bei Peter Handke seit dem Werk Der Chinese des Schmerzes*. Freiburg: Breisgau 2002.

Kolleritsch, Alfred: *Die Welt, die sich öffnet. Einige Bemerkungen zu Handke und Heidegger*. In: Gerhard Mezler, Jale Tükel (Hrsg.):

*Peter Handke. Die Arbeit am Glück*. Königstein 1985. S. 111 – 125.

Lützeler, Paul Michael: *Einleitung. Von der Spätmoderne zur Postmoderne*. In: Ders. (Hrsg.): *Spätmoderne und Postmoderne. Beiträge zur deutschsprachigen Gegenwartsliteratur*. Frankfurt am Main 1991. S. 11 – 22.

Lyotard, Jean-François: *Das postmoderne Wissen. Ein Bericht. Bremen 1982*. Graz und Wien: Böhlau 1986

Lyotard, Jean-François: *Der Widerstreit. Übers. von Joseph Vogl. 2., korrigierte Auflage*. München: Wilhelm Fink 1989.

Markolin, Caroline: *„Schließ die Augen ... " Die poetisierte Suche nach Schrift und Erzählung in Peter Handkes Der Chinese des Schmerzes*. In: *Moderne Austrian Literature*. Vol. 27, Nr. 2 (1994). S. 113 – 127.

Melzer, Gerhard: *Lebendigkeit: Ein Blick genügt. Zur Phänomenologie des Schauens bei Peter Handke*. In: Gerhard Melzer, Jale Tükel (Hrsg.): *Peter Handke. Die Arbeit am Glück*. Königstein / Taunus 1985. S. 126 – 152.

Nenon, Thomas und Renner, Rolf Günter: *Auf der Schwelle von Dichten und Denken. Peter Handkes ontologische Wende in „Der Chinese des Schmerzes"*. In: *Modern Austrian Literature* Vol. 27 (2). 1994. S. 113 – 127.

Osterkamp, Ernst: *Gottfried Kellers erzählte Landschaften*. In: Sabine Schneider, Barbara Hunfeld: *Die Dinge und die Zeichen. Dimensionen des Realistischen in der Erzählliteratur des 19. Jahrhunderts*. Würzburg 2008. S. 237 – 253.

Parry, Christoph: *Der Prophet der Randbezirke. Zu Peter Handkes Poetisierung der Peripherie in Mein Jahr in der Niemandsbucht*. In: Heinz Ludwig Arnold (Hrsg.): *Peter Handke*. Heft 24. 6. Aufl. München: Text + Kritik. S. 51 – 62.

Renner, Rolf Günter: *Peter Handke*. Stuttgart: Metzler 1985.

Renner, Rolf Günter: *Die postmoderne Konstellation. Theorie, Text und Kunst im Ausgang der Moderne*. Freiburg: Breisgau 1988. S. 369 – 387.

Renner, Rolf Günter: *Die postmoderne Konstellation in der deutschen*

*Gegenwartsliteratur*. In: *Die Postmoderne – Ende der Avantgarde oder Neubeginn*. Hrsg. Von Carl-Schurz-Haus / Deutsch-Amerikanisches Institut (Freiburg), Georg-Scholz-Haus (Waldkirch). *Eggingen: Ed. Isele 1989*. S. 49 – 74.

Ribbat, Ernst: *Peter Handkes Versuche: Schreiben von Zeit und Geschichte*. In: Herbert Arlt, Manfred Diersch (Hrsg.): *Sein und Schein – Traum und Wirklichkeit. Zur Poetik österreichischer Schriftsteller/innen im 20. Jahrhundert*. Frankfurt am Main: Lang 1994. S. 167 – 179.

Ricœur, Paul: *Zeit und Erzählung. Band I. Zeit und historische Erzählung*. München: Wilhelm Fink 1988.

Ricœur, Paul: *Zeit und Erzählung. Band II. Zeit und literarische Erzählung*. München: Wilhelm Fink 1989.

Ricœur, Paul: *Zeit und Erzählung. Band III. Die erzählte Zeit*. München: Wilhelm Fink 1985.

Ricœur, Paul: *Das Selbst als ein Anderer*. München: Wilhelm Fink 1996.

Rorty, Richard: *Kontingenz, Ironie, Solidarität*. Frankfurt am Main 1989.

Schmidt, Volker: *Die Entwicklung der Sprachkritik im Werk von Peter Handke und Elfriede Jelinek. Eine Untersuchung anhand ausgewählter Prosatexte und Theaterstücke*. Heidelberg 2007.

Selbmann, Rolf: *Der deutsche Bildungsroman*. Stuttgart 1984.

Simmel, Georg: *Grundfragen der Soziologie (Individuum und Gesellschaft). 3.*, unveränderte Auflage. Berlin: De Gruyter 1984.

Stekeler-Weithofer, Pirmin: *Philosophiegeschichte*. Berlin: De Gruyter 2008.

Strasser, Peter: *Sich mit dem Salbei freuen. Das Subjekt der Dichtung bei Peter Handke*. In: Klaus Kastberger/Konrad Paul Liessmann (Hrsg.): *Die Dichter und das Denken. Wechselspiele zwischen Literatur und Philosophie*. Wien 2004. S 117 – 138.

Strasser, Peter: *Der Freudenstoff. Zu Handke eine Philosophie*.

Salzburg / Wien 1990.

Theobaldy, Jürgen: *Literaturkritik, astrologisch. Zu Jörg Drews' Aufsatz über Selbsterfahrung und Neue Subjektivität in der Lyrik*. In: *Akzente*, 1977, H. 2. S. 188 - 191.

Theunissen, Michael: *Negative Theologie der Zeit*. Frankfurt am Main: Suhrkamp 1991.

Vollmer, Michael: *Das gerechte Spiel. Sprache und Individualität bei Friedrich Nietzsche und Peter Handke*. Würzburg 1995.

Wagner-Egelhaaf, Martina: *Archi-Textur: Poetologische Metaphern bei Peter Handke*. In: Laurent Cassagnau, Jacques Le Rider, Erika Tunner (Hrsg.): *Partir - Revenir. En route avec Peter Handke*. Asniéres 1992. S. 93 - 110.

Wagner, Karl: *Ohne Warum. Peter Handkes Spiel vom Fragen*. In: Gerhard Fuchs, Gerhard Melzer (Hrsg.): *Peter Handke: die Langsamkeit der Welt*. Graz: Droschl 1993. S. 201 - 214.

Wagner, Karl: *Die Geschichte der Verwandlung als Verwandlung der Geschichte. Mein Jahr in der Niemandsbucht*. In: Ders.: *Weiter im Blues*. S. 118 - 134.

Weber, Max: *Die „Objektivität" sozialwissenschaftlicher und sozialpolitischer Erkenntnis*. In: Ders.: *Gesammelte Aufsätze zur Wissenschaftslehre*. Tübingen: Mohr 1968. S. 146 - 214.

Welsch, Wolfgang: *Topoi der Postmoderne*. In: Hans Rudi Fischer, Arnold Retzer, Jochen Schweitzer: *Das Ende der großen Entwürfe*. Frankfurt am Main: Suhrkamp 1993. S. 35 - 55.

Welsch, Wolfgang: *Unsere Postmoderne Moderne. Schriften zur Kunstgeschichte und Philosophie*. 7. Auflage. Berlin: Akademischer Verlag 2008.

彼得·汉德克.真实感受的时刻.丁君君译.上海：上海人民出版社，2013.

海德格尔.演讲与论文集.孙周兴译.北京：生活·读书·新知三联书店，2005.

海德格尔.面向思的事情.陈小文、孙周兴译.北京：商务印书馆，1996.

丁君君.真实感知与神秘经验——论汉德克小说《真实感知的时刻》中的个体感知.外国文学，2020年04期.

徐畅.汉德克获奖演说.世界文学，2020年02期.

张赟.新主体性德语文学与彼得·汉特克的旅行小说.文学教育，2014年01期.

章国锋."天堂的大门已经关闭"——彼得·汉德克及其创作.世界文学，1992年第3期.

叶秀山.从Mythos到Logos.中国社会科学院研究生院学报，1995年02期.